⑩ 倪匡珍藏限量紀念版

衛斯理傳奇之

支離人

（含：支離人．貝殼）

倪匡 著

無窮的宇宙，
無盡的時空，
無限的可能，
與無常的人生之間的永恆矛盾，
從倪匡這顆腦袋中編織出來。

——金庸

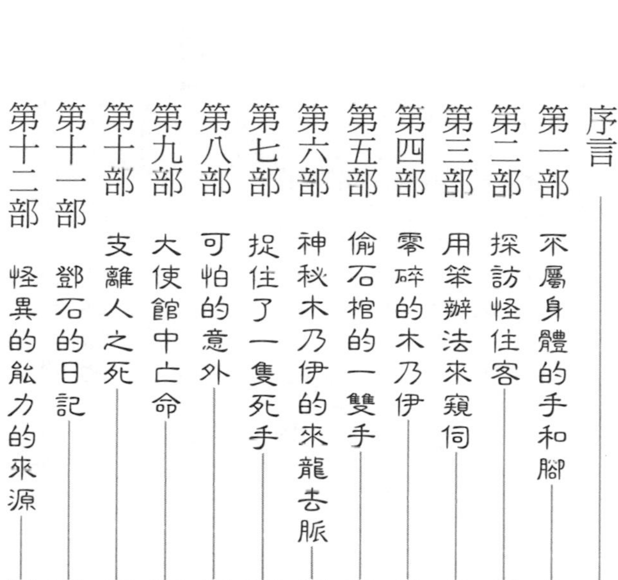

目錄

支離人

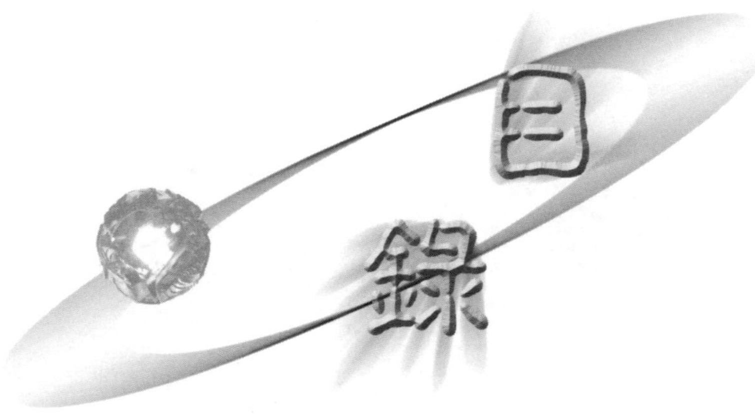

貝殼

支離人

序言

「支離人」的故事，設想頗奇，和「隱形人」是幻想小說題材的大熱門恰好相反，大抵從來也未曾有人作過同樣的設想，在故事題材上，可以說是全新的創作。所以，自己對這個故事，十分喜歡。

這個故事的創作時代，也相當久遠了，大抵是二十年之前的事，所以這次訂正的地方也較多，刪去了不少贅言，加添了一些使主要角色性格鮮明的描述。這個故事另有一個特點，是寫外星人（牛頭大神）在地球上，一再受地球人欺騙的經過，先是受了埃及法老王的騙，接著又有衛斯理的食言，十分有趣——外星人科學發達，地球人人心險詐，似乎旗鼓相當。

有科學家看了這個故事，說如果一雙手支離活動，這雙手不可能懸空飄來飄去，至多只能在地上用手指爬行，如果是頭，只能在地上滾動，云云。這個意見，十分重要，因為它說明了科學是科學，有科學的觀點，但科學幻想是科學幻想，有科學幻想的觀點，科學幻想小說是科學幻想小說，有科學幻想小說的觀點——這是最好的回答了。

倪匡

第一部：不屬身體的手和腳

第一次寒潮襲到的時候，最使人感到瑟肅，在刺骨的西北風吹襲下，馬路上的車輛和行人減到最少程度，午夜之後，幾乎已看不到行人了。

成立青站在一扇玻璃門之前，向下面的馬路望著，自門縫中吹進來的冷風，令得他的身子，不由自主地在微微發抖。

他住在一幢新落成的大廈的二十四樓，他住的那個單位，有一個相當大的平臺，如今他所站的那扇玻璃門，就是通到那平臺去的。成立青將那平臺布置得很舒適，但這時他卻沒有勇氣推開門到平臺上去踱步（這本來是他就睡前的習慣），因爲外面實在太冷了，所以他只好站在窗前看著。從二十四樓望下去，偶爾冷清的馬路上掠過的汽車，就像是被凍得不住發抖的甲蟲一樣。

成立青站了約莫五分鐘左右，正當他準備轉過身去的時候，突然之間，他看到了一雙手。

那是一雙人手，可是這雙人手所在的位置卻十分奇怪。成立青可以看到的只是十隻手指和一半的手背。因爲那一雙手，正按在圍住平臺四周的石沿上，看來，像是有一個人，正吊在平臺的外面。

成立青陡地後退了一步，揉了揉眼睛，這是不可能的，一定是眼花了。這怎麼可能？這個平臺，高達二十四層，什麼人會在那麼冷的天氣，只憑雙手之力，吊在平臺的外面？

在他揉眼睛的時候，他突然想起，那可能是一個賊——一個糊塗至極的笨賊！哪一層樓不好偷？偏偏要來偷二十四樓？若是一個吊不住，從二十四樓跌了下去……啊啊，那是一件大慘劇了。

成立青再定睛看了看，這一次，他的確看清楚了，那是一雙手，而且還在向左緩緩地移動。他伸手握住了門把，頂著勁風，向外推去，寒風撲面而來，刹那之間，刺激得他的雙眼流出了淚水，什麼也看不到。

然而那卻也只是極短的時間，至多不過兩秒鐘吧！成立青已大踏步地向前走去，同時，幾乎已要開口，叫那攀住了平臺石沿的人，不要緊張，因為一緊張的話，他可能因此跌了下去。

然後，當他張開口想出聲的時候，他呆住了。那雙手不見了。

他離平臺的石沿，只不過幾步，他看得十分清楚，絕沒有什麼手攀在石沿上。

那人已跌下去了！

成立青等著那下慘叫聲。可是，足足等了三分鐘，寂靜的午夜並沒有被慘叫聲劃破。

成立青覺得自己的頸部有點僵硬，他肯定自己是不會看錯的，但如今，這雙手呢，已經移開了去麼？他四面看看，什麼也沒有。

他幾乎是逃進屋子的，將門關上，拉上了窗簾，又回到了他的工作桌上。

但是他對自己工作桌上的那些圖樣，卻視而不睹，老是在想著那雙手。

而且，他三次拉開窗簾，去看外面的平臺，但是卻始終沒有再看到什麼。

他遲睡了一個小時，得出了一個結論：的確是自己眼花了。這一晚，他當然睡得不很好，他一生中，第一次對孤獨感到害怕，將毯子裹得十分緊。

第二天晚上，天氣更冷，西北風也更緊。一到了午夜時分，成立青便突然莫名其妙地緊張了起來，他也不知道爲什麼會緊張，他突然放下了工作，立即地，他聽到了那「拍拍」聲。

那種「拍拍拍」的聲音，來自他的身後。

成立青連忙轉過身去，在剎那之間，他感到自己的身子，像是在零下十度的冷藏庫中一樣。並不是他看到了什麼可怖的聲音在發出那種「拍拍」聲。他沒有看到什麼，那聲音是來自窗外的，聽來簡直就是有人用手指在敲著玻璃。

但是想一想，他住在二十四樓，他房間的玻璃窗，離地至少有二百四十呎！

若說有什麼人在離地那麼高的窗口，在他的窗上發出什麼聲音來，那是不可能的，那一定是一隻硬殼甲蟲，在撞碰著他的窗子。

成立青感到剎那間，氣溫仿佛低了很多，他站了起來，身子不住地在微微地發抖，他猛地拉開了窗簾，窗外一片漆黑，他並沒有看到什麼。

成立青鬆了一口氣，他絕不是一個神經過敏的人，相反地，他是一個頭腦十分縝密的工程師，但是這時候，他看到了窗外沒有什麼東西，又不由自主地鬆了一口氣，回到了工作桌的旁邊。

當他坐在桌邊，又要開始工作的時候，身後又響起了那種「拍拍」聲來。

成立青又不耐煩地回過頭去，他剛才走近窗口，拉開窗簾，看到窗外並沒有什麼之後，並沒有再將窗簾拉上。所以，他這時轉過頭去，便立即可以看到窗外的情形了。

他看到了一隻手。

那手出現在最後一塊玻璃之下，中指正在敲著玻璃，發出「拍拍」聲。

那是千真萬確的一隻手，而且手指的動作也很靈活。

成立青整個人完全僵住了，他不知該怎樣才好，他雙眼定定地望在那隻手上，他張大了口，但是又出不了聲，在那一剎間，他所感受的那種恐怖——實在難以形容。

轉眼之間，那隻手不見了。

那隻手是如何消失的——是向下滑了下去，還是向後退了開去，成立青已沒有什麼印象了，他也無法知道那隻手是屬於什麼樣的人的——因為那手出現在最下一塊玻璃，他無法看到手腕以下的部分。

有什麼人會在那麼寒冷的天氣中，爬上二百四十呎的高樓，用手指在玻璃窗上敲著，來「開玩笑」？

成立青立即想到了鬼！

他是一個受過高深教育的人，平時要他想到鬼是一種實際的存在，那是絕不可能的事，但是在如今這種的情形下，他卻想到了鬼。

他勉力使自己鎮定下來，然後，衝出了屋子。

他不夠膽量走到窗子前去看一個究竟，當然，這一晚，他也不是睡在屋中的，他在酒店之中，心神恍惚地過了一個晚上。

白天，他將這兩晚所發生的事，告訴了他的一個手下，那是一個年輕人，叫郭明。郭明聽了之後，哈哈大笑，自告奮勇，願意陪成立青一晚。

成立青接受了這番好意，所以第三天晚上，成立青和郭明是一齊在那層樓中的。郭明像是大偵探一樣地，化了不少時間，察看著平臺四周圍的石欄，和察看著出現怪手的窗口。但是他卻沒有發現什麼，他又譏笑著成立青，以爲他是在疑神疑鬼。

很快地，將到午夜了。那仍然一個十分寒冷的夜晚，夜越深，天也越冷，郭明本來不贊成拉起窗簾，因爲不拉窗簾的話，外面一有什麼動靜，便立時可以看到了。

但是自窗縫中吹進來的西北風卻終於使他放棄了這主張。

拉起了窗簾之後，房子裏暖了不少，人的神經似乎也沒有那麼緊張了。

郭明啜著咖啡，打著呵欠，他正要下結論，表示一切全是成立青的神經過敏時，外面平臺上，突然傳來了一陣腳步聲。

那陣腳步聲相當輕，但是在靜寂的夜中，也足可以使人聽得到。

郭明和成立青兩人，互望了一眼，一齊轉頭，向面向平臺的玻璃看去。

郭明剛才還在譏笑成立青疑神疑鬼，但是如今他的臉色，看來卻比成立青更白。他們看不到什麼，因為玻璃門給接近地面的長窗簾擋著，看不到平臺上的情形，也看不到向平臺走來的是什麼人。

但是他們都毫無疑問地聽到那腳步聲，而且，他們也聽得出，腳步聲是在漸漸向玻璃門移近。

郭明和成立青兩人，都坐著不動。

腳步聲突然停止，他們兩人也看到了一雙腳，他們之所以能看到一雙腳的緣故，是因為那一幅窗簾，最近洗過一次，縮了，短了一些，所以，在地面和窗簾之間，有一點的空隙，空隙使人可以看到貼近玻璃門而立的一雙腳。那雙腳上穿的是名貴的軟皮睡鞋，一雙鮮黃的羊毛襪子。

一個小偷，是絕不會穿著這樣的鞋襪行事的。

那麼，這時站在玻璃門外，和他們之間只隔著一扇玻璃和一幅窗簾的，又是什麼人呢？

成立青低聲道：「不，不！」他以手托著額角，面上現出十分痛苦的神情來。

郭明像是被成立青這種痛苦的神情所刺激了，他是來保護成立青的，他怎可以這樣子坐著不動？他陡地生出了勇氣，一躍而起，衝過去伸手去拉窗簾。

他太用力了，將窗簾整個地拉了下來。

可是，玻璃門外，並沒有人。

郭明呆了一呆，突然之間，他張大了口，不斷地發出可怕的尖叫聲來！

他們兩人看到了那對腳——那只是一對腳，這對腳不屬於任何人，一對穿著黃色羊毛襪和軟皮睡鞋的腳，正在向外奔去，越過了石欄，消失了。

郭明不知道他自己叫了多久，等到他停下來的時候，他只覺得自己的身子，抖得比什麼都厲害，他一步步地向後退來，抓住了成立青的手臂，口唇哆嗦著：「成……先生……成先生。」

成立青比郭明也好不了多少，但他究竟是中年人了，他比郭明鎭靜些，但也過了好一會，他才道：「到……你的家中去過一晚吧。」

第三晚，他們兩人是在郭明家中過的。

第四晚，他們兩人，來到了我的家中。

他們兩人之所以會來到我的家中的原因，是因爲郭明的一個父輩，和我是朋友，郭明知道我對一切怪誕不可思議的事有興趣，所以他才和成立青兩人一齊來的。他和成立青兩人，化了一小時的時間，將三個晚上來連續發生的事，講了一遍。

他們要我在今天晚上到成立青居住那地方去。

我不準備答應他們——我不是一個對「鬼」沒有興趣的人，更何況是一雙不屬於任何身體，而能奔走的腳，更使我感到有意思，而且，還有那雙手哩。

但是我和白素結婚不久，與其去看鬼，我寧願面對嬌妻。

我在想要用什麼話，才能將這個特殊的邀請推掉呢？

白素就坐在我的身邊，成立青和郭明兩人，則神色緊張地坐在我們的對面。

我笑了一下：「兩位所說的話，我的確感到十分有興趣。但是，兩位應該知道，鬼這樣東西，實際上並不是一種存在，而是一種感覺——」。

我企圖說服他們，他們事實上並沒有看到什麼，而只不過是感到自己看到了一些東西而已。但是我的話還未曾講完，郭明已急不及等地道：「我們的確是看到那雙腳的，真的看到，你別以爲我們是眼花。」

我攤了攤手：「我並不是說你們眼花了，你們可能是期待著看到什麼，所以，神經便產生了一種幻覺，這才使你們以爲有一雙腳在行走的。」

一直沒有出聲的成立青，直到此際，才不表同意地道：「衛先生，照你的說法，我們兩人在第三晚看到的，仍應該是手，而不是腳。因爲前兩晚我看到的是手，郭明受了我的影響，他

『期待』的，也應該是手，對不對？」

我反倒給他們兩人駁得講不出話來了，只得轉頭向白素望了一眼，帶著歉意。

我的意思是：我不得不去了，看來我們至少要分開一個晚上了。

白素卻笑了一下：「我和你一齊去。」

人是十分奇怪的，一些最簡單的事情，有時竟會想不起來。我大費周章地在拒絕著成立青和郭明兩人的邀請，但卻未曾想到，我可以根本不和白素分開，我們是可以一起去的。

事情就那麼決定了！

半小時後，我和白素、成立青、郭明四人，到了那幢大廈的門前。那幢大廈的氣派十分宏偉，高二十四層，由於新落成，並沒有住滿人，而且，由於它處在近郊的緣故，是以到了門口，便給人以一種冷清的感覺。

我們一齊進入了電梯，電梯向上升去，一直到了二十四層，才停了下來。

二十四樓是最高的一層，大廈的設計是越往上面積越小，二十四樓只有一個居住單位，就是成立青的住所。

而二十四樓再上一層，就是天臺了，通天台的門鎖著，寒風卻仍然自隙縫中捲了下來，令得電梯的穿堂中十分淒清。

成立青是一個十分喜歡清靜的人，他揀了一個十分清靜的居住環境。

我在成立青開門的時候，走上了通向天臺的樓梯，向通往天臺的門口張望了一下。通往天臺的木門外有一道鐵閘，要偷進天臺去，倒也不是容易的事情。等我回到門口之際，成立青已開了門，在延客入室了。

那個居住單位佈置得十分清雅，成立青是一個獨身主義者，整個居住單位，只有他一個人住，有一間臥室，一間工作室和一個廳。我一進屋，就打開了玻璃門，走到那個面積十分大的平臺上。

我一直來到了石沿之旁，向下望去，下面的行人小得幾乎看不到。若說有什麼人，能雙手攀在石沿上，那真不可想像。

我退到屋中，關好玻璃門，白素提議我們玩橋牌來消磨時間，我們都同意了。但是我和白素兩人，都可以明顯地看出成立青和郭明的心神不屬。

午夜了，成立青放下了紙牌：「我們別再玩了，好不好？」

我笑了一下：「成先生，你看，一到時候，你便開始期待了。」

成立青並沒有回答我，但他的面色，卻十分難看。

同樣地，郭明也顯得很緊張。神經質是會傳染的，白素也有點面色異常起來。我自己也莫名其妙地屏住了氣息，一言不發。

屋中靜到了極點！

我耐不住這種異樣的寂靜，便起身來，向通向平臺的玻璃門走去，玻璃門旁，我向漆黑的平臺一看間，突然看到了三雙腳！我不禁大吃一驚，剎那之間，幾乎怪叫了起來。

然而我還沒有叫出口，便啞然失笑了，我看到的那幾雙腳，全是屋內人的，因為室內光線亮，所以在玻璃上起了反光，乍一看來，像是平臺外面有腳了。我轉過身，向平臺外指了指：「你們看——」

我是以極其輕鬆的態度在說著話的，我是想叫他們看看這種玻璃反光，構成虛影的情形。可是，我才講了三個字，便發現他們三個人，包括白素在內，神色都蒼白得駭人，我立時問：「什麼事？」

成立青和郭明兩人，都已講不出話來，白素的聲音也在發顫：「天啊，就在你的身後！」

我連忙再轉回身來，面對著玻璃門。

在那一剎間，我也看到了。

那絕不是我剛才所想像的虛影，那是確確實實的實體！我看到了兩隻手，不屬於任何人，只是兩隻手。

那是一雙男人的手，手指長而粗，在右手無名指上，還戴著一枚戒指，那是一枚「貓兒眼」戒指。那兩隻手，一隻按在玻璃上，一隻正握著玻璃門的把手，想將玻璃門拉了開來。但玻璃門是鎖著，所以那手拉不開。

我呆在原地，一動也不能動。

這是什麼？我的心中不斷在自己問自己。

無疑地，這是一雙手，但是，那究竟是什麼呢？我的腦筋因為過度驚訝而開始變得渾噩不清起來，然後，突如其來地，那雙手消失了。

那雙手消失了之後的一分鐘，才有人講話。第一個講話的是白素。她道：「你看到了沒有，你看到了沒有？」

那時候，我也開始恢復鎮定了。

我連聲向成立青要了玻璃門的鎖匙，打開了門，向外走去。

在那片刻之間，我下了兩個假定。

第一，我假定那雙手是假的，橡皮製的，而由鋼絲操縱著，一個熟練的操縱者是可以做到這一點；第二，我假定那人的身上，全部穿上了漆黑的衣服，我們便只能看到他的雙手，而看不到他身子的其他部分。

但是當我出了平臺之後，我立即發現我的兩個假定，都是不成立的。第一個假定若是成立，那一定有許多支架來支撐鋼絲的活動，但事實上，除了一根收音機天線外，沒有別的東西。

如果說一個人穿了深色的衣服，這本來就是十分牽強的事，而且，這個人是由什麼地方撤退的呢，我自問身手不弱，但是要我在那麼短的時間內，從二十四樓撤退，那也是沒有可能的事。

兩個假定都不成立，那麼在理論上，我就必須承認那一雙手，的確是不屬於任何人的，只是兩隻手！

一雙手，獨立地存在，這算是什麼？

單單是兩隻手，而且還有兩隻腳——成立青和郭明曾見過的，我如今已對他們的話，再不表示懷疑了。

這難道是什麼星際人？星際人的形狀，恰好像地球人的手或腳？

就算有這個可能的話，那麼手上為什麼還要戴著戒指，腳上為什麼還要穿著襪子和鞋子？

我的最荒誕的假定，看來也不能成立了！

我在平臺上呆立了好一會，才回到了屋中。

成立青苦笑了一聲：「衛先生，那……是什麼？」

我搖了搖頭：「我暫時還說不出所以然來。」

郭明面青唇白地問道：「是……是鬼麼？」

我仍然搖著頭：「我不認為鬼會像手和腳，我說不出那究竟是什麼。」

成立青嘆了一口氣：「剛才，那手想打開門來，他想打開門來作什麼？」

我的心中陡然一動：「成先生，你可認得出這一雙手是屬於什麼人的？那手上還戴著一枚貓眼石的戒指，你想一想！」

成立青呆了許久才道：「沒有，我想不出來。剛才我也見到了那粒貓眼石，如果我曾經見過的話，我一定想得起來的。」

我踱來踱去，這實是太離奇了，這是難以設想的事情。我們所看到的不是一個怪物，如果是一個怪物的話，我們就可以設想他來自不可測的太空。

但如今我們看到的，卻是普普通通的一雙手，那是應該屬於一個人的，然而此際它們卻又不屬於任何人，一雙游離的手，一對游離的腳！

時間慢慢地過去，我們四個人很少講話，只是默然地坐著，也很少動作。

一直到了清晨三時，仍然沒有什麼別的變化，我才站了起來：「成先生，我要告辭了。」

成立青苦著臉：「這裏所發生的事——」

我道：「我將盡一切力量來幫助你，如今，你不必再在這裏住下去，再請你將這層樓的一切鑰匙，暫時交給我保管，可以麼？」

成立青忙道：「可以，可以，當然可以的。」

我來回又走了幾步，等到成立青收拾了一點東西，和他們一齊出了屋子，坐電梯下了樓，成立青暫時住在郭明的家中。

我和白素回到了家中，我們幾乎一夜沒有睡，討論著那件怪事，但是卻一無結果。

第二天，我約了一些靈魂學專家，一齊到那屋子去等候，可是竟沒有結果。

第三晚，我們仍在等候，又帶了攝影機，準備一有怪現象出現，便立即將它攝下來，慢慢研究，可是也沒有結果，不論是怪手或是怪腳，都未曾再出現。

一連半個月，我都空等，我決定放棄這件事，我通知成立青，他可以搬回去了，但是成立青卻索性放棄了那層樓，那是他以分期付款的方式買的，他仍然按月付著款，但是卻聽憑那層樓空著不去住。

又過了幾天，已是聖誕節了。

這是一個不論宗教信仰如何，都使人感到有氣氛的節日。我和白素兩人，在許多的邀請者中，選擇了一個比較情投意合的晚會去參加。

那一天天氣仍然很冷，那晚會的主持人是一所高等學府的教授，我們到的時候，已經有不少客人了。這一切，本來是不值得詳細敘述的，我之所以不厭其煩的緣故，是因為當主人楊教授向我介紹到會的客人之際，在他講到「鄧先生」時，在我面前站著的，是一個高大的男子。

那男人禮貌地伸出手來，我自然也與他握手如儀，就在和他握手之際，我像是觸了電一樣。

他的手粗而大，而在無名指上，戴著一隻貓兒眼石的戒指。

那隻貓兒眼石的戒指，式樣十分奇特，而那粒貓眼石也圓而色澤佳，是上好的寶石。

這粒寶石、這隻戒指，我是見過的。

在成立青住所的那個平臺上，我就曾看到過這隻戒指，當時，這隻戒指是戴在一隻粗而大的手上（就像現在被我握著的那隻手），只不過當時那隻手是不屬於任何人的，只是一隻手！

當我發現了那枚戒指的一剎間，我心中實在極其震驚，我握住了那人的手的時間一定很長，令得那人用力將手縮了回去。

我連忙抱歉地笑了一下，以掩飾我的窘態：「對不起，我是一個患極度神經衰弱症的人，時常精神恍惚，請你原諒。」

那人並沒有說什麼，只是「哼」地一聲，便轉過身，向外走了開去。

我也連忙後退，我退到了一個比較隱蔽的角落，打量著那人。那人正在和另一個交談。他個子相當高，他的頭髮可能天生鬈曲，因之使他看來風度翩翩。

我估計他不會超過三十歲，但是我卻無法憑外表的印象而斷定他是什麼樣的一個人。

我打量了他很久，他並沒有注意我，我找了一個機會，將主人拉進了他的書房之中，在書房門口，我向那人指了一指：「這個是什麼人？」

主人十分奇怪：「咦？我不是替你介紹過了麼！你們沒有交談？」

我搖了搖頭：「沒有。」

主人道：「我以為你們會交談的，這人和你差不多，是一個怪人，他一生最大的嗜好便是旅行，而他更喜歡在東方古國旅行，去探討古國的秘奧，他家中很有錢，供得起他化費。」

我又問：「他叫什麼名字？」

主人道：「我們都叫他博士。」

我聳了聳肩：「是麼？他是什麼博士？」

主人道：「他有許多許多博士的頭銜，全是印度、埃及、伊朗一些名不經傳的大學頒給他的。他是神學博士、靈魂學博士、考古學博士等等。」

我不由自主，深深地吸了一口氣，毫無疑問，這是一個怪人。

而更令得我感到興趣的，是他的那隻手，和戴在手上的那隻寶石戒指！

主人見我不出聲，便又道：「他的真正姓名是鄧石。這真是一個怪人。對不起，外面的客人很多，我要去招呼他們。」

我自然不能將一個舞會的主人，長久地留在書房中的，而且，我也可以看出實際上，主人對這位鄧石博士，知道得也並不多。

我忙道：「你請便，我想在這裏休息一下。」

主人打開門，走了出去，我在一張沙發上坐了下來，手托著頭，我的思緒十分混亂，那個鄧石，他究竟是怎樣的一個人呢？

我決定將這件事通知白素，和她一起商量一下，我站了起來，也就在這時，「吱」地一聲，門把轉了一轉，門被推了開來。

我向門口看去，下禁怔了一怔。

站在門口的，居然是鄧石！

鄧石的面上，帶著一種十分傲岸的神情，這種神情，有點令人反胃。

他冷冷地道：「背後談論人，是不道德的！」

第二部：探訪怪住客

他忽然出現，已經令我奇怪，而他一開口，居然這樣講法，更令人愕然，難道主人已將我向他打聽鄧石的事，向鄧石說了麼？

這是十分尷尬的事情，我相信主人是不至於這樣子做的，那麼，他又是怎樣知道的呢？在經過了極短的時間的考慮之後，我心想他這句話可能是另有所指，並不是指我和主人剛才討論他的那件事而言的。所以我淡然一笑，對他點了點頭，含糊地道：「的確是如此，鄧先生。」

卻不料鄧石竟然毫不客氣，也絲毫不顧及我的難堪，又道：「而你，正是這樣不道德的人。」

這不禁令得我十分惱怒，我冷冷地道：「先生，我不明白你的話。」

鄧石更氣勢洶洶：「我是想警告你，別理會別人的事情。」

我冷笑了一下：「我應該理會什麼我自己決定。」

鄧石「嘿嘿」地笑著，他的笑聲，聽來令人毛髮直豎，有一種說不出來的不舒服。我站了起來，我相信我臉上也已充滿了敵意。

我們兩人對視著，過了好一會，鄧石才突然笑了起來，在他的笑容之中，有著一種極其卑夷和看不起人的味道，然後，他突然轉過身，走出了書房去。

我的心情久久不能平靜。我對鄧石這個人，產生了一種難以形容的興趣，他究竟是一個什麼樣的人呢？何以早些時候，我曾見過他的兩隻手呢？

主人說他曾在印度等地方住過，難道他是印度幻術的高手？

印度的魔術本來就是很有名的，但是不論是如何驚人的魔術，都不外是轉移人的注意力而已，若說是有一種魔術可以令得一個人雙手游離行動，那也是不可信的一件怪事。

我無法確知鄧石究竟是怎樣的一個人，我決定研究他這個人。

我也走出了書房，找到了白素，用小心的動作，將鄧石指給她看。

當白素一看到那隻貓眼石戒指的時候，若不是我立即掩住了她的口，她可能會大叫！

我低聲道：「我決定在舞會散的時候跟蹤他，你不妨先回去。」

白素急促地道：「我有點不放心。」

我笑道：「別傻了，我什麼樣的大風大浪沒經過，怕什麼？」白素卻仍然憂形於色：「我自然知道你經過了許多風浪，可是這個人……這件事……我總覺得有說不出來的神秘離奇之感，你……我一起去怎麼樣？」

我笑了起來：「我是去跟蹤人，你以為這也是人越多越好麼？」

白素長長地嘆了一口氣，不再說什麼。

我又耐著性子安慰了她幾句，那幾句話，在我心中都是認為絕無必要的，但是又不得不說，去跟蹤一個行為有些怪誕的人，這在我來說，實在是不足道的小事，何必大驚小怪？

我又在宴會中耽擱了將近一個小時，然後先向主人告辭，說我有事，要先走一步。

主人自然不會強留，於是，我出了那幢洋房，我深深地吸了一口迎面而來的寒冷的空氣，腦子登時清醒了不少。

我並沒有走出多遠，便停了下來，我躲在一叢矮樹後面。那地方十分好，任何人或是任何車子，我都可以看得到的。而且不論是轉左或轉右，我都可以輕而易舉地跳上車尾，由我要跟蹤的人，將我帶到應去的地方去的。

天氣十分寒冷，不多久，我便要輕輕地跑步來增加體溫了。我在那個矮樹叢之後，足足等了四十分鐘，才看到鄧石走了出來。

出乎我的意料之外，他並沒有用車子，他將雙手插在大衣袋中，昂著頭，一路還在吹著口哨，出了大鐵門之後，便向左走去。

他是步行的，我要跟蹤他，自然更方便，我等他走出了十來步，便輕輕一跳，從矮樹叢中，向外跳出來。

那時候，鄧石已快要轉過牆角了，我急步向前趕出了兩步，也到了牆角處，鄧石仍然在前面，我和他保持著一定的距離。雖然已是深夜了，但因為是節日的緣故，街道上仍然十分熱鬧，這對我的跟蹤更是有利。

我跟著他一條街又一條街地走著，漸漸地來到了近郊處，我忽然感到如今在走的這條路十分熟，那就是通往成立青所住的那幢大廈的一條路。

等我發現了這一點的時候，抬頭看去，那幢大廈，也已在前面了。前面除了這一幢大廈之外，別無其他的建築物。鄧石是住在這幢大廈中的！

我既然肯定了這一點，自然不必再急急去跟蹤他而暴露自己了。我放慢了腳步，直到看到鄧石進了那幢大廈，我才以極快的速度，向前奔去。

等我奔了那幢大廈的大堂中時，我看到有一架升降機正在上升，一直到「二十三」樓，才停止不動，在升降機停止不動之後的半分鐘，升降機又開始下落。

鄧石住在二十三樓！

這次的跟蹤極有收獲，鄧石就住在成立青的下一層，那麼至少可以肯定，成立青家中出現的怪事，可以和他有關。

確定了這一點之後，以後事情要進行起來，當然就簡單多了。

我的心情十分輕鬆，我上了另一架升降機，等到到了二十三樓之後，我跨了出來，二十三樓一共有兩個居住單位，都關著門。

我無法肯定哪一個單位是鄧石居住的，而更主要的是，我還未曾想到，就算確定了鄧石的住所之後，我應該怎麼辦。

我是應該直接去看他，揭穿他裝神弄鬼的把戲呢，還是再多搜集一些証據？我想了片刻，決定從後者做起，因爲在楊教授的家中，鄧石對我的態度已是十分之糟，如果我登門造訪那簡直是自討沒趣。

我決定了進行的步驟之後，便再上了一層樓，我有鑰匙，打開了門走了進去，第一件事，便是和遠在楊教授家中的白素，通了一個電話，我要她趕回家去，帶一點備用的東西，再一齊來到成立青的家中，我還告訴她，就在今晚，就可以有一連串怪事的謎底了。

白素來得出乎我意料之外的快，十五分鐘之後，她就來到了，帶著我囑她帶的一些東西，這包括了一具微波擴大偷聽儀，一具利用折光原理製成的偷窺鏡等等。

我在她未到之前，已經知道鄧石居住的那個單位，是在平臺的下面，因爲我在各個窗口探頭觀察過，只有平臺的下面窗子中有燈光透出來。

所以，在白素一到之後，我們便出了平臺，我將偷聽儀的管子接長，使微波震盪器垂下去，然後，才將耳機塞入耳中。

我又將潛望鏡的鏡頭，對準了下面的窗口。

但是我看不到什麼，因爲窗子被厚厚的窗簾遮著，將偷聽器的吸盤，吸住了玻璃窗，那樣，室內只要有聲音，我就可以聽得到。

白素等我做完了這些，才道：「你聽到了什麼？」

我搖了搖頭：「沒有什麼聲音，但我想我們只要等一下，一定——」

我才講到這裏，便停了下來。

我在那時，我聽到了聲響。那是一種十分難以形容的聲音，像是有人在不斷地有節奏地敲著一面十分沈啞的大鼓一樣。

那種聲音持續了三四分鐘，我又聽到了鄧石的聲音。

鄧石果然是在那間房間之中，這使我十分歡喜。鄧石像是在自言自語，我聽不到他究竟在說些什麼，結果，又是那種「達達」聲。

鄧石也不再講話了，那種「達達」聲一直在持續著，我聽了很久，換了白素來聽，也是聽不到有別的聲音。半小時之後，我們都有點不耐煩了。

白素道：「那隻貓眼石戒指，我們是一定不會認錯，我們既然知道他就住在下面，何不逕自去拜訪他，向他提出責問。」

我搖頭：「這不怎麼好，他對我十分不友好，我們可能會自討沒趣。」

白素道：「那麼，我們難道就再聽下去麼？」

我站了起來，伸了伸懶腰，我蹲在地上太久了，腿有點發酸。

我道：「我們不妨到屋中去休息一回，等半小時之後再來聽，那時，我們或者可以聽到別的聲音，從而推斷他是在作什麼了。」

白素不再說什麼，我們一齊向屋子走去。

可是，我們才走出了一步，便呆住了，我們看到那扇玻璃門，正在被打了開來。

這時候，平臺上的寒風相當勁，但是如果說這時的勁風，竟可以吹得開沈重的玻璃門的話，那也是絕沒有人相信的事情。

事實上，我們兩個人，立即否定了是被吹開玻璃門的想法，因爲我們看到了推開門來的東西——那是一雙手，一雙不屬於任何身體的手！

那隻右手，握住了門把，將玻璃門推了開來，右手的指上戴著一隻貓眼石的戒指。那左手，握著一件東西，那是一隻瓷質的煙灰碟，是放在成立青屋中的一件十分普通的東西。

兩隻手的距離，恰如生在人身上的時候一樣！

我和白素兩人緊緊地靠在一起，在那一剎間，我們因爲過度的驚愕，根本說不出任何話來，也做不出任何動作來！

我們眼看著那雙手推開門，突然之間，以極快的速度，超過了平臺的石沿，不見了。

又足足過了五分鐘，白素才道：「那是一個不完全的隱身人！」

隱身人，這倒有點像。

因爲我們除了那一雙手外，看不到別的。

但如果是隱身人的話，為什麼一雙手會給我們看到的？而且，如果那是一個隱身人的話，他怎能以那麼快的速度退卻呢？

隱身人只不過使人看不到身子，並不是身子的不存在，如果他自二十四樓跌下去的話，他一樣會跌死的。所以，一個隱身人，絕不能採取這樣的方式超過石沿消失。

那一雙手之所以不能夠以這樣的方式消失，正因為它只是一雙手，而沒有任何的身體！

所以白素說那是一個隱身人，我不同意。然而那究竟是什麼，我卻也說不上來，我的腦中混亂之極，混亂得使我難以思考的地步。

我們又沈默了許久，還是白素先開口：「那雙手，偷走了一隻煙灰碟，這是什麼意思，那煙灰碟中有什麼秘密，值得它來偷？」

白素的這一問，又提出了許多新的疑惑，使我已經混亂的腦筋，更加混亂了。我衝動地道：「我們不必猜測了，我們下去見他。」

白素吃驚地道：「見什麼人？」

我道：「到二十三樓去，見鄧石，也就是剛才取去了成立青屋中的那隻煙灰碟的手的主人！」

白素道：「如果他是一個隱身……」

我不等她講完，便近乎粗暴地回答道：「他不是隱身人，他……他……」

他不是隱身人，但是他是什麼呢？我卻說不上來了！

白素不愧是一個好妻子，我粗聲地打斷了她的話頭，她非但不怪我，反倒輕輕地握住了我的手，柔聲道：「我們先到屋中去休息一會再說，你可需要喝一點酒，來鎮定一下？」

我的心中不禁覺得有點慚愧，跟著白素，走進了那扇玻璃門，我們在沙發上坐了下來，白素倒了一杯白蘭地，給我，我慢慢地喝著。

十分鐘後，我的心情已比較鎮靜得多了，但是我在心情激動時所作的決定，卻仍然沒有改變，我放下酒杯：「我們去看他，坐在這裏亂猜，是沒有用處的，我們去看他！」

白素攤了攤手：「他會歡迎我們麼？」

我道：「他不歡迎，我們也一樣要去看他。」

白素站了起來：「好的，我們兩個人在一起，什麼事情都經歷過了，總不至於會怕他的，我們走吧。」她已開始向門口走去了。

我將成立青屋中的燈熄去，也到了門口。

正當我們要拉開房門，向外面走去的時候，我突然想起，我忘了鎖上通向平臺的玻璃門了。我轉過時來，準備向前走去。

然而，就在我轉過身去的那一刹間，我又呆住了。

這時，屋中熄了燈，外面的光線，雖暗，還比室內明亮些，所以，人站在房子內，是可以看到一些外面平臺上的情形的。

當我一轉過身去的時候，我便看到了一雙腳。

那一雙腳正從石沿之上，跳了下來，落在平臺之上，一步一步，向前走來。

白素顯然也看到那雙腳了，她緊緊地握住了我的手臂，一聲不出，我眼看著那雙腳一步一步地走過，到了玻璃門之外。

那是一雙連著小腿的腳，它穿著軟皮睡鞋和羊毛襪，和成立青曾經見過，並描述給我聽過的那對腳一樣。它來到了玻璃門前，右足抬起，向玻璃門頂來，慢慢地將玻璃門頂了開來。

這時候，我和白素兩人，心中的驚恐，實在難以言喻。但總算還好，我的思考能力還未曾因爲驚恐而消失，當我看到那右足頂開玻璃門之際，我至少知道我「不是隱身人」的推測並沒有錯。

因爲若是隱身人的話，一定會用他看不見的手來推開玻璃門的。而如今卻不，因爲只是一雙足，所以他便用右足來將門頂開！

右足將門頂開之後，左足也向內插來，玻璃門重又彈上，兩隻腳已進了房子了。

我和白素兩人，緊緊地靠在一起，在那片刻之間，我們簡直什麼也不能做，我們只是望著那一雙腳，一步一步地向前走來。

那雙腳在向前走來的時候，並不是很順利的，它一下撞在茶桌上，一下子又撞在沙發上，但是，它們終於來到了我們的近前。

白素陡地尖叫了起來，而我也大叫了一聲，一腳向前踢了出去。

我那重重的一腳，正踢在那一雙腳的右脛骨上。那一腳的力道十分大，因爲我連自己的足尖也在隱隱發痛，那雙腳急急地向外退去。

那真是千真萬確的，我看到那雙腳在向後退卻之際，它的右足蹣跚而行，那顯然是被我這一腳踢得它疼痛難忍的緣故。

這更令得我的背脊之上，冷汗直淋，宛若有好幾十條冰冷的蟲兒，在我的背上，蜿蜒爬行一樣。

一雙不屬於任何人的腳，在那片刻間，我們都因爲過度的驚詫，感到了輕度的昏眩。

所以，那一雙腳，究竟是如何離開屋子的，我們也不知道。等我定下神來時，那一雙腳當然已不在屋子中了。我緩緩地舒了一口氣，轉過頭去看白素。白素的面色，蒼白得很厲害。

我安慰著她：「別怕，你看，那一雙腳並不可怕，你一叫，我一踢，它們就走了，這有什麼可怕？」

白素搖了搖頭：「不是害怕，我們是一個完整的人，當然不會怕一雙不完整的腳，我是覺得……覺得異樣的嘔心！」

那的確是令人嘔心的，但在如今這樣的情形下，我卻不能承認這一點，我必須先令白素鎮定下來，我立即俯身低聲道：「我知道你感到有嘔吐感的原因了！」

白素紅了臉，「呸」地一聲，轉過頭去不再睬我，剛才那種緊張可怕得幾乎使人精神痲痹的氣氛，也立即被緩和了。

我來回踱了幾步：「我先送你回去，然後，我再回到這裏來，去見鄧石。」

白素道：「不，我和你一起去。」

我忙道：「不，鄧石可能是一個我們從來也未曾遇到過的怪誕東西，你還是不要去的好。」

白素不再和我爭論，但是那並不等於說，她已同意了我的意見。她向門口走去，拉開了門，然後才道：「走，我們一起下去。」

我做了一個無可奈何的神情，我們一齊出了成立青所住的那個居住單位，向下走了一層，到了二十三樓。二十三樓是有兩個門口的，我根據鄧石住處窗口的方向，斷定了他的住所，是電梯左首的那個門口。

我在他的門口站定，看了一看，並沒有找到電鈴，於是我用手敲門。

我大概敲了兩分鐘，才聽到鄧石的聲音自裏面傳來，他粗聲粗氣地道：「什麼人？」

我感到十分難以回答，因之呆了一呆，白素卻已道：「是不速之客，但請你開門。」

鄧石的聲音顯得更不耐煩了，他大聲道：「走，走，什麼不速之客？」

我接上去道：「鄧先生，我們剛在楊教授的舞會上見過面，我是衛斯理，剛才講話的，是我的太太白素，請你開門。」

鄧石好一會未曾出聲，我已估計他不會開門的了，所以我已開始考慮我是這時候硬撞進去呢，還是再等上兩三個小時，用百合匙偷開進去。

但是正當我在考慮著這些的時候，只聽得「卡」地一聲響，緊閉著的門，打開了一道縫，從那縫中，我們可以看到鄧石一半的身子，他面上所帶著那種做作而傲然的神情：「我與兩位不能算是相識，兩位前來，是什麼意思？」

白素「哦」地一聲：「我們既然來了，你不請我們進去坐坐麼？」

鄧石又猶豫了一下，才道：「請！」

他將門完全打開，身子也向後退出了兩步。

當鄧石的身子向後退出兩步之際，我和白素兩人，心頭都跳了起來。

在那片刻之間，我們都已看到，鄧石的手上，所戴著的那隻貓眼石的戒指，而他的腳上穿著軟皮睡鞋和羊毛襪，更令得我們駭然的是，他在退出之際，右足顯得蹣跚不靈，一拐一拐地。

那是剛才我重重的一腳，踢中了他右脛骨的緣故，我幾乎敢斷定，如果這時掀起他右腿的裸腳來，一定可以發現他的右小腿脛骨上，有一塊瘀青！

那一雙手，那一雙腳，毫無疑問，都是屬於鄧石的，但何以我們都幾次單獨看到它們呢？這又是怎麼一回事呢？

我和白素呆立在門口，鄧石揚了揚眉：「請！」

我們這才向裏面走去，和鄧石相對，去沙發上坐了下來。

我本來估計，鄧石的屋內，可能有許多古古怪怪的東西，但事實上並不，就算有的話，那至多也只是一些印度、土耳其、埃及一帶的雕刻，那些雕刻都給人以一種神秘的感覺，那是東方的神秘。但用這種雕刻來陳飾，是相當普遍。

真正又令得我們兩人吃了一驚的，是咖啡機上的一隻煙灰碟。

那是一張瓷質的煙灰碟，製成一張荷葉的形狀。

這隻煙灰碟本來是在成立青屋中的茶几上，而我們親眼看到由一雙不屬於任何人的手，將它由成立青的屋中，拿出來的。

我們坐定之後，氣氛顯得十分尷尬，我想不出該怎樣開始才好，鄧石則不耐煩地望著我們，難堪的沈默維持了兩分鐘之久，鄧石才冷冷地道：「好了，你們來找我，是爲了什麼事？」

我咳嗽了一下，清了清喉嚨，我決定開門見山，於是我道：「鄧先生，我們必須告訴你，在過去的大半小時中，我們在樓上，二十四樓，成立青先生的住所之內。」

我以爲這樣一說，鄧石至少大驚失色了，因爲我們既然在過去的大半個小時之內，是在二十四樓，那是一定知道了他的秘密的了。

可是鄧石卻若無其事，甚至連眉毛也未跳動一下，便冷冷地反問道：「那又怎樣？」我呆了一呆，反而難以開口了，我道：「我想，我們應該心照不宣了吧，對麼？」

一聽得我那樣說，鄧石突然站了起來。

他伸手向門口一指：「出去，你們這兩個神經病，出去！」

我也站了起來：「鄧先生，你何必這樣？我們什麼都看到了。」

鄧石咆哮道：「你們看到了什麼？」

我也不甘示弱：「你的手，你的腳！」

鄧石叫道：「瘋子，你們是兩個瘋子！」他突然衝出了屋子，來到了對面的一扇門前，大力地按著電鈴，我不知他用意何在間，那扇門已打了開來，一個中年男子，穿著睡袍，走了出來。

我一看到那中年男子，不禁怔了一怔。

那男子我是認識的，他是警方的高級探長，姓楊，和我是相當熟的，但我卻不知道他就住在這裏，這時我見到了他，不禁十分發窘。

楊探長看到了我，也呆了一呆：「啊，衛斯理，是你。鄧先生，什麼事情？」

他究竟不愧是一個有資格的老偵探，一面說，一面望著鄧石，又望了望我：「你們之間有一點不愉快？」

鄧石瞪著眼：「楊探長，你認識這個人麼？」

楊探長忙道：「自然，我認識他，他是大名鼎鼎的……」

可是，楊探長的話還未曾講完，鄧石便已不禮貌地打斷了他的話頭：「不管他是什麼人，我卻不認識他，但是他硬闖進來，楊探長，我是領有槍照的，在這樣的情形下，如果我向他開槍，他可是自找麻煩？」

鄧石的話十分霸道，但是他的話是嚇不倒我的，我冷冷地道：「鄧先生，你做的事情，自己心中有數！」

鄧石這傢伙，像是對法律十分精通一樣，他立即道：「我做了什麼事，你講，你說話可要小心一些，我隨時可以告你誹謗。」

和鄧石相見，不會有什麼愉快的結果，這是早在我意料之中的，但是鬧得如此之僵，卻也是始料不及的。

我真想不顧一切地打他一頓，但是白素也走了出來，將我拉開了一步。鄧石大聲地罵道：「混蛋！」接著，退了回去，「砰」地一聲關上了門。

我和白素，對著楊探長苦笑了一下，楊探長向鄧石的門上指了一指：「這是一個怪人！」

我心中一動，楊探長就住在他的隔鄰，那麼，楊探長對於鄧石的行動，是不是多少會知道一點呢？

我連忙道：「你已經睡了嗎？我有一點事情打擾你，不知道你肯不肯和我談談？」

他猶豫了一下，顯然他不怎麼歡迎我這個不速之客，但是他還是答應了下來：「好的，反正我已經醒了，不要緊的。」

我和白素一齊走了進去，到了他的一間書房之中，我才道：「楊探長，你可曾見到過一些怪事，比如說，不屬於任何人的一雙手，或是單單地一雙腳，而手和腳，都是鄧石的？」

楊探長皺起了眉頭，他顯然是要竭力理解我的話，但卻又實在聽不懂。

這也是難怪的，事實上，如果我對一切全不知情，聽得有人向我這樣講的話，我也會莫名其妙，不知人家在講些什麼的。

第三部：用笨辦法來窺伺

我又將事情大致地向楊探長講了一遍，並向他說明，這一切都是發生在他樓上。

楊探長總算耐著性子，聽我講完，但是他卻搖了搖頭：「你寫的那些古古怪怪的小說，將你弄得神經衰弱了，當心你這種神經質，會遺傳給你的孩子！」

我被他氣得瞪眼，他全然不相信我所講的話。

從楊探長面上那種已然十分不耐煩的神色看來，我知道自己再說下去，也沒有甚麼用處。我站了起來，笑道：「或許是我神經衰弱了，但是，我還有一個請求，希望你以後，如果發現了同樣的情形的話，通知我一下，可好麼？」

楊探長分明是在敷衍我，連聲道：「好的，好的。」

他一面說，一面自己先走出了書房，他總算還維持著禮貌，將我們兩人客客氣氣地送了出來。一出了門口，我不等白素開口，便向上指了指，白素立即明白了我的意思，我們立即向上走去，回到了成立青的房子之中。

我在沙發上坐了下來，不斷地吸著煙，白素則默默地坐在我的對面。

我不斷地噴著煙，將自己包圍在煙霧之中，而事實上，我的確是身在一大團煙霧之中一樣，直到如今為止，我甚麼也未曾知道！

而且，這件怪事，和以前的怪事，絕不相同。以前，我曾不止一次地陷身入迷霧之中，但是我慢慢地發現線索，發現光明，追蹤而去，自然而然就可以從迷霧中穿出來了。

可是，這一次的不同，我雖然在迷霧中，但是全部光亮，全部線索，都在我的面前，這一切，就是鄧石。我已經知道了一切事情，全和鄧石有關，然而我卻沒有法子進一步獲得甚麼。

如果我潛進他家中去，很可能他用極不客氣的手段對付我，正如他剛才所說那樣，如果他將我在他的屋中槍殺了，他全然沒有罪。當然，我也不會那麼容易便死在他的手下，但那已不是好辦法了，因爲要窺視一個人的秘密，最好的辦法，是別去驚動那個人！

我想了許久，白素才道：「你可是在想用甚麼方法去偵知他的秘密？」

我點頭：「我想趁他不在屋中的時候潛進去，一則不是好辦法，二則，只怕發現不了甚麼。」

白素道：「我倒有一個笨辦法。」

她說著，伸手向地上指了指。

我立即明白了她的意思：「你是說，他住在下一層，我們可以在這裏鑽幾個孔，去窺伺他的行動？」

白素道：「我正是這個意思，這是一個笨辦法，但卻有效。」

我來回踱了幾步，決定採取白素的這個辦法。當我決定採用了這個辦法之後，我的心中不禁十分後悔，因爲我已向鄧石講起過我在上面的這件事，這將使他有預防。但事已至此，也只好如此了。

我和白素離開了這幢大廈，我自己擬定了一個計劃。

第二天，我托一個朋友，在一家建築公司中找到了那幢大廈的圖樣。那樣，我就可以確知成立青住所下面，哪些地方，恰好是鄧石的房間。

我又和一個做機械工程的朋友商洽，他替我設計了一套無聲的鑽頭，可以鑽出四分之一吋的小孔，鑽頭是特鑄的合金鋼，可以透過鋼筋的水泥工程。而且，還有吸塵設備，吸塵設備的作用是，當我在鑽孔的時候，不會有絲毫灰屑落入下面的室中。

那樣的話，被鄧石覺察的機會就少得多了。

要俯身在小孔中觀察下面的情形，未免太辛苦了，所以我又準備了四枝小型的電視攝像管，那是特別定製的，攝像管的鏡頭，是四分之一吋大小的。

這樣的話，當小孔鑽成之後，我只要將電視機攝像管伸下去，就可以在四具電視機上，看到下面三房一廳中的情形了。

我的這些安排，化了一個星期的時間。

當我準備好這些時，已經過了新年。我請了一個私家偵探，監視著鄧石的行動，他一離開家，我就在成立青的屋中，開始鑽孔。

雖然一切設備全是最現代化的，但是要鑽透呎許厚的鋼骨水泥，也不是容易的事情。而且，我的操作必須極其小心，如果落下些水泥粉末，那麼他一定立時可以知道有人在他的天花板上鑽孔了。

而且，我又不能日夜開工，我必須接到那私家偵探的信號之後，才能開始工作。

當我鑽成了第一個小孔之時，又過去了兩天了。

這個小孔，是通向鄧石的起居室的，也就是我們曾經進去過，卻又被他逐出來的那地方。

鑽成一個小孔之後，我就不那麼心急了，因為鄧石外出，我可以工作，鄧石一回來，我便可以在電視螢光屏上，注意他的動作了。

第一天，我看到鄧石一跛一跛地走了進來，他被我踢了一腳，傷得不輕（我堅信我踢中的就是他的腳），過了將近半個月，還未曾痊癒。他在一張沙發上坐了下來，打開了一隻皮包，翻閱一些文件。

他的行動，可以說和常人無異，他看了一會文件之後，便打開了收音機，我可以聽到爵士音樂的聲音，他原來是一位爵士音樂的愛好者。

他在起居室中耽擱了將近一小時，便進了房間。

他在房間中做了些甚麼，我無法知道了，因為我只鑽好了一個小孔。

又過了兩天，我又鑽好了他臥室的小孔，這使我發現了十分吃驚的一個秘密。

鄧石的臥室，相信是世界上最古怪的臥室了！

他的臥室，缺少了一切臥室中都應該有的一件東西：床！或者說，既然沒有床，那就不是臥室了，但是那又的確是臥室。

沒有床而我仍然稱之爲臥室的原因，是因爲那的確是臥室，因爲鄧石一進了這間房間，便躺了下來：躺在一隻箱子中。

鄧石在起居室中，看來完全和常人無異，而當他一進了那間臥室之後，他簡直成了另一個人，甚至可以說，他不是人，因爲沒有一個人是像他那樣的。

那間臥室正中是一隻箱子，那就是鄧石所睡的東西，那箱子約有六呎見方，可以供他躺進去之後，伸直雙手。而他在一躺下之後，的確伸直了雙手，他的臉向著天花板。

在他一躺下來的時候，我真害怕他會發現天花板上的那個小孔了。

然而他並沒有發現，他的臉上，現出一種極其奇怪的神情來。這是一種十分難以形容的神情，大抵只有吸毒者在吸足了一口白粉之後，才會面上有這種神情出現的。

那隻箱子中有許多格，因此鄧石還不是平穩地躺在箱子底部的，他人是架在那些五六吋高的金屬格之上的，如果那些金屬格子是利刃的話，那麼他一躺下去，他整個人就會被切成許多塊了，他的兩條腿，將變成四段，手也是一樣。

他的頭部，首先將齊頸斷下，耳朵也將分離，當然，如今他還是好好地躺在箱子中，我們這樣的假設，是為了使大家明白那隻箱中的格子的分佈情形。

電視傳真是黑白的，我無法看到那隻箱子是甚麼金屬所製成的，但我可以肯定那是金屬，因為它有著金屬的光輝，相當耀目。

當鄧石在那隻箱子中躺下來的時候，我和白素兩人，都已看得傻了。

白素低聲地問道：「天，他是在做甚麼？」

我搖了搖頭，無法回答。世界上沒有一個人回答得出白素的這個問題——除非是鄧石自己。

我只是低聲道：「看下去，別出聲。」

鄧石躺了下去之後不久，我看到他的右手中指，摸索著，向一個箱子左側的按鈕，按了下去。

這時候，我必須說明的一點，是由於電視攝像管的角度問題，我只能在電視上看到房間的中心部份，至於四壁有些甚麼，我是看不到的。

等到鄧石按下了那個按鈕之後，我才看到，一隻箱蓋，緩緩地向前移來，精確地蓋在鄧石所躺的那箱子之上。

這一來，鄧石完全被蓋在箱子中了！

箱子中是不是有特殊的設備在輸送空氣，我無由得知，但如果鄧石是用了這樣的裝置來自殺的話，那麼他不是白痴，就是天才了。

值得注意的是，箱子蓋上，有幾條電線，連到左側去，電線連結的是甚麼東西，我無法看得到，當然我也不知道這兩條電線的作用是甚麼。

我和白素一直注視著電視機，直到過了兩個小時之久，我們才看到箱蓋移開，鄧石像是睡醒了一覺也似地跨出了箱子，顯得精神飽滿。

他出了臥室，到了另一間房間中。他在另一間房間中，究竟做了些甚麼，我們又無法知道了，因爲那房間，我們還未鑽孔。

接下來的兩天中，我們都看到鄧石在那隻箱子中，睡上兩小時。

我和白素兩人，發揮了無比的想像力，向一切方面去設想，但是我們對於鄧石的怪舉動，仍然想不出任何解釋。

而鄧石每次在那個箱子中，都「睡」上兩小時左右。兩小時之後，他總是到另一間房間中去，通常要經過三小時，然後匆匆出去。

我們都知道，等到通向那一間房間的小孔鑽成了之後，那我們一定可以知道他這種怪行動究竟是甚麼意思了。第三天中午，鄧石出去了，我正在工作著。

白素出去買一些東西，屋子中只有我一個人，我估計，再有半小時左右，這個孔就可以鑽成功了。

可是，正在我工作著的時候，門鈴突然響了起來。

我放下了鑽孔機，站起身來，伸了伸懶腰，我心中想，一定是白素忘記帶鑰匙了。我到了門口，幾乎毫不猶豫地打開了門。

可是，當我一拉開門的時候，我呆住了。

站在門口的不是白素，卻是一臉陰鷙，帶著陰森微笑的鄧石！

我連忙身子向前踏出了一步，擋在門口：「甚麼事？你可以趕我出去，我當然也不會讓你進來的！」

事實上，我是不能讓他進來，因爲他一進來的話，我一切的心血都白費了，我已準備，他如果不走的話，我便將他推開去！

可是，又一件出乎我意料之外的事情發生了。

鄧石向後退出了兩步，向樓梯口招了招手：「他在這裏。」

在我還未曾明白他這樣做是甚麼意思間，三個警員，由一個警官領著，已經從樓梯口向上，疾衝了上來，爲首的警官大聲道：「讓開！」

我的一生之中，再沒有比這一刻更尷尬的了！

我不能不讓開，因爲來的是警方人員。

而當警方人員進門之後，真相大白，我想逃也不可能，因爲就算我逃脫了，白素還不知道這裏發生了意外，等於害了她，令她落入警方的手中。

當然，我終於可以沒有事的，因爲我持有國際警方所發的特別證件，凡是和國際警方合作的地方，警局方面都應該和我合作的。

但是，我在成立青住所中所做的一切，卻不能再繼續下去了。

鄧石這個人做事如此之絕，一上來就召了警，他可能會堅持要控告我侵犯他人身自由的，那樣一來，我更是糟糕之極了。

我僵立了許久，等候那警官將我這些日子來，辛辛苦苦弄成的東西，全部撤走之後，來到了我的身後，道：「好了，我們必須將你帶走。」

我自然沒有抗辯的餘地，我只是道：「好的，但是我卻要留一張條子給我的妻子，好讓她回來之後，明白發生了一些甚麼事。」

「你的妻子，也住在這裏麼？」那警官問。

我連忙提高了警惕，因爲我如果隨口答一句「是的」的話，那麼白素就變成我的「同犯」了，我道：「不是的，她剛才來看我，離開了一會，快回來了。」

那警官道：「好的，你可以留下一張紙條，事實上，我們會有一個人守在這裏的。」

我草草地留著一張紙，敘明了所發生的事情，然後和那個警官，以及鄧石，一起上了警車。

自從警方人員出現之後，鄧石一直未曾講過一句話，他只是以一種十分陰森的笑容對著我，令得我更加狼狽非凡。

在警車中，我一直保持著沉靜，到了警署，我被帶到一間小房間中，那小房間內只有我一個人。

我在那小房間等了約莫十分鐘，正在我不耐煩時，房門打開，一個人走了進來，他竟是警方的特別工作組負責人傑克上校。

這些日子來，傑克官運亨通，我第一次和他打交道的時候，他還只是少校，如今，已是上校了，但是他臉上那種不惹人好感的神情，則始終不變。

傑克走了進來，向我點了點頭：「這次你的麻煩可不少了！」

我忙問道：「你們沒有向鄧石提及我的身份麼？」

傑克道：「我們曾經強烈地暗示過，但鄧石卻表示，就算你是當地的警務首長，他也一樣要控告你，他已委托了兩個著名的律師，而且，掌握了一切證據，這場官司，你一定失敗。」

我呆了半晌，事情發展的結果，會惹來那麼大的麻煩，這的確是我以前絕未想到過的。

傑克搓了搓手，又道：「你是爲了對鄧石這人發生興趣的？如果他有甚麼犯罪的行動——」

我不等他講完，便搖了搖頭：「不，他沒有犯罪，他只是——」我苦笑了一下，也沒法子說下去。

傑克道：「你爲甚麼不說了？難道事情還怪誕得過『透明人』？」

「大同小異，我講出來，你也不會信的，還是不要多費唇舌的好。你有甚麼辦法，可以使我避開這一場麻煩事？」

傑克點頭道：「有的。」

我忙道：「甚麼辦法？」

傑克的回答十分簡單：「逃亡。」

逃亡！老天，我想也未曾想到過這一點。逃亡？僅僅爲了這樣的小事？

但是，事情已到了如今這樣的地步，逃亡看來也是唯一的辦法了。

我呆了片刻：「我要和鄧石見見面，或者我能夠使他打消控告我的念頭。」

傑克道：「我看不能——只不過你可以一試，我去請他進來好了。」他說著，便退了出去。當小房間中，又只剩下我一個人的時候，我的心中，又不禁躊躇起來，鄧石若是來了之後，我該怎樣和他說呢？

我來回踱著，心中煩躁，那是因爲我在事情發生之前，絕想不到會惹下這種麻煩的。

我踱了幾個圈，「砰」地一聲響，鄧石挺著胸，傲然地站在門口，一副勝利者的姿態。

我本來倒已的確準備了幾句道歉的話，準備向他表示友好的，可是一瞧見他那副德性，氣就不打一處來，立時改變了主意。

我們兩人相對了片刻，我才冷冷地道：「我已經說過了，你堅持要鬧上法庭的話，對你有好處？」

鄧石冷笑著：「至少我看不出甚麼壞處來，而一個由好管閒事而發展到偷窺狂的人，卻可以受到法律的懲戒。」

我忍住了氣：「可是你別忘記，我已經知道了你的秘密了！」

鄧石「哈哈」地大笑了起來：「你甚麼也不知道，可憐，你其實甚麼也未曾看到！」

我實在氣不過他那種狂妄的樣子，我立即狠狠地道：「至少，你的腿上，曾捱過我重重的一腳，你能否認這一點麼？」

鄧石的面色，在剎那間，變得十分難看。

我知道，我想說服他的企圖，已不可能再實現了。

但是我心中卻十分高興，因爲我總算出了一口氣，也打擊了他的氣焰。

他瞪著我，好一會，才冷笑道：「隨便你向甚麼人說好了，有人會信你？」

他這句話，倒是實在的情形，如果我在法庭上說，我在二十四樓，曾看到過鄧石的兩隻腳，並曾向之踢了一腳的話，那麼唯一的結果，就是被送到醫院那裏，作神經是否正常的試驗！

我感到難以回答，但是也就在那一剎間，我想到了那隻煙灰碟。

那隻煙灰碟，是成立青的，是被鄧石「取」走的，如今在鄧石的家中。不論我指控他是用甚麼方法取到，但是成立青所有的一件東西，到了鄧石的家中，他總得好好地解釋一下。

而不管他如何解釋，他總是不告而取，那是有罪的，雖然罪名極輕，因爲那東西只不過是一隻瓷質煙灰碟而已，但他總是有罪的。

我舒了一口氣，悠悠閒閒地道：「鄧先生，那麼那隻煙灰碟呢？」

鄧石怒道：「甚麼煙灰碟？」

我道：「你從成立青的家中——二十四樓偷走的那煙灰碟，我看到它在你的家中，鄧先生，你公然陳列著贓物，這等於是向法律挑戰了！」

鄧石的面色，難看到了極點。

我聳了聳肩：「我可以立即請來成先生，會同警方人員一起到你家中去的！」

鄧石吸了一口氣：「好，這次算是又給你逃過了一關，但是我警告你，你不能再來管我的事，我總會使你吃一次苦頭。」

我只覺得全身輕鬆，忍不住「哈哈」大笑了起來。

鄧石厲聲道：「你別得意，你若是再來管我的閒事，就是自找麻煩。」

我忽然止住了笑聲，走到他的身邊，用十分正經的態度問道：「說實在的，這究竟是怎麼一回事，你可以告訴我麼？」

鄧石呆了一呆，由於我這一問，是突如其來的，他事先，全然不可能有答覆我的心理準備，是以他一呆之後，便道：「我是在——」

可是他只講了三個字，便突然住了口，他的態度也變了，冷然道：「哼，我有必要和你來討論這個問題麼？當然沒有！」

他只講了「我是在」三個字，這三個字，當然是絕無意義的，因爲在這三個字之後，可以加任何事上去，我等於甚麼也沒有得到！

他話講完，一個轉身，便向外走去，我跟在他後面，才出了房間，傑克便迎面走了過來，傑克看到鄧石，他自然已看到了鄧石那種悻然的面色，他以爲我一定不成功了，所以向我苦笑了一下。

但出乎他的意料之外，鄧石卻已開口了：「警官先生，我不準備控告他了，可以麼？」

傑克「啊」地一聲：「可以，當然可以。」

鄧石昂著頭，傲然地走了出去，傑克來到了我的面前，伸手在我的肩頭上拍了拍：「你真有辦法。」

我笑道：「別來損我，我有辦法，還會被人捉將官裏去麼？」

傑克「呵呵」地笑了起來：「你先別忙走，我們來談談，你將這件事情的來龍去脈詳細講給我聽聽！」

我搖著頭道：「不是我不願意，我必須趕回去和白素見面才行。」

傑克狡猾地搖著頭：「不用，尊夫人已經來了，而且，她已經向我講述了事情的大概，為了證明她所說的是不是真的情形，我需要你再講一遍，而且暫時，我不希望你們兩人見面。」

我的心中，不禁十分憤怒，冷笑了一聲：「怎麼，你怕我們串同口供麼？」

傑克連忙否認：「不，不，當然不是這意思。」

我知道自己若是不將事情的經過說一遍的話，傑克是絕不會放過我的，我儘可能將事情緊縮，在三分鐘之內，就將一切的經過情形，向他講了一遍。

傑克不住地點頭：「真是有這樣的奇事？」

「是的，至少有四個人，曾多次目擊這樣的奇事！」

傑克又道：「你真是聰明一世，糊塗一時，如果你早和警方聯絡，我們有最新型的無線電視攝像管，只要趁鄧石不在的時候，偷進他的住所去，安裝在秘密的地方，那麼在半哩之內的範圍中，就可以隨時看到他在屋內的動作了！」

我笑道：「如果能進入他的屋子，何必還要安裝甚麼電視攝像管？」

傑克不服氣：「這話是甚麼意思？」

我道：「很簡單，鄧石的屋子中，一定裝有十分周密的防盜設備，我們若是貿貿然地進去，那一定大吃其虧。」

傑克這才「嗯」地一聲：「你是準備放棄探索這件事了？」

我「哈哈」大笑，用力拍著他的肩頭：「上校，枉你認識了我那麼多年！」

傑克也笑了起來：「那麼，我們合作，我對這件事，也極有興趣！」

第四部：零碎的木乃伊

合作對我來說，自然是好事，至少不會再有鄧石召警來對付我的事發生，就算有，我也必然可以獲得通知，及早離開。

是以我立即道：「好的——只不過這件事，不宜太多人參加。」

「當然，就是我和你，如果事情沒有結果，我也根本不將之列入檔案，就當根本沒有發生過一樣。」

我點頭道：「你——」

傑克道：「還是這個辦法，我和你偷進他的住宅去！我相信以我們兩人的經驗而論，是可以躲過很多防盜設備的，進入屋子之後，我們便放置無線電視攝象管，窺伺他的行動。」

我略爲考慮了一下：「可以的，先讓我和白素見面再說。」

傑克帶著我，來到了另一間房間前，他才推開門，白素便已向我衝了過來，我連忙道：「沒有事了，我們可以從頭來過。」

白素喘著氣：「我真擔心！」

我笑道：「現在，這位傑克上校，也要參加我們的窺秘行動了，他還有更好的新型儀器，我認爲我們要快點採取行動，要不然，鄧石可能要搬走的。」

傑克忙道：「半個小時，我就可以準備好一切，你們等我。」

他轉身走了出去，我們等著他，半小時後，我們坐他的車子離開警局，又二十分鐘之後，我們到了那幢大廈的門口。

我所雇用的那個飯桶私家偵探，居然還有臉來見我，他連鄧石叫了警員來捉我都不知道，可是這時，他卻說出了一個使我們吃驚的消息：鄧石已經搬走了！

那是十五分鐘之前的事情，一輛大卡車，載著許多東西，走了，那私家偵探總算用照相機拍下了當時的情形。

我們三人，明知鄧石已經搬走了，但我們仍然到了二十三樓，弄開門進去。客廳中的家私，完全沒有動，我急急地拉開了兩間房間的房門，探頭望去。

那間「臥室」已完全空了，什麼也沒有。

另一間房間，也是空的，可是那間房間牆上，卻有著十分引起我們興趣的東西，那是四個凹槽，在上面的兩個，看來恰好容下兩條手臂，而下面的兩個，則可以容下兩條小腿。

看來，若是鄧石可以隨時割離他的四肢的話，這四個凹槽，就正是用來儲放被割離下來的四肢的了。

然則，真有什麼人可以隨意割裂四肢，並令被割裂的四肢隨意活動的麼？

我和傑克相視苦笑！

我們又在屋子中作了十分徹底的偵查，但是卻什麼也找下出來。

我們只好寄望於那們私家偵探所拍攝的照片了，然而當照片衝出來之後，我們更加大失所望了，飯桶偵探的確是飯桶偵探，他拍的照片，可以說一無用處，只不過是輛大卡車而已。

鄧石搬走的東西，照片上全沒有，這樣的照片，唯一的價值，是使我們可以追尋那輛大卡車的來源，從而知道鄧石是搬到什麼地方去的。

但是，當我們深入追查的時候，我們又失望了！

那輛大卡車是一家搬運公司的，據稱將東西搬到了一幢小洋房的門口，卸下東西就走了。而當我們趕到那個地址之際，那是一幢空屋子，屋子中什麼也沒有，當我們想和屋主人聯繫的時候，才知道屋主人早已去了法國，這屋子是托一家置業公司代售的，至今尚未脫手。

問題已很明顯了，鄧石來到這裏，又轉了車子，他的東西搬走了。他搬到了什麼地方，由於線索的中斷，我們無法再追查下去！

我們曾詳細詢問過那幾個搬運工人，鄧石自屋中搬出來的究竟是一些什麼，可是卻也不得要領，他們說鄧石的屋子中，全是大大小小的箱子，他們搬出來的，也就是那些箱子，至於那些箱子中有些什麼，搬運工人自然是不知道的。

我們又和楊教授聯絡，因爲我第一次見到鄧石，就是在楊教授的家中的。可是楊教授也不知他的底細，當然也無從找起。

在開始的幾天中，我不禁十分懊喪，因爲我相信，如果那時，再給我有時間鑿穿一個小孔的話，我就可以有機會看到鄧石的秘密了。

但如今，鄧石不知去了何處，可能他再也不會出現，他的秘密，只怕永遠要梗在我的心中了，這可以說是一個好奇心強烈的人的極大痛苦。

我費了個多星期的時間，來找尋鄧石的下落，沒有結果，傑克上校已放棄了這件事，而由於舊曆年關的漸漸接近，白素忙於家中的事務，也根本不理會鄧石了，只有我還在不斷地忙碌著，可是也一無所成。

到了將近過舊曆年的時候，我突然收到了一封電報，這封電報，使我的追尋工作，有了新的轉機。

但是我剛收到那封電報之際，是不知道事情和鄧石有關的。電報是我的一個在開羅大學教授考古學的朋友拍來的，電文十分簡單：「有不可思議之事發生，盼速來，同解決。胡明。」

「不可思議之事」這是對我最具吸引力的事情了。我和白素商量，當我將那封電報拿給她看的時候，她搖了搖頭：「別去理睬他，快過年了，還要離家？」

白素的態度如此，我也就沒有將這件事放在心上，但是我卻也沒有像白素那樣說法去做，我悄悄地發了一封回電，說明我不能遠赴開羅，但是在電文的最後，我還是忍不住問了一句：究竟是什麼不可思議之事，可能見告否？第二天一早，胡明的回電就來了，電文相當長：「你必定要來，此不可思議之事，牽涉到整個人類的歷史，以及古埃及人製造木乃伊，保存屍體之謎，更有怪異荒誕之極的人體支離活動幻象，速來。」

「整個人類的歷史」、「木乃伊之謎」這一切，都還可以引不動我的興趣，可是，「荒誕的人體支離活動的幻象」這句話，卻使得我非去不可了。

胡明將「人體支離活動」這件事，既加上「荒誕之極的」形容詞，再加上「幻象」的結論，我相信他是未曾真正地見過人體支離活動的情形，一定是人家見到了轉述給他聽的。然而，「人體支離活動」，我卻是見過的，我深知雖然荒誕，卻不是什麼幻象，而是確確實實的事實。

我不敢肯定那個使得胡明知道有「人體支離活動」的情形的那個人也是鄧石，但是這情形無疑是和鄧石的手、足分離十分相似的。

所以，我向白素列舉了一千零一種非去不可的原因，白素也講出了一千零一種不可去的道理，我們像聯合國大會開會一樣，展開了冗長的辯論。

我們之所以不能一起去的原因，倒並不是因爲年關在即，而是白素的父親白老大病得相當重，這個中國幫會中罕見的奇才，究竟也到了暮年了，如果我要去的話，就需要和白素分開。最後，我之所以能夠成行，還是白老大的一番話，他對白素道：「讓他去吧，人生是如此之短促，而世界上神奇莫測，不可思議的事又如此之多，他既然有機會去探索一件怪事的真相，你爲什麼不讓他去呢？」所以，我才能登上飛機，到開羅機場的時候，胡明來接我。胡明和我的相識，是在多年之前，我對考古工作有興趣，參加了一個業餘的考古團，在中亞一帶進行過考古活動的緣故。而我不久就退出了這種活動，因爲我的興趣是希望每天發現一座湮沒的古代大城，而實際上，從事考古工作是十分辛苦的，往往一兩個月，找不到一片瓦片。

但是胡明卻樂此不疲，後來還進了一家著名的大學去專攻考古，他可以說是亞洲、非洲古跡的研究專家，已有很高的學術地位了。我一下飛機時就看到了他，雖然已有多年未見，但是他的樣子，和多年前一樣，矮小、黧黑，講起話來快如連珠炮，在田野中活動的時候，目光銳利，動作敏捷，活像一頭田鼠。

胡明一見了我，便拉緊了我的手：「我相信你一定不虛此行。」

開羅我並不是第一次來，上次我還曾在阿拉伯沙漠之中，和一名叫作尤索夫的刀手決鬥，我曾在一個極古的古城的地下建築中，找到過可以使動物肌肉變成透明的物體，那時候胡明正率團在中亞的阿塞拜疆一帶考古，所以我未曾遇見他。

是以，我這樣回答他：「如果你這次的事，不如我上一次經歷的那樣奇特，我一定不再睬你。」

胡明「哈哈」地笑了起來：「不論你上次經歷了什麼樣的怪事，都絕對比不上如今事情的古怪，你一定會繼續將我當作好人的。」

我們驅車進城，胡明的住所是大學的教授宿舍，他雖然只是一個人，而所占的居住面積卻大得驚人，實際上，他的住所，等於是一個小型的博物院。

他一進屋，要他的女管家準備食物，可是卻吩咐將食物送到地窖中去，接著，他便將我帶到了地窖之中。

他的地窖中散發著一股難聞之極，無法形容的氣味，才一進來的時候，幾乎被那種氣味弄得作嘔，可是胡明卻還深深地吸了一口氣，眼中射出異樣的光輝來：「這裏的空氣多美妙，只有在這樣的環境中，我才感到生命的價值！」

我放眼看去，地窖的燈光雖然明亮，但是置身其中，卻也不免使人感到陰森可怖！

因爲，老大的地窖中，幾乎有近八十具木乃伊在，還有各種各樣的石棺和殉葬品，一切的怪氣味，全是那種幾千年之前的東西上發出來的。

我嘆了一口氣：「教授先生，你老遠地叫我來，不是爲了請我在木乃伊的旁邊進餐吧。」

胡明叫道：「當然不，你來看，就是這個，這些石棺，你看到沒有？」

胡明指給我看的那些石棺，都放在一張巨大的橡木工作桌上。

石棺一共是六具，其中的一具特別小，呈正方形，只有一呎見方，那可以說是一個石盒，其餘四個石棺，全是狹長形的，而有一個卻特別大，有四呎長，兩呎寬。

那些石棺，一望而知，是年代極其久遠的了，石棺上全是剝蝕的痕跡，在棺蓋上，有著浮離，但也因為剝蝕的緣故，已看不清楚。

我走近去：「這是什麼意思？這些石棺，看來雖然是古物，但也十分尋常。」

胡明卻搖著頭：「你錯，絕不尋常，你打開看看，先看那最小的一隻。」

我疑惑地望了胡明一眼，然後雙手按住了那最小的石棺。那是一隻方形的石盒，我用力揭開了棺蓋，向內望去，當我一看到棺內的東西之後，我的雙手，不由自主鬆了一鬆，「拍」一地聲響，我手中的棺蓋跌了下來，在桌角上撞了一撞，又跌倒了地上，跌崩了相當的一大塊，可是我卻不顧得去揀拾它，因為棺中的東西，實在是我所意想不到的。

那是一個人頭。

那是一個齊頸被切下來的人頭，這時當然已成了木乃伊，乾扁了。但是它乾扁的情形卻十分好，五官還可以看得十分清楚，甚至在臘黃的皮膚上還可以看到鬍渣子的痕跡。

那是一個廣額、高鼻的人，在生前，這個人的氣勢一定相當懾人。

而那顆人頭，是恰好被放在石棺中的。我的意思是，那石棺是用整塊石擊成的，擊出了一個凹槽，那凹槽便是人頭的形狀，那人頭放在凹槽之中，天衣無縫。

我看了半晌，才抬起頭來：「這太奇怪了，我未曾見過這樣零碎的木乃伊。」

胡明又搖了搖頭，他走近來，抬起了我因為意外而掉到了地上的棺蓋，放在桌上，然後才道：「你又料不到了，他是完整的。」

我幾乎疑心胡明是白癡了，但是我還是耐著性子：「這是什麼意思？完整的？我可只見到一個頭。」

胡明以十分快的動作，「砰砰砰砰」，將別的幾具石棺蓋一齊推過了一旁，使我可以看到所有石棺中的東西，我明白胡明的意思了。

這是木乃伊，的確是完整的！

它並沒有缺少什麼：在兩隻狹長的石棺中，是兩條手臂，另兩隻較大的長形石棺中，則是兩條腿，而大石棺中所放的，則是身體。

手、足、頭、身體，根本不缺少什麼，你能說它是不完整的麼？當然不能，但是，它卻是分離著的，而不是連在一起的。

看到了這樣的木乃伊，不禁使我的心中，產生出一股極其惡心的感覺來，因爲這是違反自然的，毫無疑問，這是古代酷刑的結果。

我退後了幾步：「這木乃伊生前犯了什麼罪，受到了分屍的處分？」

胡明搖了搖頭：「你太沒有知識了，能夠被製成木乃伊的屍體，非富則貴，怎麼會是一個被分屍而死的罪人？」

我向胡明瞪了瞪眼睛：「那麼，這是什麼人？」

胡明道：「我已經考証過了，他是一個在位時間極短的法老王，他的金字塔十分小，一年之前由我帶領工作人員發掘出來。金字塔中並沒有什麼陪葬品，只有這五具石棺，當時排列的方式，就和如今我放在工作桌上的位置一樣。」

我感到十分有興趣，將幾千年之前，早被湮沒了的事，一點一點地發掘出來，那實在是十分有意思的事情。我道：「你還考証到了些什麼？」

胡明道：「金字塔中有一塊石頭，清楚地刻著這個法老王的名字，那絕不會錯，他的一生，在歷史中也有可以查稽的記載，這個人是一個十分憂鬱的人，他獨身，不接近女人，二十六歲即位，二十八歲去世，他在位的時候，沒有什麼貢獻，本來，這樣的一個法老王，是不值得去研究的，可是——」

他講到這裏，又向那幾具石棺指了一指：「他的木乃伊爲什麼會這樣子呢？歷史上絕沒有一個法老王被分屍的記載，關於這個法老王的死，記載上說是突然死亡的，繼位的是他的叔父，他的木乃伊何以被分成了六個部分，這是一個謎。」

我想了一想，自以爲是地道：「大概是他的叔父想謀位，將他害死了。」

胡明道：「你不懂埃及歷史，所以才會有這種可笑的想法。」

我不禁大是有氣，高聲道：「胡明博士，是的，我什麼也不懂，我沒有知識，但請問，你叫我來，是爲了什麼？」

胡明「哈哈」地笑了起來：「你一定平時恭維話聽得太多了！」

我仍然沒好氣：「恭維話我聽不到，可是刻薄話倒也聽得不多。」

胡明伸手在我的肩頭上拍了一下：「好了，好了，談正經的，我在發現了這六具石棺之後，便朝夕研究何以這位法老王肢體分離的緣故，我請了最有名的外科專家一齊來研究，據幾位外科專家研究的結果，這位法老王的肢體分離，絕不是任何金屬鑄品切割的緣故，骨駱全是在關節處分離的，自然而圓滑，所有的大小血管，都有封閉而完好的痕跡……」

我忍不住道：「你說什麼？」

胡明道：「切口處的血管，是經過封閉的手術的，就是說，血仍然在手臂中，可以說沒有流出來過。」

我冷笑道：「這幾位外科專家有毛病了，現今要進行這樣的外科手術，尚且十分困難，何況是幾千年之前。」

胡明道：「是的，這一點，他們也知道，但是事實是如此，他們也不得不作出這樣的結論來。」

我搖了搖頭，這是無法使人相信的事情。

胡明道：「我爲了這具木乃伊，作了不知多少猜測、假定，但是沒有用處，我甚至未曾向外界公佈過有關這具木乃伊的事，因爲沒有結論，我怕人家會說我故意製造出這樣的一具木乃伊來譁眾取寵。」

我「唔」地一聲：「現在，你是不是有了結論？」

胡明在他上衣的袋子中，取出了一本日記薄，小心翼翼地將夾在其中的一張剪報，拿給我看：「你且看看這個新聞。」

那是一則花邊新聞，登載這個新聞的報紙，顯然絕不相信它所報導的是事實，所以文字十分簡單，大意是說，在開羅的一幢房子中，有人看到兩隻手，推開房門進去，但沒有人，見者更可肯定，其中右手上戴著一隻貓眼石戒指的云云。

我看完了這則新聞之後，一定十分失神落魄，以致胡明連聲問我：「你怎麼了？」

我抬起頭來：「他在開羅。」

胡明連忙道：「誰，誰在這裏？」

我道：「一個人——」

胡明急不及待地道：「一個人，當然是一個人，我的意思是什麼人，何以你的面色如此之難看？」

我定了定神：「這事情太巧了，我必須用很長的時間，才能向你說明，你還是先將你自己所要講的話，先講完了再說的好。」

明明看了我片刻，才道：「也好，這個花邊新聞，使我忽然想到了一個十分奇怪的念頭，你看這些分開了的屍體，會不會是他在死前，就已經分開了的呢？」

我望著胡明，他能夠作出這樣的假定來，這說明他是一個想像力極其豐富的人，看他的神情，像是很怕我笑他，但出乎他的意料之外，我卻並沒有笑他，我只是道：「很有根據。」

他停了片刻，才又道：「根據記載，這個法老王是十分孤僻的，他或者有什麼神奇的方法，使得他的肢體分離，或者他是一個魔術師，你知道，在中國和印度古代都是有著可使人肢體分離的魔術的。總之，這是一件十分值得研究的事情！」

我又點頭，表示同意，然後才道：「胡明，這件事情，你找到我，可以說再好也沒有了，因為我也見過一個不屬於任何人的手，和不屬於任何人的腳，我並且曾在這樣的腳上，踢過一腳！」

胡明驚訝地望著我：「你！」

我點頭道：「我！」

我將所有的事情，原原本本地向胡明講了一遍，我講得十分詳細。不必我再加油加醬地渲染，事情的本身，已是足夠神秘的了。

所以，胡明的面色，越來越是蒼白，而等我講完之後，他的面色已是極其難看了。

我們兩人沈默了好一會，才聽得胡明道：「這實在是太不可思議了，你所講的那個人，鄧石，他分明是具有這種分離自己肢體的神奇力量！」

我道：「你找到的那具木乃伊，他也可能具有這樣的能力！」

胡明伸手，輕輕地敲著自己的額頭：「可是，我仍然不明白，一個人就算是有了這種能力，又有什麼用處呢？這不像是隱身人，人家看不見他，他就可以做許多普通人不能做的事情。」

我只好搖了搖頭：「我也不明白。」

胡明向桌上那些石棺指了一指：「我想，我們只有暫時將這具奇怪的木乃伊放過一邊了，因爲有關這具木乃伊，可以研究的資料大少，不如去找鄧石還好些。」

我自然同意：「我找他許久了，如今可算是踏破鐵鞋無覓處，得來——」

我的話還未曾講完，便被一下突如其來的尖叫聲所打斷了。那一下尖叫聲，從上面傳來，接著，便是「乒乓」一陣打碎瓷器的聲音，接著，又是一陣尖叫聲。這不斷的尖叫聲，任何人聽到了之後，都可以明白上面是發生意外了。

胡明叫道：「女管家！」

我們兩個人幾乎是一齊向上衝上去的，當我們衝出了地窖，到了上面的起居室之際，我們看到女管家在掩著臉尖叫。

同時，我們也看到了令她發出尖叫聲的東西來。

那是一雙手！

第五部：偷石棺的一雙手

那僅僅是一雙手，不屬於任何人，可是，我卻可以知道，這雙手是鄧石的。我不但認得出那一雙手，而且更可以毫無疑問地認出那一隻貓眼石的戒指來。那雙手顯然「聽」不到女管家的尖叫聲，因爲「它們」並沒有要離去的意思。「它們」只是順著牆，在慢慢地向前摸索著。

這是一件十分奇怪的事情，那雙手是懸空進行的，它們何以能夠不向下落來，這是我那時所最關心的問題（人在突如其來的刺激之中，腦子往往會想及許多無關緊要的事的）。

胡明也完全傻了，他當然是第一次看到一雙不屬於任何人的手。

那雙手不但「聽」不到女管家的叫聲，「它」也「看」不到我們在注視著它。

它們仍然在移動，在半空中緩慢的前進的，並且向我們慢慢地接近來。

我是最先恢復鎭定的一個人，因爲我究竟不是第一次看到那種離奇的情形。當我恢復鎭定的一剎間，我想起了小時候聽到的許多有關大魔術的傳說來，中國走江湖的魔術家，常常在街頭演出「大卸八塊」。

據說，如果有人在一旁，捉住一隻蒼蠅，等魔術家砍下一條腿的時候，便拉下蒼蠅的一條腿來，那樣就會破了魔法，使得被大卸八塊的人，再也不能復原了。

我如今自然沒有法子立即去捉一隻蒼蠅來，而且，如今我們所看到的那種奇幻的情景，也是遠遠地超過魔術的範疇了。

我應該怎麼辦呢？

如果我能捉住這兩隻手？一想到這個念頭，我心頭不禁亂跳了起來。

的確，我如果可以捉住這兩隻手的話，那麼，我還有什麼秘密不可以偵知的呢？我連忙向前跨出了一步，那雙手便像是知道了。我無法明白它們是以什麼方法獲知的，但它們的確是知道了，因為它們立時靜止不動。

我呆了一呆，立時再向前撲去，我雙手一齊用力向其中的一隻手按去，我已碰到了那隻手，那隻手是冰冷的，我可以說從來也未曾摸過冷到這樣使人心震的東西，但是我還是用力向下按去，要將它按住。

可是，也就在這時候，另一隻手，倏地握住了拳頭，一拳向我的下頷擊來。

這是力道極大，而且又是我全然未曾提防的一拳！

我的身子，不由自主向後一仰。我的雙手，當然也突然鬆了一鬆。

那一雙手以快得使人不能相信的速度，向後退去，它們是穿窗而出的，等我站穩身子，再奔向窗口去時，已什麼也看不到了。

我轉過身來，女管家已停止了叫喚，胡明則面青唇白地望著我。

我苦笑了一下：「給他走掉了！」

胡明的口唇哆嗦了好一會，才道：「我……我佩服你，你的膽量竟如此之大。」

我道：「那沒有什麼膽大，我確實知道這雙手屬於一個人，絕不是什麼鬼怪，那有什麼可怕的，那只不過是一雙手而已！」

胡明的聲音，聽來像是在呻吟一樣：「可是那……卻是這樣的一雙手！」

我道：「我們不必在這裏討論這些了，我想鄧石的手在這裏出現，一定是有道理的，他人可能也在附近，我們去找他。」

胡明拉住了我：「這裏附近的屋子全是宿舍，你怎能進去搜人？」

一聽得他那麼說法，我也不禁站住了腳。因爲即使是開羅大學校長，也不能任意搜尋教授宿舍的。

我想了一想：「我相信這雙手還會再來，它出現，一定有目的，說不定目的便是在地窖！」

我才講到這裏，地窖中便傳來了「砰」地一聲巨響！

那一下子聲響十分響亮，分明是有一件十分巨大的東西跌到地上所發出來的。

我和胡明相顧愕然，那女管家已面無人色地向外奔去，胡明連忙又攔阻她。也就在那時候，地窖傳來了第二下聲響。

第二次「砰」地一聲，不如第一下來得響，我叫道：「胡明，別理會管家了。我們到地窖去！」

胡明被我叫住，可是剎那之間，他驚惶失措地站著，竟不知如何才好！

我立即向地窖中衝去，他看到我有了行動，才跟在我的後面，地窖的門洞開著，我一走進去，便看到那兩下聲響發生的由來了。

在工作桌上的五具石棺，有兩具的棺蓋，已被打開，一具是身子的，一具是放頭的。

那木乃伊的身子，仍在石棺中，但是，那木乃伊的頭不見了。

地窖中沒有任何人，只是充滿了陰森和神秘，就在這樣陰森和神秘的氣氛中，一個木乃伊的頭不見了，不知去向了。

胡明像是中了邪一樣，喃喃道：「不，不！」

我轉過了身子，扶住了他的肩頭，用力地搖著他的身子：「是的，是的，木乃伊頭不見了，是被那雙手偷走的。」

胡明望著我苦笑，我又道：「剛才我已經向你說過了，鄧石的手來你這裏，是有用意的，現在已經証實，他來，就是為了偷那木乃伊的頭。」

胡明總算漸漸地定下了神來：「他偷走了那個頭，有什麼用處？」

我搖頭道：「我也不知道，但是我們曾經假定，鄧石和這個已成了木乃伊的法老王，雖然在時間上相隔了幾千年，但他們有共同之處。」

胡明又嘆了一口氣，道：「是的，我們假定，他們的肢體可以分離活動，這實在是十分荒謬的一項假定！」

我沈聲道：「可是你見過，我也見過！」

胡明雙手捧著頭，在沙發上坐了下來，我將兩隻跌在地上的棺材蓋，捧了起來。

那大的一隻棺材蓋，並沒有損壞，可是小的那隻，又跌崩了一角。

那第二次跌崩了的一角，是連接著我上次跌壞了的那一塊上的，我在將棺材蓋拿起來之際，看到缺口上，似乎是閃耀著一種金屬的光芒。

我呆了一呆，仔細看去，一點也不錯，那是一種烏金色的金屬光輝，是由嵌在石中的一小片金屬片發出來的。

我立即又發現，那棺蓋是兩塊石片小心地合成的，而那片金屬片，則被夾在中間。

那兩片石片合攏的動作，做得十分精巧，若不是跌破了，露出了被夾在當中的金屬片的一角來，是絕不容易發現石中另有乾坤的。我連忙抬起了頭來，向胡明招了招手：「你來看。」

胡明站了起來，來到了我的身邊，當他看到石棺的蓋中，竟夾有一片金屬片時，他也不禁爲之陡地呆了一呆。

我問道：「那是什麼？」

他道：「先弄出來再說。」

我們試圖撬開合在一起的石片，但是卻做不到這一點，於是，我們只好用錘子將整個棺蓋打碎。我們的動作十分小心，不多久，我們就將上面的石片打碎了，但是金屬片還是緊貼在下面的石片上。

我們再砸碎了下面的石片，又剷去了粘在金屬片的石碎——那兩塊石頭，是以一種粘性強烈的驚人的東西膠合起來的，那種粘性如此之強的東西，究竟是什麼，我沒有法子知道。

那塊金屬片，約莫有一呎見方，很薄，閃著烏黑色的光芒，看來像黑色的雲母片，十分堅韌，用手指叩上去，發出一種奇異的鏘鏘聲。

等到金屬片完全取出來之後，我們立即發現，在金屬片向下的一面上刻滿了一種奇異的文字。

我看到胡明聚精會神地在研究著那金屬片上的文字，以為金屬片的秘密立即可以揭曉，因為胡明是埃及古代文字的專家，他應該可以認得出金屬片上的古怪文字。

可是，我的估計錯了。

五分鐘後，胡明抬起頭來，他的面上，一片茫然：「衛斯理，這是什麼文字？」

我絕未料到他會有此一問，當然答不上來，我從來也未曾看到過這樣的文字，我甚至不以為那是文字，而以為那更接近花紋。

我搖了搖頭：「問你啊，如果是埃及古代的文字，你應該認得。」

胡明道：「自然，如是埃及古代的文字，我一定認得的，可是它不是！」

我的心中，忽然又一動，在那片刻間，我又起了一個十分奇怪的念頭，放置木乃伊的石棺中，有著這樣的一片金屬，那是一個秘密。如果這棺蓋不是被不小心在地上跌了兩次的話，那麼這片金屬片，可能永遠不被發現。

而那個木乃伊頭，失蹤了，那和棺蓋中的金屬片是不是有著某種聯繫？

譬如說，假定木乃伊頭是鄧石盜走的，那麼會不會鄧石知道有這樣的一具木乃伊，又知道木乃伊頭部有秘密，但卻不知道秘密何在，他的雙手便盜走了木乃伊的頭，而未曾留意棺蓋？

當然，這一連串，全是假定。

然而，一連串假定，卻也說明了一點真實的情形，那便是，鄧石仍是事情的主角！

我將自己的假定對胡明說了一遍，胡明沈思了片刻：「你的假定很有理由，如今我們的當務之急，便是找到鄧石這個人，可是——」

他講到這時，頓了一頓，不再講下去。

事實上，他不必說，我也可以知道他要講什麼了，他是想說：「可是我們怎樣找到他呢？」

我道：「若然我的假定不錯，鄧石是想在這具木乃伊上，得到什麼秘密，如果他未能得到，他一定會再度前來。」

胡明駭然道：「他的手？」

我點頭道：「是的，我們等著他的手，他的手來了之後，我們小心跟蹤它們，手總要回到手臂上去的，那麼我們就可以找到他人的所在了！」

那女管家逃走了沒有再回來，屋中變得更清靜。

我和胡明兩人，各據一張躺椅，在地窯的門口等候著鄧石的雙手。

我是根據了一連串的假定，才得到鄧石的雙手會再度光臨的結論的。如果我的假定不正確，當然鄧石的雙手就不會來了。

我們雖然是在等候著假定的結果，卻都十分認真，我幾乎沒有闔眼，胡明也是，一直到了清晨三時，胡明才睡著了。

那時候，我的睡意也極濃，我幾次想好好地躺在椅上睡一覺，但總算硬撐了下來，我一直支撐清晨四時左右。

鄧石的雙手，果然來了！

那是一種極其難以形容的景象，一雙手，來了。一雙手，是那麼突然地，出現眼前，想定神看清楚時，那一雙手，便已推開了門，在向內飄了進去。

我一個翻身，站了起來，來到了胡明的面前，將他推醒，我只講了兩個字：「來了！」

胡明立即會意，他四面張望著，當然，他看不到什麼，我低聲道：「已經進去了。」

胡明也低聲道：「是一雙手？」我點了點頭：「是的，一雙手。胡明，這雙手除了能夠單獨活動之外，和我們的手，可以說是沒有什麼不同，它不能聽，也不能看，只不過它對四周圍發生的事情的反應，卻十分敏銳，我們在跟蹤它的時候，必須十分小心才好。」

當我在講話的時候，地窯之中，便已傳出了好幾下砰砰之聲，是以胡明急道：「我們難道不進去看看它在作什麼？」

我慢慢推開門：「我們不進去，只在門口看著它，然後，當它退走的時候。我們便跟在它後面，去找鄧石。」

胡明顯然很難同意我的說法，因爲那雙手，這時正在他的工作室中，進行著可怕的破壞，它們翻倒了好幾具木乃伊，又搗亂了許多東西，然後，才又停在工作桌的那五個石棺之上。

它門在那五個行棺上，逐一地摸索著，最後，又在那個原來是放木伊頭的空棺中摸著，最後，它們捧起了那石棺。

那石棺十分沈重，那一雙手居然捧起它，這使我十分驚訝，而當那雙手捧起了這隻石棺之後，便向外飄來了。

這是極端無可解釋的怪現象。

一雙手，可以單獨行動的手，就算它本身是沒有重量的話，石棺一定有重量，何以一雙手和一具石棺，竟能夠克服地心吸力，而懸空前進，這的確是不可思議的事情！

它們漸漸地來到門口，然後，那雙手捧著那具正方形的、沒有棺蓋的小石棺出來了。

胡明立即跟在後面，我們跟著它出了門口，那雙手顯然沒有發現有人在跟蹤它，而且由於它捧了一具沈重石棺的緣故，它的行動也不像上幾次那樣快捷，我們要跟蹤它，並不太困難。

十五分鐘之後，我們已來到了一條街上，那本就是十分冷僻的所在，再加上這時正是清晨四時和五時之間，自然什麼人也沒有。但是，在街邊卻有一輛車停著，而那一雙手，則直向那輛車子而去。

我心中不禁緊張了起來，鄧石難道就在車中？

我和胡明互望了一眼，我們一齊加快了腳步。

那雙手到了車旁，我們都看到，車子是空的，但是車窗開著，那雙手將石棺從車窗中拋了進去，然後，它也進了車窗。

這時候，我們都知道，這雙手，要駕駛著車子離去了！我們自然更知道，如果車子離去的話，我們徒步追蹤，是絕追不上的！

那是逼我們採取行動的時候了！

我向胡明一招手，我們立即向車子奔了過去，當我們奔到車子旁邊的時候，已經聽到車子引擎發動的聲音，車於快要開動了！

我已然有了打算，是準備一到車旁，立時打開車門，阻上那兩隻手的動作的，可是，當我來到了車旁，一拉車門之際，車子卻已然發動了！

那隻手扶在駕駛盤上，也就是在那時候，我看到了一雙腳，那一雙腳在操縱著油門和其他。

一雙手，一雙腳，沒有身子，沒有別的．但是對開車子而言，一雙手，一雙腳也已足夠了。

車子猝然開動．我手握在門把上，向前奔出了幾步，如果我不放手的話，我勢必要跟著車子賽跑，我又怎跑得過車子？

然而在如今這樣的情形之下，我卻不肯放手。

因爲我好不容易，有了跟蹤鄧石的機會，若是我錯過了這個機會的話，我上哪兒去找他去？

車子越開越快，我已不能多考慮，一縱身，手從車後打開的窗子中伸了進去，勾住了車門，身子懸空地掛著。胡明目瞪口呆地望著我，我立即便看不見他了，因爲車子這時已轉了彎。我一看車子轉彎，心中便呆了一呆，我立即想到，一雙手和一雙腳，可以操縱車子的儀器，但是卻難以避開車子的障礙的，因爲手上和腳上，是沒有視覺器官的，那麼，車子又何以能恰當地轉彎呢？

我連忙轉過頭，向車中望去，我本來是伸手勾住了車窗的，當然那不是很穩，但也可以掛住我的身子。可是當我一回頭之際，我的手臂不由自主一鬆，我便跌了下來！

我在地上滾了幾滾，撞在牆上，才止住了滾跌的勢子，我伏在地上，抬起頭來，車子已開遠了。

剛才，我之所以會突然鬆開了手臂，跌了下來，並不是有什麼力道向我攻擊，而是由於我在向車內一望之下，所產生的那股驚懼。

我在向車中一望的時候，看到了鄧石的頭！

不錯，在駕駛位上，除了一雙手和一對足之外，又多了一個頭！看到了一雙不屬於任何身體的手，本來已是怵目驚心，夠令人吃驚的了，但比起一顆不屬於任何身子的頭來，卻差得遠多了。

而且，我看到的鄧石的頭，他皮膚顏色之難看，是我從來也未曾看到的。那是死人的顏色，但是那卻又是個活人，而且，當我轉過頭去看他的時候，那個頭也轉過來，向我望了一眼。

那一眼，就是令得我突然跌下來的原因。

我自問不是膽小的人，但是一個人頭，不屬於任何身子，膚色又如此之難看，忽然向我望了一眼，這卻也使我難以忍受。

好一會，我才站起身來。

當我站起來之後，我聽到有一陣急促的腳步聲傳了過來，我幾乎可以肯定，那是胡明。

果然，我未曾轉動身子，胡明便又轉了彎，向我奔過來了。

他一到了我的身邊，便急急地道：「怎麼樣？怎麼樣？你沒有追上去麼？唉，我的意思是說，你何以從車上跌了下來了？」

我苦笑著，搖了搖頭，心中亂得可以。

胡明問我爲什麼從車上跌下來了，這個問題，叫我如何回答才好呢？我只好道：「我看到了鄧石。」

胡明也知道事情絕不會就是那麼簡單的了，他也呆了片刻，然後才道：「你看到了他的什麼？」

我握住了他的手臂：「我們先回去再說。」

我和胡明，向前回去，走出了十來步，我才道：「我看到了他的雙手，雙足，還有……他的頭。」

胡明似乎像是在呻吟一樣：「他的頭？」

我道：「是的，一顆頭，唉，胡明，老實說，我一生之中，看到過許多可怖之極的東西，但是卻再也沒有比一顆活的頭顱更可怕的了。」

胡明連聲道：「我可以想像的到，我可以想像的到。」

我們進了校園，回到了胡明的家中，一起在沙發上坐了下來，相對默然。的確，在如今這樣的情形之下，我們還有什麼可說的呢？我們兩人都被一種極其恐怖、神秘的氣氛緊緊地壓著，幾乎連氣也喘不過來！

我們坐著，直到天亮，當曙光射進屋子中的時候，我們仍然不想動，我嘆了一口氣：「我看，我們應該放棄這件事了。」

胡明搖頭道：「不，你可以放棄，我還要繼續下去，一具古代木乃伊，分爲六個部分下葬，而又有一個活人有這樣的分離情形，我怎能不繼續下去？」

我徘徊了片刻：「當然，我也希望可以繼續追索下去的，但是我相信，我們再也見不到鄧石這個人了。」

胡明奇怪道：「爲什麼？」

我道：「當我看到他的人頭時，那頭也回了過來，望到了我。」

胡明不出聲了，他身子震了一下，半晌不出聲，才道：「衛，你假定他要在我這裏找一個秘密，如果他仍然未曾找到這秘密，你說他會不會再來？」

第六部：神秘木乃伊的來龍去脈

我的心中一動，反問道：「你是指他要找的秘密，就是我們無意中發現的金屬片？」

胡明點了點頭。

如果鄧石始終未曾找到秘密的話，那麼他會再來。但我不想再繼續下去，再也見不到是一個藉口而已。事實上，我是不敢再去見鄧石了。

我絕不是膽小的人。許多許多人都可能毫不猶豫地為我証明這一點。但是，當我在看到了一顆不屬於任何身體的活人頭之後，我卻是一想起來便忍不住嘔心，我再也不想看到第二次了。

胡明又問道：「怎麼樣？你說他有沒有可能再來？」

我只得承認道：「當然有可能，但是我……我……卻想放棄這件事了。」

胡明以一種奇怪的眼光望著我：「這不像你的為人！」

我搖頭道：「不，那只不過因為你——」

我是想說他是因為未曾見過鄧石的人頭，所以才如此要繼續下去的。但是，我的話還未曾講完，電話鈴突然響了起來。

胡明拿起了電話，他面上的表情，忽然變得十分奇特，向我招了招手：「你的電話！」

我比他更奇怪了，我反問道：「我的？」

我到開羅才一天，可以說根本沒人知道我在這裏，是誰打電話給我呢？我急步走到電話旁，從胡明的手中，接過了電話聽筒：「誰？」

那邊的聲音十分陰森：「衛斯理？」

我一聽到那聲音，手陡地一震，聽筒幾乎自我的手中跌下。我要竭力鎮定心神，才能回答：「是的，鄧先生。」

我故意將「鄧先生」三字，叫得十分大聲，那是要胡明知道打電話來的是什麼人。果然，胡明的面色也變了。

鄧石笑了一下：「你的聲音不怎麼自然，其實，我們在這裏也見過面了，你聽到我的聲音，不應該如此害怕。」

我簡直沒有還言的餘地，我只好勉強地乾笑著。

鄧石道：「我想見見你們，你和胡明教授——」

我這才道：「你可以來我們這裏的。」

鄧石道：「不，我不能來，我給你們一個地址，請你們來看我，我們之間，其實可以有很多事情可商量，你們一定會接受我的邀請的，是不是？」

我吸了一口氣：「好，你在甚麼地方？」鄧石講了一個地址給我聽，然後道：「我等著你。」

我將這個地址轉述給胡明聽，胡明皺了皺眉頭：「這是一個十分髒的地方，他怎麼會住在這樣的地方的？」

鄧石住在什麼樣的地方一點我不想加以追究，我只是想決定自己應不應該前去。

我望著胡明，胡明已然道：「還等什麼，立即去！」

我道：「難道你一點也不懷疑那是一個陰謀麼？」

胡明呆了一呆，但是他卻固執地道：「即使是陰謀我也要去，你——」

我連忙打斷了他的話頭：「你別瞧不起我！」

胡明本來，分明是想要我不必去的，但是我的話講在他的面前，他自然不好意思說出來了。我們兩人，一齊出了門口。

當胡明駕著他的車子，我坐在他的旁邊，我們一齊向鄧石所說的那個地址駛去，在接近那個地址的時候，不得不下車步行，因爲路實在太窄了，車子無法通過。誠如胡明所言，這是十分髒的地方，我們穿過了幾條小巷，到了一幢破敗的石屋前，停了下來。

那正是鄧石給我們的地址了。

而當我們在門口張望的時候，一個小孩子走了上來，用十分生硬的英語道：「你們，可是來找鄧先生的，是不是？」

那小孩道：「請跟我來。」

我不禁疑惑：「孩子，他叫我們到這個地址來找他的。」

可是那小孩子仍然道：「請跟我來。」

我們沒有法子，只好跟著那孩子前去，那孩子帶著我們，又穿過了許多小巷，來到了另一幢石屋的面前，那石屋比較整齊些。

那孩子大聲地拍著門：「鄧先生，我將你的客人帶來了！」

本來，我和胡明兩人，對於那個突如其來的孩子，心中還不無懷疑的，我甚至還曾後悔當時為什麼不到那個地址中去查看一下，便跟著那孩子來了。

但是，我的擔心，顯然是多餘的了。

因為那孩子一叫之後，我們立即就聽到了鄧石的聲音道：「進來，請進來。」

那孩子推開門，讓我們走了進去，門內是一個小小的天井，鄧石正在天井來回踱步，他見了我們，向我們點了點頭，又給了那孩子一點錢，打發了那孩子走，又關上了門。

然後，他才轉過身來：「請進屋中坐。」

那間屋子並不很寬敞，但還算整潔，為了防止有什麼意外，我和胡明使了一個眼色，等鄧石自己進了那屋子，我們才跟了進去。

屋中的陳設很簡單，我們才一走進去，便看到了放在桌上的那方形石棺中的木乃伊，這正是鄧石分兩次在胡明的地窖中取來東西。

我一進屋，便冷笑了一聲：「怎麼樣，叫我們來參觀賊贓麼？」

鄧石嘆了一口氣：「衛斯理，我們之間，不能消除敵意麼？」

鄧石的態度，頗出乎我的意外，但也使我有了戒心，我冷冷地道：「敵意？那是你建立起來的，你還記得在警局中，你如何地警告我？」

鄧石道：「那是過去的事了，是不？」

我仍然不明白鄧石安的是什麼心，看來，他似乎想與我和解，但是他爲什麼要與我和解呢？

我找不出原因來，這令得我認定那是一項陰謀。

所以，我繼續保持著戒心：「我們來了，你要見我們，究竟是爲了什麼，可以直說。」

鄧石望了我片刻，終於道：「衛斯理，其實這件事和你一點也不相干，我想向胡博士討一點東西，和他共同研究一個……問題。」

鄧石這個滑頭，他撇開我，而且他言語之中，還大有挑撥我和胡明間的關係之意，他未免太異想天開了，我當然不會對他客氣，我立時冷笑道：「鄧先生，有我在場的任何事情，都與我有關。」

鄧石和我互望一會，他才攤了攤手：「好的，就算與你有關好了！」

他越是顯出不願意和我爭執的樣子，越是使我相信，他的心中，有著不可告人的陰謀在！

胡明直到這時才開口：「你要什麼？」

鄧石來回踱了幾步，然後，伸手指著那木乃伊道：「胡博士，你研究這具木乃伊已有許久了，當然也已發現了這具木乃伊的秘密，是不是？」

胡明卻搖了搖頭，道：「你錯了，我一直沒有成績，並沒有發現什麼秘密。」

鄧石的面上，露出了一絲驚訝的神色來：「你未曾研究過爲什麼這具木乃伊要被分成六部份？」

「我研究過，但不得要領，我只有一個假定，我假定這個孤獨的法老王，在生前，有著一種特殊的本領，可以使自己的肢體分離。」

胡明講到這裏，頓了一頓，然後又道：「和你一樣！」

鄧石陡然一震。但他顯然想起在我們面前，這已不是什麼秘密了，所以他立時恢復了原樣。

胡明這才又道：「我的假定，是不是合乎事實，我想你是知道的。」

鄧石送了一頂高帽來：「胡博士，你能作出這樣的假定，這証明你是一個想像力豐富，絕頂聰明的人，所以你才在科學上有那麼偉大的成就！」

我唯恐胡明聽了之後會飄飄然，忙道：「廢話少說，你究竟想要什麼？」

鄧石道：「這事必須從頭說起，關於這具木乃伊，我所知道的比胡博士多。」

胡明乃是一個標準的木乃伊迷。世界上有許多迷，居然也有木乃伊迷，這真是世界之大，無奇不有了。胡明一聽得鄧石說他對這具木乃伊知道的更多，便立時著了迷，也不管鄧石是敵是友了，連忙急不及待地道：「你知道些什麼？」我知道，在如今這樣的情形下，如果去打斷鄧石的敘述，那麼胡明可能會和我翻面成仇，所以我只好耐著性子等著。

當然我雖然不是木乃伊迷，但是對這具有神秘的木乃伊的來龍去脈，我還是有興趣傾聽的。

鄧石向我望了一眼，看我沒有反對的意思，才道：「這具木乃伊生前，是一個生性孤僻的法老王，我敢斷定，他曾經有過一件奇遇，使得他進入了一個十分奇幻的境地之中——」

我問道：「喂，你是在敘述事實，還是在編造故事？」

胡明卻毫不留情地責斥我：「別多口，聽鄧先生講下去。」

鄧石嘆了一口氣：「在這樣的情形下，一件非常奇怪的事情發生了，他變成了一個肢體可以游離活動的人。這種事，在如今尚且是引人震驚，不可思議的，何況是古代的埃及？於是，他只得深深地躲起來，可是，他終於被人發現了。當他被發現的時候，他肢體正是在遊離狀態之中，人家以爲法老被謀殺了，按住他分離了的肢體，但法老王卻說話了，於是又被認爲是妖魔，這可憐的法老王，可以說是被生製成木乃伊。」

鄧石的話，十分聳人聽聞，所以，我和胡明兩人聽了，都不出聲。

呆了片刻，鄧石才以緩慢的聲音道：「過了兩千多年，同樣的奇遇又降臨在第二個不幸的地球人的身上！」

我沈聲道：「這個人便是你，鄧先生？」

鄧石點了點頭。

室內又開始沈默，過了許久，胡明才道：「這是什麼樣的奇異遭遇呢？」

鄧石避而不答，只是道：「我只知道有一個人是和我遭遇一樣的，這個人是古代埃及的一個法老王，他當然已經死了，但是我必須找到他，因為我知道有一些秘密在他身上，我經過了無數時間的調查，才知道這個法老王的木乃伊已被發現了，但是卻在胡博士那裏，所以我才去尋找我要我的東西。」

胡明道：「就是這木乃伊頭？」

哪石道：「不是，那應該是一張紙、一塊石頭片，或者是——」

胡明失聲道：「一張金屬片？」

鄧石的眼中，陡地一亮。

我則立即伸手，按住了胡明的肩頭：「在鄧先生根本未曾對我們講出什麼真相之前，我們是也不應該多講什麼的。」

鄧石瞪著我，當然他在恨我破壞了他的計劃，如果是他單獨對付胡明的話，可能早已達到目的了。他呆了一呆：「原來是一片金屬片，上面一定有許多文字的，是不是？」

我和胡明，都沒有反應。

但即使我們沒有反應，他也可以知道他猜對了的。

他來口踱了幾步：「我可以任何代價，來換取這片金屬片，任何代價。」

他連講了兩遍任何代價，停了下來，但是停了並沒有多久，便又大聲道：「任何代價！」

他的態度使我們覺得十分有趣，因為我們看到，我們的手中，已握住了王牌，便是那一片金屬片！

只要我們有這一張王牌在手，鄧石絕對無法和我們繼續敵對下去。當然，我們這時還不知道那金屬片究竟有什麼用途，但是我們卻可以肯定，鄧石希望得到它，非得到它不可！我和胡明地望了一眼，我使一個眼色，示意他不必開口，一切條件由我提出，我道：「什麼叫做任何代價？」

鄧石道：「那是你們想得出的代價，譬如說，我在馬來西亞，有七座錫礦，和三座橡膠園，都可以給你們作為交換的代價。」

我剛才這樣一問，原是想試探那片金屬片在鄧石的心中，究竟佔有什麼樣的地位的。如今，我已經有了答案了：極重要的地位，要不然，他是絕不會肯用七座錫礦和三座橡膠回來換取它的。

我望著他，還未曾出聲，他又急急地補充著，道：「還可以加上一座我在錫蘭的茶山。」

我搖了搖頭：「鄧先生，你說來說去，全是物質上的東西，金錢上的代價，我相信，你就算再加上一座南非的鑽石礦，我們也不會心動。」

胡明在一旁大點其頭，他對我的話極其同意。

鄧石驚愕地睜大了眼睛：「那麼……那麼你們要什麼條件呢？」

我站了起來，來回踱了幾步：「鄧先生，事情已到了如今這地步，我們大家不妨都開誠布公了，我們所要的條件，不是別的，就是要你的全部秘密。」

他變得面色蒼白，而且在他的雙眼之中，也迸射出了一般難以形容的恨意，他定定地望著我，在剎那間，老實說，我也有毛髮直豎的感覺。

我吸了一口氣，勉力鎮定心神，又道：「我們的意思就是，在你第一次有奇異的遭遇起，一直到如今為止，所有的一切，你全要講給我們聽，絕不能有一絲一毫的隱瞞，那麼，我們——」

我的話並沒有講完，便停了下來。

我之所以突然住口不言，並不是有什麼人打斷了我的話頭。而是我越是向下講，鄧石的眼中，那種揉合著仇恨和憤怒的眼光，便也越甚。這使我知道，我再講下去，也是沒有用的，所以我住了口。

在我住口之後，屋子中是一段長時間的沈默。

我和胡明兩人都不出聲，而且我們兩人，離得相當之遠，那是我們以防萬一的措施。

因爲這時候，鄧石臉上的神情，駭人到了極點，我們真的害怕他的頭會突然飛了起來，張開口，向我們大口咬來！

好一會，鄧石才緩緩地道：「你們如果現在不接受我的條件，一定會後悔的。」

我立即毫不客氣地回敬：「如果你現在不接受我們的條件，你才會後悔。告訴你，爲了避免保存金屬片所引起與你的糾葛，我們決定立即將這金屬片毀去，讓它不再存於世上。」

鄧石像被利劍所刺一樣地尖叫起來：「不！」

我卻冷笑一聲：「是的。」

鄧石在喘著氣：「我在東南亞的產業，你們全然不必費心，只要請人代管，每年便可以有六百萬美金以上的收益。」

我仍然搖頭：「我和胡教授，都不等錢來買米下鍋，你不必枉費心機！」

鄧石雙手按在桌上，身子俯向前，以一種可怕的眼光注視著我：「你們硬要知道一個人最不願人知的秘密，這太無聊！」

我聳了聳肩：「鄧先生，你弄錯了，不是我們硬要你講出自己的隱私來，而是你來找我們，有事來求我們的，對不對？」鄧石又望了我好一會：「關於我在東南亞產業的轉移，只要我寫下轉讓書，我在東南亞的律師，便會辦理。」

鄧石再一次想用巨額的金錢一來打動我們的心，我和胡明不約而同地站了起來：「既然如此，我們走了。」

我們故意要離去，想引鄧石發急，他真的發急了。

但是鄧石發急的結果，卻是我們料不到的，我們以為他會屈服，會將他的秘密，講給我們聽，但事實上，卻不是這樣。

他大喝一聲：「別走！」

當我們兩人陡地轉過身來之際，發現鄧石的手中，已多了一柄手槍。我一眼看出，那是一柄殺傷力特別強的德國軍用手槍。

這種槍在發射的時候，會發出可怕的聲響，也會在射中的目標上，造成可怕的傷口！

我呆了一呆，胡明已厲聲道：「你想作什麼？」

鄧石的面色，十分難看：「你們不幫我忙，我沒有辦法，我到了絕路，只有你們可以幫助我，但你們卻不肯，那就只好同歸於盡。」

我望著鄧石：「你到絕路？這是什麼意思，我們不明白，你不肯將你自己的遭遇對人說，卻說不肯幫助你，這算是公平的指責麼？」

鄧石道：「好了，如今我說了，我已到了絕路，將那金屬片給我！」

我伸手緊緊地握住了胡明的手臂，並且將胡明的身子，慢慢地拉到了我的後面，然後我道：「請你告訴我們，爲什麼你已到了絕路。」

鄧石怒叫道：「我不說，我不會說的！」

就在他怒叫之際，我右臂猛地向後一摔，將胡明摔得向後，直跌了出去，我自己的身子，也向後倒躍了出去，胡明重重摔出，撞倒了大門，我和他是一齊從門口向外跌出去的。

接著，槍響了！

槍聲轟然，令得我們刹那之間，聽不到任何別的聲音。

事實上，我們也不要去聽什麼聲音，我們只是向前拼命地狂奔，然後，我們跳上一輛街車，吩咐駛回胡明的宿舍去。

一回到家中，我便道：「快，快拿了那金屬片，我們先躲起來。」

胡明道：「我們躲到什麼地方去?我在學校中的工作，放不開的很多，我——」

我不等他講完，便道：「別多說話了，聽我的話！」

胡明取了那金屬片，我們立即又回到了市區，在一間酒店中住了下來，胡明向學校請了假。

我的計劃是這樣的：鄧石既然已到了絕路，那麼他一定會用盡方法來找我們。

當他再找到我們的時候，他的態度一定不會如此之強硬，他就會向我們屈服的。

第二天，我們在報上看到了「神秘槍聲」的消息。我們足不出酒店地過了三天。在這三天之中，爲了小心起見，我們對鄧石這個怪人的遭遇，作了種種的猜測，可是推測不出什麼名堂來。

第四天早上，我正在浴室淋浴，在這時候，我彷彿聽到有人叩門的聲音。因爲時間還很早，我以爲那是酒店的侍者來收拾房間的，而且，胡明也是相當機智的人，所以我並沒有將這敲門聲放在心上。

可是，等我淋浴完畢，從浴室中出來的時候，我便知道發生意外了。

胡明不在房間中，我們睡的是雙人房，他的床上，淩亂之極，像是他曾在床上作過掙扎，房門半開著，這一切都表明曾經發生過意外！

我忙叫道：「胡明！胡明！」

我一面叫，一面急不及待地披著浴袍，要向外面衝出去，可是，我還未曾走出去，便有人叩門，我忙道：「進來，門開著。」

推門進來的是侍者，我們已經很熟了，我連忙問：「胡先生呢？哪裡去了。」

那侍者道：「我們正在爲這事奇怪，胡先生像是中了邪一樣，他……腳步蹌踉地下了電梯，我想跟下去，但是他卻將我推出了電梯，他……他可是喝醉了麼？」

我更感到事情的嚴重性了！

我忙又問：「他一個人麼？」

那侍者道：「是的，他一個人，可是看他的樣子，唉，我該怎麼說才好呢？」

我已開始脫下浴袍，一面催他：「你以爲該怎麼說，就怎麼說好了。」

那侍者苦笑了一下：「如果經理知道我這樣講的話，他一定要譴責我了。胡先生雖然是一個人，可是看他的情形，卻像是被什麼人逼著走進電梯的一樣。」

我幾乎要叫了出來，鄧石，那一定是鄧石！我道：「你可曾看到一雙手，一雙手在威脅著胡先生麼？」

那侍者用一種十分怪異的眼光望著我，其實任何人聽到了我的話，只要他神經正常的話，是都會用那種眼光望著我的。

我不再說什麼，只是回頭望了一眼。

我的眼睛望向掛在牆上的那幅油畫。

那幅油畫本身絕對沒有什麼特別，我在這時之所以會回頭望上一眼，完全是爲了我們一住進這酒店之時，便將那金屬片帖在畫框後面。

那幅畫沒有被移動過，因爲我們在畫的四角，都曾做下記號。而如今，畫框的角，仍然恰好在記號之上。

我以最快的速度穿好了衣服，然後向外走去。

那侍者連忙退了出去，我著急得來不及等電梯，而從樓梯上直衝下去。

出了酒店的大門，我心中也不禁沮喪起來。

胡明離開已經有一會了，我上什麼地方去找他呢？開羅並不是一個小城市，要無頭無緒地去找一個人，談何容易！

我先過了馬路，四面張望著，想發現胡明的蹤跡，當然那是枉然。然後，我又寄以萬一希望，回到了路中心，問那個正在指揮交通的警察，他可曾看到一個矮小的中國人從酒店中以異樣的態度走出來。

那個警察以一種十分不耐煩的態度對著我：「沒有，沒有，你不看到我正在忙著麼？」

我碰了他一個釘子，無可奈何地退了回來，當我站到了馬路邊上的時候，只看到了一個提著一隻竹籃，看來像是一個小販也似的老婦人，向我走了過來，在我的面前站定，向我望著。

我轉過頭去，不去看她，她卻問我道：「你是在找一個中國人，姓胡的，是不是？」

我吃了一驚，再仔細去打量那老婦人，那實在是一個十分普通的老婦人，而絕不是什麼人的化裝，我十分驚訝地道：「是啊，你是——」

那老婦人道：「我知道那中國人的所在，可以告訴你，但是我要代價。」

我塞了一張面額相當大的鈔票在她的籃中，她看了一眼，才喜道：「那人說得果然不錯，他是一個好人，可惜他的雙手斷了。」

老婦人的嘮叨，本來是最討人厭的，可是這時候，那老婦人的自言自語，卻使我吃驚！她說的「那個人」，當然就是叫她來找我，說是知道胡明的下落的那個人。

而那個人雙手是斷了的，我幾乎立即想到，那人是鄧石，鄧石的雙手不是斷了，而是離開了他身子去活動了，去將胡明帶走了。

我忙道：「你快告訴我那人在什麼地方，快！」

老婦人向前指了一指，前面是一條長而直折的大道，她道：「你一直向前走去，就可以有機會碰到他。」

我又問道：「他究竟在哪裡呢？」

老婦人講的，還是那一句話，我問不出其他什麼來，便向前急急地走了過去。

因爲我知道胡明是一個學者，他絕不是鄧石這樣的人的對手，讓胡明落在鄧石的手中，是十分危險的事情。

我急急地向前走著，一路上不住東張西望。

因爲我一直不明白那老婦人的話是什麼意思，何以我向前走，就能和他見面呢？

我走出了約莫半哩左右，突然聽到一個人叫道：「衛先生！衛先生！」

那人一直不停地叫著，他叫的是中國話，可能他不知道「衛先生」三字是什麼意思，我隔老遠就聽到他在叫了。

我連忙走過去：「你是在叫我，可是有什麼人要你這樣做的麼？」

那人大點其頭：「幸而你出現了，要不然，我可能把喉嚨都叫啞了！」

第七部：捉住了一隻死手

那人一面說，一面塞了一張紙在我手中，就走了開去，我打開紙一看，上面是一個地址。我不知那個地址是在甚麼地方，我只好召了一輛街車，將那個地址給那司機看。

那司機皺了皺眉頭：「這是一個很遠的地方。」

我先將一張大額鈔票塞在他的手中：「你照這地址駛去好了！」

鈔票永遠是最有用的東西，那司機立時疾駛而去。正如司機所說，那是一個十分之遙遠的地方，車子足足走了近一個小時，才在一幢白色的小洋房前，停了下來。

那幢小洋房十分幽靜，也很雅緻，在開羅，那是十分高級的住宅了。司機向那一幢屋子一指：「先生，就是這裡了！」

我抬頭向那屋子看去，屋子的門窗緊閉著，裏面像是沒有人。但是既然我已到了這個地址，我自然要設法進屋子去看一看。

我下了車，來到了屋子門前，按了門鈴，幾乎是立即地，就有人來爲我開門。替我開門的是一個埃及僕人，他一開了門之後，便以一種十分恭順的姿勢，將我延進了屋子之內。

屋內的陳設，可以說得上十分華貴，但是太古色古香了些，使人有一種異樣的感覺。我在一張寬大而舒適的沙發上坐了下來，那個僕人退了開去，我等許久，仍不見有人來，正在感到不耐煩之際，忽然，我所坐的沙發扶手中，有聲音傳了出來：「衛先生，是你來了麼？抱歉，使你久等了！」

那聲音突如其來之際，不免令我吃了一驚，但是我隨即料到，那只不過是傳音機之類的玩意，是不值得我吃驚的，而且，我也聽出，那果然是鄧石的聲音。我怒道：「哼，果然是你。」

鄧石續道：「當然是我，衛先生，由於你太不肯合作，所以我才出此下策，胡博士已被帶到了一個秘密地方，你是決定能否使他恢復自由的人。」

這該死的鄧石！本來，他是要聽我們提出條件來的，但是如今，我卻要聽他的條件了，就是因為胡明到了他的手中。

我沉默了片刻，才道：「甚麼條件？」他冷冷地道：「那片金屬片。」我又沉默了。這令我十分為難，胡明是我的老朋友，如今他落到了這個不擇手段的鄧石的手中，我當然要盡一切力量去救他。

而且，我也確信，當我將那片金屬片交給鄧石之後，鄧石他的確會放回胡明來。

但是，問題就是在鄧石如果得到那片金屬片之後，那我們就再也沒有法子可以知道鄧石的秘密了。我更可以相信，胡明在恢復自由之後，得知他的自由是那片金屬片換來的，知道他再也不能知曉鄧石的秘密之際，他是可能立即與我絕交！

過了好一會，我才道：「還有第二個辦法？」

「沒有，獨一無二的辦法，就是那金屬片，你將那片對你來說一點用處也沒有的東西交出來，就得回你的朋友。」

我儘量拖延時間：「那金屬片對我來說，倒也不是一點用處也沒有的，至少，有一個時期，它值得十分可觀的金錢。」

鄧石「嘿嘿」的笑著道：「可是，你白白地錯過了這機會。」

我用拳頭輕輕地敲著額角，突然間，我想起如果我能夠在將金屬片交給鄧石之前，便了解到那金屬片上的秘密呢？我需要時間，於是，我道：「請給我時間，我要考慮考慮。」

我是意思是，我需要好幾天的時間，以便去儘量設法了解那金屬片上的秘密，卻不料鄧石道：「可以，我可以給你十分鐘的時間去考慮。」

我不禁陡地站了起來：「十分鐘？開玩笑麼？」

鄧石道：「聽說你是一個當機立斷的人，如果你肯答應的話，現在你就答應了，如果你不肯答應，那麼，給你一年時間去考慮，也是枉然的。」

我怒氣衝天：「好，買賣不成功了，我將立即去報警，看你有甚麼好收場。」

鄧石的聲音，卻異常鎮定：「我本來就沒有甚麼好收場了，還在乎甚麼？可憐的是胡博士，竟交了你這樣的一個朋友！」

我深深地吸了一口氣：「鄧石，如果你肯開誠佈公，將你現在遭遇到的困難，切切實實地向我講，那我或者可以幫助你！」

鄧石冷然道：「我不需要你的可憐，我只給你十分鐘的時間去考慮，十分鐘之後，如果我還未曾得到你肯定的答覆，我毫不猶豫地先開槍射死你，然後再去對付胡明，你知道，殺一個人和殺兩個人，是完全一樣的。」

我還想說甚麼，可是鄧石講完了之後，立即道：「從現在開始。」

從他那種近乎瘋狂的眼色中，我知道他真有可能照他所講的那樣去做的。

十分鐘，我只有十分鐘的時間！

我在他手槍的射程之內，他可以輕而易舉地射中我，看來我除了答應他的「勒索」之外，沒有第二個辦法可以想了。

但我當然不會立即出聲答應他的，我只是試圖踱步，但是鄧石制止我。我抗議道：「我需要考慮。」

他冷冷地道：「你可以站著考慮。」我的雙眼盯在他的持槍的手，心中在盤算著，如何才可以將他手中的槍奪下來。就在這時候，怪事發生了。

我聽到在鄧石的喉間，發出了一種奇怪的聲音來，接著，他的腕骨上發出了一陣如同擰開旋得太緊的瓶蓋時所發生的軋軋聲。

然後，他的右手，竟突然離開了他的手腕，向上升了起來。

他的右手是仍然握著手槍的，手和手槍一直向上升著，升到了將近天花板處才停下，我的視線一直跟了上去，等到那手和槍停了下來，槍口仍然對準著我的時候，我仰著頭，只覺得頸骨發硬，幾乎難以再低下頭來。

鄧石已分裂爲二了，一部分是他的全身（除了手），另一部分，則是他的一隻右手。

而他的右手，雖然已離開了他的身子，卻還仍然是聽他的思想指揮的，因爲那支巨大的德國軍用手槍的槍口，仍然對準了我。

我聽到了鄧石的聲音：「九分鐘！」

原來還只是過了一分鐘！

我慢慢地低下頭來，鄧石正以一種十分陰森的神情望著我：「你看到了沒有？你是全然無法來和我作對，不論你用甚麼辦法，只要你在十分鐘之後，不答應我的要求的話，你都不免一死！」

鄧石的話雖然聽來令人反感，討厭到了極點，但是卻也使人不得不承認那是事實。

如果不是鄧石的手，和他的身子分離了開來，那我或者還可以設法冒險撲向前去，將他手中的槍奪了過來，可以反敗爲勝——這樣做，可以說是我的拿手好戲了，我是曾經在種種惡劣的情形下，奪過對方的槍械的。

但如今，我還有甚麼法子可想呢？他的手離開了他的身體，上升到了天花板上，但是槍口仍然對準我，手指顯然仍可以活動，而我卻無法將它奪下來。

這使我感到一陣昏眩，我失聲道：「這……這究竟是怎麼一回事？」

鄧石突然怪笑了起來：「你還不明白麼？我是一個支離人。」

我重覆地道：「支離人？支離人？」

老實說，在這以前，我從來也未曾聽到過「支離人」這個名稱。

我吸了一口氣，鄧石已然道：「還剩七分鐘了。」

我抬頭望了望鄧石，才道：「你是如何才能做到這一點的？我相信你是唯一的這種人了，這實在是……十分令人噁心的。」

鄧石冷笑著：「不論你怎樣說法，我是你無法對付的一個支離人，六分鐘了！」

我後退了一步，當我後退的時候，我偷眼向上看去，看到那隻手也跟著我的移動而動了一下。我知道我是無法退出門口去的。

鄧石道：「別想離開去，五分鐘了。」

我不安地動了一動，不再說甚麼，腦中卻在急促地轉著念頭，鄧石則每隔一分鐘，就提醒我一次，直到最後一分鐘了。

我聽到了頭上響起了「卡」的一聲，那是手槍的保險掣被打開的聲音。

我忙道：「好了，你贏了。」

鄧石立即道：「拿來。」

我道：「當然不在我的身邊，我要去拿。」

鄧石道：「可以的，我會跟你去。」

我是早知道鄧石會跟我去的，我之所以願意在最後一分鐘屈服，當然也不是真正的屈服，而是因爲在如今這樣的情形下，我根本沒有反抗的餘地。

而如果情形改變了一下的話，譬如說，他和我一起走，那麼我便有機可趁了。所以，我並不怕他要跟我一起去取那金屬片的。

我又抬頭向上看了看，他的手仍然在原來的位置，我立即聽到了鄧石的命令：「轉過身去，低下頭。」

我只能照做，就在我剛一轉過身去的時候，突然之間，像有甚麼東西，鑽進了我的外套之中，我猛地一怔，道：「甚麼玩意？」

鄧石「桀桀」地笑了起來：「這是我的手，我握住了槍的手。」

我驚怒道：「這算是甚麼？」

鄧石道：「我說過了，我要跟你去，我的手握著槍，始終在你的背後，你是沒有法子摸到它的，一個人不能彎過手臂來摸到自己的背心部分，這是最普通的常識，是不是？」

鄧石的話，使得我遍體生涼。

而鄧石繼續所講的話，更是令我垂頭喪氣！

他又道：「我給你一小時的時間，你拿了那金屬片，到我這裏來。一小時，我想足夠了，一小時之後，我就發射了。」

我忙道：「一小時是絕對不夠的，至少兩小時。」

由於鄧石的話，將我原來的計劃全打亂了，所以我顯得有些慌亂，竟只討了兩小時的時間！

因爲我本來是想，在我答應了他之後，情形便會有一些好轉的，可是如今卻並沒有，我仍然處在毫無反抗餘地的情形之中！

鄧石道：「好，兩小時。」

我再想改口，鄧石已經道：「行了，兩小時，你還是快去吧，告訴你，如果有甚麼東西碰到了我的手，或是你除下了外套的話，我就開槍！」

那槍的槍口，正緊貼在我的臂上，我實在是不能想像，這槍若是發射了，我的身子會變成甚麼樣子。在如今這樣的情形下，我當然只好聽憑他的吩咐。

我向外走去，到了馬路邊上，沿著路急急地走著，走出了相當遠，才有一輛街車經過，我連忙上了車子，向司機講出了酒店的名字。

那司機駛著車向前去，我無法將背部靠在椅背上，因爲我背後有一隻手，有一支槍！

我只能以一種奇怪而不自然的姿勢坐著，再加上我面色的難看，這使得司機頻頻轉過頭來看我。我自然無法向他說明甚麼。

到了酒店，踏進了房間，我看了看時間，化去了五十分鐘。我要用五十分鐘的時間趕回去，也就是說，我只有二十分鐘的空檔可以利用。

我怎樣利用這二十分鐘呢？

我在房間中團團亂轉。

要命的是時間在那時候，過得特別快，轉眼之間，便已過了十分鐘了。

我可以利用的寶貴的時間，去了一半！

我還是想不出辦法來，我的手彎過背後，碰不到鄧石的手，我努力地試著，背對著鏡子，我突然心中一動，我的手，不錯，是碰不到鄧石的手的，但是，如果我手中有槍的話，我卻是可以彎到背後去，射中鄧石的手的！

我立即取槍在手，以背部對著鏡子，慢慢地將手臂向後彎去，直到我手中的槍，離開背後的隆起部分，只有一吋許爲止。

在那樣近距離射擊，是斷然沒有射不中的道理的。

問題就是在我射中了他之後，他的手，是不是還會有發槍的能力，我的心猛烈地跳動了起來，這是比俄羅斯輪盤更危險的賭博，但是我卻不得不從事這樣的賭博！

我下定了決心，已經要發射了。

但是，在那一剎間，我卻想起了胡明！

我這一槍若是射了出去，肯定會害了他。

但是，如果我能夠將那隻受傷的手捉住，不讓他回到鄧石的手腕之上，那麼，鄧石為了得回他的手，是不敢將胡明怎樣的。

我一想到這裏，連忙跳了開去，將所有的門窗，一齊關上，使得受傷的手沒有逃走的可能！

然後，我再度背對鏡子，我扳動了槍機。

我的槍是配有滅音器的，是以我扳動槍機，只不過發出了極其輕微的「拍」地一聲響。然後，我閉著眼睛，等著。

我是不必等太久的，只消十分之一秒就夠了，如果鄧石的手還有能力發射，我在十分之一秒內，必死無疑，但如果他已無力發射的話，我也可以看到他的手「逃走」的情形。

這要命的十分之一秒，長得實在使人難以相信，我遍體生涼，頭皮發麻，然後，我才聽到了「拍」、「拍」兩聲響，有東西跌下來。

我連忙轉過頭去，眼前景象的駭人，實是使人難以逼視的。

那支德國軍用手槍跌在地上，一隻鮮血淋漓的手，在地上亂爬。

我那一支槍，射中了他的三隻手指，但是卻沒有令他有一隻手指斷折，但是他的手指卻已沒有能力發槍了，我連忙一腳踏著了那柄槍。

就在那時，那隻手向上，跳了起來。

一隻鮮血淋漓的手，向上跳了起來，那種恐怖，實是難以形容！

我不由自主地向後退出了一步，那隻手滴著血，撞在門上，它立即沿門而上，去握住了門把，但是卻無力旋動。

我這時，仍是呆呆地站著，因爲我實在是被眼前的情形，嚇得呆了。

那手又「拍」地一聲，跌到了地上，然後，迅速地移動著，到了窗口。在那隻手到達窗口之前，我已經恢復了鎮定了。

我順手掀起了一隻沙發墊子，向前拋了出去，剛好擊中了那隻手，使那隻手在未曾飛到玻璃窗之前，又落了下來，我立即又脫下了上衣，向那隻手罩了上去，罩住了那隻手之後，我用力按著，而那隻手，則以一種可怕的大力在掙扎著。

我竟可笑地叫道：「別掙扎，別掙扎，別動，你是逃不了的，如果你快些停下來，我還可以快些爲你裹傷！」

我竟不停地那樣說著，雖然我明知我的話，那隻手是絕聽不到的，由於那隻手掙扎起來越來越大力，我逼得用膝蓋頂著它，約莫過了兩分鐘，自手上流出來的血，已滲出了我的外衣。

這時，我已毫無疑問地知道，那隻手，雖然遠離了鄧石的身子，但是它的一切動作，仍然是接受鄧石的神經系統的指揮。

但是，何以會有那麼多的血呢？要知道，指揮手的動作，是出自腦細胞的活動，而放射出微弱的電波之故，腦電波是無形無質的，可以在遠離身子的地方去指揮一隻手的動作，似乎還有一些「道理」可講的，但是，血難道能夠超越空間？

我出死力按著那隻手，直到那隻手的掙扎，漸漸弱了下來，終於不動了為止。

我慢慢地提起膝蓋來，被我蓋在上衣下的那隻手，仍然不動。

我又慢慢地掀起上衣。

我看到了那隻手！

那隻手是被按在一泪鮮血中的，但是它本身，卻是可怕的蒼白，傷口處已沒有鮮血流出，血已經流盡了，所以它不再動了。

我站了起來，心中感到難以形容的紊亂。我本來以為我是可以有機會捉住一隻活蹦活跳的手的，但如今，我卻得到了一隻死手。

不論是死手或是活手，這一切都令人迷亂，荒誕到了難以想像，根本上，在「手」這個字眼中，加上「死」或是「活」的形容詞，這件事的本身，就是一件十分滑稽的事。

然而，我卻確確實實遇到了這樣的事情，我本來有希望捉到一隻活手，而如今卻得了一隻死手，在這樣的情形下，我有甚麼法子不慌亂呢？

我呆立著，望著那隻蒼白的手，突然之間，一陣急驟的敲門聲傳了過來。

那陣敲門聲，是來得如此之急驟，以致令得我根本連是不是應該開門的考慮都沒有發生，便已一個轉身，打開了門。

門一打開，一個人像是發了瘋的公牛一樣，衝了進來，將我撞開一步。

那人直向地上撲去，向那隻「死手」撲去，直到他撲倒在地上，我才看到他是鄧石，他左手抓起了那隻手，在地上滾著。

自他的喉中，發出了一種十分奇異的聲音來，那種聲音，就像是有利鋸在鋸著人的神經，任何神經堅強的人，聽了都免不了會毛髮直豎。

這一切，發生得實在太突然，令得人心驚肉跳，眼花繚亂，所以我竟完全未曾看清楚鄧石在抓住了那隻手的動作。

等到鄧石停止了打滾，停止了發出那種可怕的聲音，站了起來之後，我才看到，他的左手托著右手，但是那右手已不再是單獨的，已和他的右腕連接在一起。

而且，右手的顏色，也不再是那麼蒼白，已有了隱約的血色了。

我們兩個人都呆立著，漸漸地，我看到他右手的傷口處，又有鮮血滲了出來，我才道：

「鄧先生，你手上的傷口，需要包紮。」

鄧石發出了一聲怒吼，衝向地上的那柄德國軍用手槍，但是我卻先他一步，一腳踏住了那柄手槍，並且兜下巴給了他一拳。

鄧石的身子一晃，那一拳，令得他仰天向後跌了出去，倒在地上。他竟立時向我破口大叫起來：「畜牲，你這個發瘟的畜牲……」

他面色鐵青，咬牙切齒，滔滔不絕地罵著。我冷笑道：「鄧石，你失敗了，你不向我低頭，卻還在這樣的罵我，那是不智的。」

鄧石跳了起來，嚎叫道：「你會後悔，我告訴你，你逼得我太絕，你會後悔，一定會後悔！」

當他講這幾句話的時候，自他眼中射出來的光芒，簡直便是毒蛇的蛇信。這令得我相信，他這樣恐嚇我，不是沒有道理的。

第八部：可怕的意外

我心中也起了願意和他妥協的念頭，但是我當然不能在他那樣咄咄逼人，威嚇我的情形之下妥協的，我道：「你說錯了，自始至終，都是你有求於我，是不？」

如果這時，鄧石點頭說一聲「是」的話，那麼，以後一切事情的發展，都可能不同。可是鄧石是一個標準的倔強的蠢驢子！

他竟然聽不出我在話中，已表示讓了一步，他還在狼狽地叫道：「我不求你，再也不會求你，我寧願去求我最不願求的人，也不會求你。」

他倏地轉過身，向房門衝去。

可是我卻及時地將他攔住：「別走，胡明呢？」

鄧石喘著氣，望著我。

我冷笑著：「剛才我將你的手還了給你，我當然還可以將它從你的手腕上砍下來，快通知你的黨徒，放走胡明，要他快回到酒店中來，我給你兩分鐘的時間。」

這時候，和一小時多之前，截然不同，是我完全占了上風了。

鄧石右手的傷口處，又有血滴了下來，他一聲不出，轉過身，去打電話，他是用一種埃及土語在電話中交談的，他以為我聽不懂，但是我卻可以懂得七八成，我聽出他除了吩咐放開胡明之外，並沒有說什麼話，才算是放心下來。

他放下了電話，我們兩人，在極其敵對的氣氛下相對著，誰也不說話。

過了二十分鐘，房門推開，胡明回來了。

胡明推開房門，一見了鄧石，立時一呆，幾乎不敢走進來，我忙道：「別怕，我們的支離人，才受了一點小小挫折。」

鄧石站了起來：「好，胡博士回來了！」

我再一次給這個蠢驢以機會：「你不想趁此機會，和我們談談麼？」

可是這傢伙真的不折不扣，是一頭蠢驢，他身子搖晃著，像是喝醉了酒一樣，向門口走去，來到了門口，他才站定了身子。

可是，他對我的話，顯然未作任何考慮，他冷笑了一聲：「你們會後悔的，一定會後悔！」

這頭蠢驢在講完了這兩句話之後，便拉開門，踉蹌向外走了出去。

胡明望了望我，又望著幾乎沒有一處不沾著血跡的房間：「怎麼一回事，我不明白，這是怎麼一回事？快說，快說！」

胡明一疊聲地催著我，令我有點生氣，我特地道：「慢一慢可好？你是怎麼被鄧石逼出去的，可否先講給我聽聽麼？」

胡明搖頭道：「不行，你先說，那金屬片可還在麼？」

他一個問題未曾完，第二個問題接著又來了，我心知不講給他聽是不行的了，是以便將經過的情形，向他講了一遍。

胡明也說出了他的遭遇，那和我所料的差不多，他是在我淋浴的時候，被鄧石的手逼了出去的。逼出去之後，他被禁錮在一輛貨車的後面，那輛貨車中有一個大漢監視著他。

忽然，不知爲什麼，另外有人來拍打貨車，講了幾句話，他就被放出來了。

我們兩人都講述了自己的遭遇之後，胡明才道：「這傢伙真的是要那金屬片，那金屬片上，不知有著什麼他非要知道不可的秘密呢？」

我道：「胡明，我看我們要分工合作了。」

胡明瞪著眼，望著我：「什麼意思？我不明白。」

我來踱了幾步：「很簡單，你盡一切可能，去研究金屬片上的那些古怪文字，我相信鄧石的秘密，就算不是全部在金屬片上，也是大部分在金屬片上。」

胡明點了點頭，同意我的說法。然後，他又問道：「那麼，你做什麼呢？」

「我負責來保護你，使你的研究工作不受干擾，鄧石吃了那麼大的虧離去，他當然不肯就此甘休的，所以你才需要我的保護。」

胡明衝著我直瞪眼睛，好像還想不同意我的話，但是他還是點了點頭：「好的，那金屬片呢?」

我向油畫指了指,道:「還在後面。」

胡明連忙掀起了油畫,將那金屬片取了出來,放在懷中:「走,我上大學的研究院去研究,你呢?」

我道:「你最好有獨立的研究室。」

他道:「有的,我可以有獨立的研究室,但是,在研究的過程之中,我或者要他人的幫助,我想你不會反對這一點吧。」

我猶豫了一下:「你在選擇助手的時候,可得小心一些,當然,我會守在你研究室外面的。」

我和胡明一齊出了酒店,回到了大學。胡明的研究室在大學大廈的頂樓,那是一間十分大的大房間,我先檢查了一下四周圍的環境,除了近走廊的一個門口之外,沒有別的道路可以進入那房間。

我吩咐胡明將所有的窗子完全關好,而我,則坐在門口,當然,我是坐在室內的。

胡明開始從許多典籍上去查那金屬片的文字,我根本無法幫他的忙,因爲他的研究工作是一項極其專門的學問,我幫不了什麼。

在開始的幾小時內,胡明一個人獨自研究,但是不多久,他就找來了越來越多的學者,共同研究著，他們討論著、爭吵著，十幾個人，幾乎每一個人都有著自己不同的意見。

在這樣的情形下，在一旁插不進口去，是一件相當沒有味道的事情，是以我打開門，走了出來。

當然，我不會忘記我的任務，我出了研究室，但是我仍然站在門口。

令得我不高興的是，研究室的門口，聚集了很多人，他們大部分是學生，他們像是已知道許多權威的學者，都在研究中從事一項神秘文字的研究，不住地向研究室指指點點。

但是人多，也有好處的，至少鄧石想要明目張膽地與我們為敵，也有所顧忌了。

這時，雖然是在門外，但仍然可以聽到室內的爭論聲。

我在門外來回踱著步，不一會，只看到三個人，脅下各挾著厚厚的書，向研究室的門衝了過來，我連忙攔住了去路：「三位是──」

走在最前面的是一個瘦子，一副權威的神氣，向我一瞪眼，喝道：「讓開，我是貝克教授。」

我幾乎被他的神態嚇倒了，但是我還是道：「對不起，貝克教授，胡明教授正在研究，你可曾接到他的邀請麼？」

那貝克教授十分強硬，他竟不答我的話，伸手按住了我的肩頭，用力一推道：「走開！」

我當然不會給他一推推倒的，我立即伸手按住了他的手臂，如果在別的情形之下，我可能一用力，就將他的手指骨扭斷的。

但如今我是在大學研究之外，當然不便傷人，我只是稍一用力，貝克教授便像是見到了木乃伊跳舞一樣地叫了起來。

這時候，胡明的聲音從室內傳了過來，他叫道：「貝克教授麼？快進來，我相信已經是最後一個關鍵了，等著你來解釋。」

胡明這樣一叫，我自然也鬆開了手，貝克終於將我推開了一步。

他打開了門，匆匆地走了進去，跟在他後面的兩個人，也走了進去。

我本來還想阻止那兩個人的，但是才剛阻止貝克，幾乎出了笑話，所以我猶豫了一下。而就在我一個猶豫之間，貝克身後的那兩個人也走進去了。

我仍然無聊地站在門口，學生中有許多在對我指指點點，我的注意力也被他們吸引了去，等到我忽然覺出事情有點不對頭時，已經遲了。

我之所以會在突然之間覺出事情不對頭，是因爲忽然間，房間內竟沒有一點聲音傳出來！剛才，還是在熱烈地爭論著的，但如今，竟靜得一點聲音也沒有了。

莫非，他們的研究，已經有了成績？然而有了成績的話，他們一定會歡呼的，而且，胡明自然會來叫我，何以這時，竟靜得一點聲音也沒有呢？

我連忙推門，門竟被在裏面鎖住了，我大聲地叫著，拍著門，竟沒有人回答。事情實在十分嚴重了，我用力地撞門，圍在門外的學生，也向前逼來。

有幾個身形壯健的學生，和我一起，以肩頭撞門，我們終於將門撞開！

而當我看到研究室中情形的時候，我幾乎昏了過去！

我的身子搖晃了幾下，直到我伸手扶住了門框，我才算是勉強地站定。我千防範，萬防範，結果，還是出了大毛病。

研究室中的人仍然很多，但是，每一個人都躺在椅上，或倒在地上，他們並不是死了，而是昏迷了過去。而空氣之中，還彌漫著一種極其難聞的麻醉藥的氣味，所有的人，全是被那種強烈的麻醉藥迷倒的。

我勉力地定神，匆匆向研究室中看了一眼，我立即看出，少了兩個人，和那片金屬片。

那片金屬片，本來放在桌子上，胡明不斷地用放大鏡在查看；這時，胡明的手中，仍然握著放大鏡，但是那金屬片卻已不見了。

少了的兩個人，是和貝克教授一齊進來的那兩個，我真想打自己兩個耳光，因爲我不但疏忽到未曾盤問這兩個人，而且，我連這兩個人是什麼模樣的，都一點也記不起來了！

我只記得他們的脅下挾著書，看來像是學者一樣，但是如今從所發生的事情來看，他們兩個人，當然不是什麼學者。

我站在門口，沒有勇氣踏出一步，只聽得我的身後，有好幾個人在叫：「快報警，快！

快！」

我長長地嘆了一口氣，轉過身，仍然在門口，坐了下來，我的腦中，亂成了一片，因爲鄧石終於勝利了，這實在是豈有此理的事情。

十五分鐘之後，所有昏迷的教授和學者，全部被送到醫院。

而我，則被帶到了警局，被安置在一間小小的辦公室中，警員對我的態度十分客氣，我也樂得借這個機會使雜亂的腦子靜一靜。

那兩個人行事，如此乾淨俐落，這顯示他們是這方面的高手。

那麼，他們是什麼人呢？

而且，那金屬片落到了他們的手中，或者說，落到了鄧石的手中之後又會發生一些什麼樣的事情呢？

我想了好久，可是一點結果也沒有，就在這時候，一個中年人推門走了進來。

那中年人看來身體臃腫，行動遲緩，他的頭髮，都已經花白了，但是從他的雙眼看來，可以看得出他是一個十分聰慧的人。

他來到了我的面前，伸出手來，自我介紹道：「我叫拉達克，是全國總警署中的不管部長——一切疑難的事，都由我首先來接手辦理。」

我十分沒有勁地點了點頭：「我叫衛斯理。」

「我們已經知道了，衛先生，當然我們不是向你問話，因爲你持有國際警方的特殊証件，但是我們卻想知道這件事的始末。」

我洩氣地搖了搖頭：「沒有用的，我就算講了，你也不會相信的。」

「不，我相信，埃及是一個古國，在這個神秘古老的國度中，可能發生一切不可思議的事。」

我望了他半晌，他是不是我可以合作的人呢？看來他是。如果我認定他可以合作的話，那麼我當然要將一切向他講出來了。

我嘆了一口氣：「這事說來話長了。」

他微笑道：「你不妨慢慢說。」

我想了一想，便開始講了起來。拉達克是一個極好的聽眾，當我在講述著我、鄧石和胡明三個人的糾葛，述及鄧石的肢體分離活動之際，拉達克面上那種驚訝的神情，我從來也未曾在任何一個人臉看到過，但是拉達克卻始終不出聲，一直等我講完爲止。

這証明他是一個理智得出奇的人，他竟能夠忍住心中極度的好奇而不發問！

等我講了之後，他望了我一會，才道：「你確信你所說的一切，不是出於你的想像，或者……是幻覺？」

他有這樣的一問，原也是在我意料之中的事情，我並不怪他，而且，我也不必分辯，我只是道：「我想，胡明現在也應該醒來了，你可以去問他，就可以知道我所講的是什麼了。」

拉達克卻嘆了一口氣，搖了搖頭。

他雖然沒有出聲，可是他那種神態，卻令得我全身感到了一股寒意！

我連忙站了起來，俯過身去：「怎麼樣了？」

拉達克的聲音，非常之沈重，他緩緩地道：「不但是胡明，研究室中所有的學者……唉，這是我們學術界無可估計的大損失。」

我大聲道：「他們怎樣了，你快說，他們被麻醉藥劑弄得昏了過去，難道就沒有醒來麼？」

「不，他們都醒來了，可是那種麻醉劑，卻含有強烈的毒性，將他們的腦神經組織，全部破壞，他們已經變成了——」

拉達克講到這裏，停了一停，我倒抽了一口冷氣：「白癡？」

拉達克點了點頭，並沒有出聲。

我急急地道：「這怎麼可能，據我知道，能夠使人變爲白癡的麻醉藥，只是一個大強國的特務機構的秘密武器之一，別的人怎麼會有？」

拉達克望著我，又嘆了一聲：「所以，這問題實在是非常簡單的了。」

我猛地一怔，然後才道：「你的意思是：搶走那金屬片的人，就是某國的特務？」

拉達克道：「除了這一個可能之外，沒有第二個可能，因爲只有他們有這個東西。」

我又道：「可能是鄧石——」但是我只講了四個字，便沒有再講下去了。那是因爲我一提起鄧石的名字，我便立即想起，他在負了重傷，吃了大虧之後離去之際，在房門口所表露的那種兇狠的神情，他並且還曾恐嚇過我們，說我們一定會後悔。那麼，他橫了心之後，去找某國特務求助，這不是極可能的事麼？

當然，我如今雖受挫折，但如果真的鄧石找上了某國特務，那麼吃虧、後悔的一定是他自己，他若是以爲自己能利用以訓練嚴謹、凶險狠辣聞名的某國特務，那他可是大錯特錯了！

我呆了半晌，拉達克才道：「衛先生，你可看出事情的嚴重性？」

我點頭道：「是的。」拉達克伸手按住了我的肩頭：「所以，你絕沒有推辭的餘地，我們需要你幫助調查，你必須負起和他們爭鬥的責任來。」

拉達克的話，猶如刹那之間，向我身上疾壓下來的千萬重擔一樣，我想要閃避，但是擔子已給壓下來，我要閃避，也在所不能了，我只得無力地道：「其實，這……不是我的責任。」

拉達克卻強調道：「是你的責任，衛先生，中國人是最重恩怨的，胡明教授是你的好朋友，你難道看他變成白癡麼？」

我立即反問了一句：「他還有救麼？」

拉達克道：「不知道，或者有，或者沒有，這一切，要等我們搗破了對方的巢穴，取得了徹底的勝利之後，才可以有答案。」

我的心中，不禁起了一陣抽搐。若是胡明就此變成了白癡的話，那真是太可怕了！

我背負雙手，來回地走著，拉達克又道：「我們這裏的設備，是第二流的，但是我們的人願意聽從你的指揮決心，卻是第一流的！」

我實在沒有法子再推辭了，拉達克說得對，我是有責任的，我根本不能推辭。

我停止了踱步，我抬起頭來，道：「好，我應該從什麼地方開始？」

拉達克的回答更簡單，他伸出一隻手指，向我勾了一勾：「跟我來。」

我向外走了出，我跟在他的後面，我們走過了一條走廊，便來到了一間會議室中。

會議室中已有七八個人坐著，氣氛十分嚴重，我和拉達克一進去，所有的人都站了起來，拉達克在我的肩上拍了一拍：「諸位，這位就是我們早已聞名的傳奇人物，衛斯理先生，他將要領導我們進行這項工作，這是我們的榮幸。」

拉達克居然向眾人這樣地介紹我，這實在使我感到極度的受寵若驚，我連忙客氣了好幾句，才坐了下來。一坐下來後，拉達克便道：「敵人的這次行動，使我們的國家，蒙受了巨大的損失，但我們知道這是什麼人幹的，這就是這個國家的大使館。」

拉達克講到這裏，會議室中的燈光黑了下來，一幅牆上，映出了一幅相當宏偉的建築物，那是某國的大使館。拉達克道：「所有某國的特務，都是藏匿在大使館中的，這樣，可以使得他們免被捕捉，所以，我們要事情進行得有結果，必須潛進大使館去！」

他講到這裏，幻燈片又換了一張，那是大使館旁的一幅牆，接近地面，地面上有一個下水道的鐵蓋子，拉達克道：「由下水道經過了一段迂迴曲折，絕談不上舒服的路程之後，可以通到大使館的地窖中去。據我們情報人員最近的報告，對方並未曾覺察這項秘密。」

幻燈片又換了一張，那是一個地窖。拉達克用指示棒指著一塊大石：「推開這塊大石，人便可以出來，然後，沿著這條鐵梯，上去就是大使館的廚房。」

幻燈片又換上了一張，那是大使館底層的平面圖。另一張，是二樓，再一張是三樓。

拉達克道：「這平面圖是我們很早獲得的資料，已經有七年歷史，在這七年之中，是不是曾變動過內部的情形，我們就不知道了。」

我點了點頭：「我明白了，這三個平面圖，可有縮小的圖樣，可供我帶在身邊？」

「有，我們立即準備。」

我又道：「我的任務主要目的是什麼？」

「是救那些學者，據我們知道，那種痲醉劑可能有解藥。」

我問道：「那麼，關於鄧石——」

拉達克立刻打斷了我的話頭：「這不在我們的工作範圍之內，你應該明白。」

我呆了一呆，在我剛一聽到拉達克這樣講的時候，老實說，我不明白。但是拉達克在講了之後，卻立即以一種十分怪異的眼光，直視著我，於是我明白了！

不論他是不是相信我所講的有關鄧石的事，他都不想這件怪誕的事再給人知道！

同時，我也明白，要去尋找解藥，這件事是很渺茫的，因爲「尋找解藥」，這只不過是一個幌子，這個幌子是用來掩飾事情的真相：鄧石的秘密，金屬片的秘密！

我於是點了點頭：「是，我明白了。」

拉達克又再莊嚴地宣佈：「今天晚上，我們開始行動，衛先生潛進某國大使館中去，他將要在某國大使館中冒生命之險去調查一切——」

他講到這裏的時候，轉過頭來，向我望了一眼。

然後，他又道：「衛斯理可能根本沒有機會，將他調查所得的東西帶出某國大使館來！」

他講到這裏，又頓了一頓。

會議室中的氣氛，緊張到了極點。盡管什麼人都可以知道，潛進一國的大使館中去做工作，那是極危險的事，一被發現，絕無倖理。

所以，那時每一個人的眼光，都集中在我的身上，不論那些人的眼光是欽佩還是同情，但是有一點卻是相同的，那就是，在他們的眼中，我彷佛已經是一個死去了很久的人。

拉達克在十分寂靜的情形下「嗤」地吸了一口氣，然後道：「所以，我們準備了特殊的通訊儀器給衛先生使用——」

他講到這裏，一個人站了起來，會議室的燈光亮起，那人的手中，托著一隻絨盒，到了我的面前，打開了那絨盒來，我看到那盒中所放的，是一隻牙齒。

我有點莫名其妙，望向拉達克。

拉達克拿起了那枚牙齒來：「這是一具超短波的無線電通訊儀，超短波的兆頻十分異特，不易被人中途截收。」

我連忙道：「那不行，我一口牙齒，都是很好的，沒有地方容下那東西。」

拉達克笑了一下，道：「我們的國家，雖然絕稱不上先進，但是第一流的牙醫還是有的，這一點，你大可以放心。」

我還想再抗議，但是一轉念間，我卻不再出聲了，因為剛才，拉達克已講得十分明白，我一潛進了別國的大使館，可以生還的機會不大，在生死尚且未卜的情形下，若是為了一顆牙齒而斤斤計較，那豈不是太可笑了麼？

我道：「好的，但這東西如何作用？」

拉達克道：「十分簡單，等到它裝在你的口中之後，是在你的上顎，你只消上下顎相叩，我們就可以得到信號，你可以用密碼，或是最普通的摩斯電碼來拍發消息，隨時可以拍發。」

我強笑了一下：「那麼我在吃東西的時候，要特別小心了。」

拉達克和其他幾個警官，似乎並不欣賞我這句話的幽默，連笑的表示也沒有，我也不再笑下去了。

拉達克又道：「牙醫方面，我們已約好了，會議之後你就要去。還有幾件防身的武器，供你選擇，請你先過一過目。」

又是一個警官，提著一隻箱子，來到了我的面前，那警官將箱子打開，我不禁嘆爲觀止。人類的心理真是極其奇怪的，對於殘殺同類的工具之研究，一直走在時代的最前面。

直到如今，人還不能徹底醫治最流行的傷風病，但是在殺人的武器上，卻已進步到了一下子可以殺死幾億人的氫彈了。

（一九八六年按：傷風，到現在還在折磨人！）

在那隻箱子當中，當然不會有一枚氫彈在的，但是，箱中卻有著數十樣各種小巧的殺人工具，我靜靜地聽完了那警官的解釋之後，才取了三樣。

我取的三樣東西，其一是一個假指頭，那其實只是手指頂端的一節，約有半寸長，套在右手中的中指之上，若是細心看去，中指長了半寸，不容易發現的。

但是，在那半寸長的指甲中，卻裝有七枚毒針，可以在一剎那間射出，在五步之內，立取人命。

第九部：大使館中亡命

第二件，那是一個皮帶的扣子，如果加以壓力的話，是會發出一種極其可怖刺耳的怪叫聲來，任何人，不管他神經多麼堅強，只要聽到了這種怪叫聲，都會錯愕幾秒鐘。在緊急關頭中，那是足可以反敗爲勝的了。

我所取的第三件武器，是一柄手槍，那是一柄小手槍，看來用普通的子彈，但卻是威力十分強大的小型炸彈，據那警官解釋說，若是七粒「子彈」，一齊射出的話，是足以使整幢大使館夷爲平地。

我選好了武器，便被送到了牙醫處，這的確是一個十分高明的牙醫，他在我幾乎不感到什麼痛楚的情形下，拔去了我的一顆大牙，而將那通訊儀裝到了原來生長大牙的地方。

等到麻醉藥的力道過去之際，我才感到有一些疼痛，然後，我好好地休息了幾小時，等到我醒過來時，天色已經黑了。

我振作精神，和拉達克會面，到達了大使館對面的一幢屋子。

那屋子可以看到我將要進去的暗道人口處——下水道的蓋子。

那大使館建築的每個窗子幾乎有燈光射出，但是每一個窗子，也都被厚的窗簾所掩遮著。

拉達克用無線電對講機下了一個命令，我立時看到一個大漢轉過街角，向前走來。

那大漢當然是官方人員，他來到了下水道蓋旁，幾乎沒有停留，但是我看到，他已用頂端有鉤的手杖，鉤住了那蓋子，將之提了起來，推開了半呎許，然後，他又若無其事地走開了。

他的工作，可以使我在一衝出屋子之後，立刻從下水道蓋處鑽下去，而不必再花費時間去將鐵蓋提起來，這樣我被發現的可能便減少了。

而且，如果大使館方面已經對那個下水道口表示懷疑的話，那人的行動，也會引起他們的注意，他們必然有人出來調查，我也得另打主意了。

那人走開了之後，等了半小時之久，街上一點動靜也沒有。

我出了屋子，這時，我已將所有就緒的東西全帶在身上了。

由於我必須在下水道中行進相當長的一段距離，所以我衣服外面，套著一層橡皮的防水衣服，我甚至還有氧氣面罩，以準備我在污水中潛行。

我閃出了門，以最快的速度奔到了下水道口子上，然後一俯身，身子縮了進去，同時，我雙手托住了鐵蓋，使之不發出聲響來，放回了原位。

這一切，絕不會超過半分鐘。

第一步的經過情形十分好，下水道口子下面是有著鐵梯的，我亮著了電筒，向下走去。

走到了七八呎之下，電筒照在緩緩流動的污水上，反射出難看之極的黑色的光芒來，而那種中人欲嘔的臭味，更是使人難忍！

可是，那還僅僅是開始，我若不是淌著污水向前走去，沒有可能到達目的地。

當我的下半身，浸到了污水之中，在污水的下面，冒起了咕嘟嘟的沼氣泡之際，儘管我知道，污水實際上碰不到我的身子，可是我卻仍然禁不住渾身都起了肉痱子！

我小心翼翼地向前走著，因爲若一不小心，跌進了污水中，那就太不堪設想了。

走出了十來步，轉了一個彎，前面的一段路，污水比較淺一些，走起來也方便得多。

等到我又轉了兩個彎的時候，我已看到那個標誌了！

那個標誌是一個紅漆畫成的大交叉。拉達克曾告訴我，這塊大石是可以移動的，向前用力推，推開了大石，便到達大使館的地窖了。

我到了那塊大石之前，爲了小心起見，我先將一具小型的微音擴大儀貼在石上，仔細地傾聽著裏面有什麼聲音發出來。

因爲若是我推開了大石走進去的時候，發現有人在地窖中的時候，就大爲不妙了。

我聽了好一會，地窖之中沒有什麼聲音發出來，我才用力去推那塊大石。

推動那塊大石所需要的力道，遠在我的預期之上，我好幾次幾乎滑跌，才算推得那塊大石動起來，而當大石動了起來之後，推起來就容易得多了。

我終於在大石被推開的空隙之中，閃身進了地窖。

地窖中是漆黑的，我一亮電筒，便發現許多發光的小點，在迅速地移動。

那是老鼠的眼睛！

老鼠固然是極其令人討厭的東西，但是如今，在這樣的情形下，看到那麼多的老鼠，這卻反而使我感到十分高興。

因爲老鼠多，這表示這裏是許久未有人到了，我可以從容準備一切。

我先將汙穢的橡皮衣除下來，再將大石推好，然後，我打量著那地窖。

地窖相當大，我第一件事，便是將一枝特種的「子彈」取下來，配上一個小型的無線電感應裝置，貼在地窖的牆上。

這樣一來，只要我按動我的戒指，無線電波就會控制一枚針彈出，使那威力極大的炸彈爆炸。

然後，我才來到了那鐵梯之旁。

照拉達克的說法，從這道鐵梯通上去，就是大使館的廚房了。

可是這時，我看來卻情形不像，因爲鐵梯的上端，雖然是一道門，但那道門卻很明顯地不知有多久未被人開過了。

如果地窖和廚房是直接相連的，那不應該有這樣的情形。

從地窖久無人蹤的情形看來，門外的地方，多半也是久無人到的了。

我走上了鐵梯，到了那扇門旁，向外仔細地傾聽著。

外面並沒有什麼聲響，爲了小心起見，我還是先不作向外去的打算，我退後了幾步，從門下的縫中向外張望，外面的光線十分黑暗，根本看不到什麼，但那不是廚房，卻可以肯定。

我肯定了外面沒有人之後，才取出了一柄鋒銳的小刀，在門上挖著，門上不多久就被我挖出了一個洞，鎖也跌了下來。

我拉開了門，向外面望去，外面是一間很大的房間，卻堆滿了雜物。

那是一間儲藏室，這太合我的理想了，因爲外面若是廚房的話，我由地窖中進來，雖然秘密，總還容易被人家發現。

要是外面是一間儲藏室的話，那麼，我等於多了一種保障了。

我又到了門旁，向外傾聽著。

這一次，我聽到了聲響，那是十分輕微的腳步聲——實際上，那並不是腳步聲，我相信地上一定是鋪著厚厚的地毯的，所以我聽到的並不是腳步聲，而只是皮鞋在走動之際所發出的「吱吱」聲。

我聽得那「吱吱」聲漸漸遠去，才將一根小小的圓管，自鎖匙孔中伸了出去，那圓管子，實際上是一具小型的潛望鏡，當圓管的一端伸出了鎖匙孔之後，我用眼湊在另一端上，就可以看到外面的情形了。當然，角度不十分廣闊。

我看到外面是一條走廊，走廊的一端，通向一扇十分大的橡木門，另一端，則是一道樓梯。

我連忙對照我在拉達克處所獲得的圖樣，假定我所在的房間是廚房，根據圖樣，外面應該是一間工作間，工作間之外，才是一條小小的走廊。

那也就是說，大使館內部的建築，完全更改過了，它已和我所獲得的圖樣，沒有一點相同的地方！

我收回了小型潛望鏡，我已找到了一個出了儲藏室之後的避身之所。

我所選擇的地方，是那道樓梯之下的一間小房間，那小房間的門鎖，我可以用百合匙在二十秒之內將之打開。

那也就是說，只要有半分鐘的時間，我就可以正式地進入大使館了。

我用百合匙打開了儲藏室的門，然後，以最快的身法，向前奔出了兩三步，到了樓梯之下那小房間的門前，我立即用百合匙去開那扇門。

樓梯下的小房間，一般來說，用來堆放一些常用的雜物，這樣的地方，我估計二十秒鐘可以將門弄開，已然是十分充裕的了。

可是，事實卻是大大地出乎我的意料之外，以我的開鎖技術而論，忙了足足一分鐘，仍然一點頭緒也沒有！

這實在使我狼狽到了極點，而在橡木門的那面，卻有人聲傳了過來。我無法可施，只得又迅速地退了回來，退到了儲藏室的門後。

我將門關好，又利用潛望鏡通過鎖匙孔向外看去，我看到了兩個人，推開了橡木門，並肩向外走了出來，我立即認出，那兩個人中的一個，就是那天跟在教授後面，混進了研究室的兩個中的一人。

他們向前走來，一直上了樓梯。

等他們的腳步聲完全消失了之後，我又出去開啓那扇小門。

這一次，我花了足三分鐘。

我仍然未能將那扇小門打開，但是奇怪的事情卻來了，我聽得小門內，忽然發出了「格格格」三下響。那三下響，我聽得十分清楚，而且，我還立即可以斷定，那是一種機器齒輪轉動的聲音。

這種聲音，發自一間應該只是放置雜物的樓梯底下的小房間中，實在太奇特了，我連忙閃身後退了兩步。

我只退出了兩步，便看到那小門的門把轉動了起來！

事情再明顯也沒有了，有人要在裏面，打開小門，走到外面來！

這實在是不可思議！

而且這時候，我想退回那間儲藏室去，也來不及了，因爲就在那一個錯愕間，我看到那門已被推開，一個人彎著腰，走了出來。

當那人挺直了身子之際，我們正好是面對面地站著！

我相信在那一剎間，那個自小房間中走出來的人，和我同樣的驚愕，因爲我是突然出現在他面前的一個陌生人。

但是我卻要比他占些便宜，我的驚愕，是在看到門把轉動之際到達最高峰的，等到看到他站在我面前時，已經緩過氣來了！

而他的驚愕最高峰，卻是在看到我的時候！

所以儘管一開始，我們兩人都是呆立著，但是最先恢復動作能力的卻是我，這其間相差的或是只不過是半秒鐘之微！但是半秒鐘也已經夠了，我的手肘突然一橫，肘尖重重地撞在那人的胸口。這一擊，是可以致人死命的，但是在那樣的情形下，我不得不如此。

除了我的肘尖和那人的胸口接觸時所發出的那一下可怕的聲響之外，那人沒有發出任何別的聲音來，他的身子立時倒在我的身上。

我連忙頂著他的身子，向前走出了兩步，和他一起進了那小房間，將門拉上，那樣，使我暫時可以不致被人發現。

但是，我自然知道，既然會有人從小房間中出來，我躲在小房間中，也是不安全的，我著亮了小電筒，我所看到的一切，更令我愕然！

那小房間中，乾淨得一塵不染，而在應該是牆壁的地方，有著一扇鐵門！

毫無疑問，那是通向密室的第一道門戶！難怪我費了那麼多的時間，也打不開它的門了。而如果不是我選定了它作爲藏身之所的話，只怕是再也發現不了這一點的！

我將那人拖到小房間的角落處放下，那人顯然已經氣絕了，我將偷聽器放在鐵門上，仔細地傾聽著。

我聽不到有什麼聲音，想打開那扇門，然而那扇門卻是平滑之極，在我電筒的照耀下，找不到任何開門的地方，我立即省悟到，那門是無線電控制的，我連忙去搜那人的衣袋，我找到了一隻扁盒子，看到了幾個顏色不同的按鈕。

這隻扁平的盒子，當然是無線電控制儀了，我雖然找到了控制儀，但是我的心中，卻仍然十分躊躇。

因爲控制儀上，一共有七個按鈕之多，那當然是控制七樣東西的，其中一樣，便是眼前這扇鐵門，可是，這扇鐵門是歸哪一個按鈕控制的呢？

如果我按錯了按鈕，會有什麼結果呢？我若是亂按的話，我只有七分之一的機會，那太冒險了，可是我卻又不知道哪一個按鈕是我需要按的。

我心中不禁有些後悔：不應該將那人打死。

如今，我既不能冒險，自然只好等著，反正我本來就是準備在這裏藏身的，這個目的，總算已經達到了。

我縮在角落中，我知道那鐵門中一定會有人走出來。

我屈著身子等著，姿勢就像是一頭在黑暗中伏著，等候撲擊獵物的黑豹一樣。我等了約莫半個小時，我又聽到那種格格格的聲音。

接著，鐵門向上，升了起來。

那扇鐵門是向上升起來的，這一點十分出乎我意料之外，本來，我是準備在門一打開之際，便立即閃身門後的，但如今門既然是向上升起來的，這個辦法自然也行不通了。

我看到門向上升起來之後，一個人向外跨了出來，他一跨出來之後，門又降了下來。

那人絕未曾注意到有什麼不對頭，他直向前走去，手已握住了小門的門把。

也就是在那時候，我突然向前跳了出去。

我已經盡量不使我的行動發出聲音來了，但那人還是立即覺察，他呆了一呆。在他呆了一呆之後，必然的動作，當然是轉過身來。

我不等他轉過身來，已經到了他的身後，我一彎手臂，已經將他的頭頸，緊緊地箍住，同時，我的槍已抵住了他的額角。

我以十分低的聲音在他的耳際道：「別動，別出聲。」

那人只掙扎了一下，便不再動了，我慢慢地放鬆了手臂，讓他喘一口氣，才又低聲道：

「你聽著，我要你完全聽從我。」

那人點了點頭。

我又低聲道：「那很好，首先，你要帶我進這道鐵門去，我相信你們真正的行動的中心，就是在這道門之內，是不是？」

那人咕噥著：「沒有用的，你進去是沒有用的。」

我道：「那不用你操心，你們這裏的總負責人，我相信不是大使，是不是？」

那人不出聲。我又問了一遍，那人仍然不出聲。

這使我的心中，陡地疑惑起來，可是我仍然不相信自己有這樣的好運氣，我試探著道：「這裏的總負責人是你，對麼？」

我最後「對麼」兩個字，聲音說得比較大些，而且是直對住他的耳朵講出來的。

那人的身子突然又震動了一下，他雖然未曾承認，但是我已經知道，我真是極好的運氣！

我笑了笑：「那樣，事情就好辦了，你先將我帶到你的辦公室中去，我們要詳談。」

那人伸手在衣袋中，摸出了一隻無線電控制儀來，按了其中一個鈕掣，那扇鐵門又向上升起，可是，鐵門升起了之後的情形，卻是我做夢也想不到的！

那真正是我做夢也想不到的，因為我這時，正在高興頭上，以為制住了這裏的頭子，事情便可以一直順利下去的了。可是這時，我卻幾乎昏了過去！

門一升起來，首先，強烈的光線，向外射來。

向外射來的光線，令得我在剎那間看不到任何東西，但那只不過半秒鐘左右。

接著，我看清了眼前的情形，約莫有七八名大漢，各自手中執著手提機槍，對準著我！

我在制服了那人之後，一直未曾轉身，而那時，我看到了鐵門被打開之後的情形，也是轉過頭去看的，我見機極快，一看到了那樣情形，我身子立時一轉，將那人擋在我的前面。

這時，我唯一的希望，便是被我制服的那人，真是這裏的特務頭子，只有這樣，眼前這一批殺人不眨眼的凶漢，才會不敢胡亂開槍！

當我疾轉過身來之際，我果然看到他們幾個人的臉上，都現出了一絲驚惶的神色來，手中所握的槍，槍口也不由自主地垂了下來。

我正在暗慶得計，可是也在此際，「砰」地一聲，我身後的小門也被打開了。

我的背後立時響起了呼喝聲，而且，幾乎是在同時，我的後腦、背心、腰際都已被三枝硬管頂住，不消說，那是槍口了。

而在我背後的呼喝聲則是：「放開人，將手舉起來，拋下手槍！」

因為我前後受夾攻，是絕沒有反抗的餘地的，但是就在那一瞬間，我腦中卻迅速地閃過了一個念頭：我不能放開那人！

只要那人真是這裏的頭子，那麼只要我仍然制住了他，其餘的人，便都投鼠忌器，不敢對我有不利行動。

而且，頂在我身後的槍口，顯然不是普通的槍械，而是威力強大的手提機槍，若是一發射，子彈毫無疑問地穿過我們兩個人的身體，使我們兩人一齊死亡。

在短短的時間內，我已定下神來，我轉過頭去，看到我後面有五個人，三個的槍抵著我的身子，其中原來對準了後腦的槍口，這時離我的眼睛，只不過半寸！

我吸了一口氣，冷冷地道：「我看你們還是將槍取開一些的好，如果不小心，一粒子彈，是可以殺死兩個人的，你們看不出來麼？」

我身後的五個人，神色相當尷尬，我以手中的手槍，在被我制住的那人的額上，輕輕敲了一下，道：「你認爲是不是？」

那時，我的手臂箍住了他的頸，我的膝蓋頂住了他的腰際，他絕沒有反抗餘地，而且，我的大拇指也開始壓入他的頸中，使他感到相當的痛苦，而發出十分難聽的呻吟聲來。

他叫得聲音最大的時候，我放鬆了大拇指：「這些人一定全是你叫來的，你該知道怎樣處理。」

那人低吼道：「你再不放開我，他們會射死你！」

我甚至大聲笑了起來——其實在那情形之下，是一點也不好笑的，我硬裝出來的笑聲，聽來也不怎麼自然：「是的，我會被亂槍射死，但是，你也該知道自己的結果！」

那人猛地掙扎起來，可是我將他箍得更緊，他約莫掙扎了一分鐘，便停了下來：「好，你們退開去。」在我身前後的大漢都陸續向外，退了開去。

我當然不會樂觀到以爲他們真的是遠遠避開去的，我知道這些人只不過是退到了我看不到的地方而已，事實上仍然有無數的槍口對準我的。

那人道：「好了，夠了麼？」

我立即道：「當然不夠！」

而直到這時，我才有機會來打量眼前的情形。

鐵門裏面，是一間相當大的房間，正中放著一張長桌，看來是一間會議室。

這時候，會議室中空無一人。那人道：「你還要怎樣？」

我想了一想：「到你的辦公室去！」

我必須和這傢伙好好地談判，而且，是要在沒有人監視的情形下進行談判，那麼，最好的地方，當然是那傢伙的辦公室了。

因爲那傢伙既然是這裏的頭子，他的辦公室自然是防守得最嚴密的地方，不會有什麼人監視，而且也不會有偷聽設備之類對我不利的東西。

那傢伙顯然也想到了這一點，他道：「太過份了，那未免太過份了。」

我冷笑道：「一點也不，你帶不帶我去？」

那人的身子挺了一挺，終於不再出聲，向前走了出去，穿過了會議室，走過了一條通道，從一道迴旋型的樓梯走上去，又經過了一個穿堂，才到了一間房間的門口，他一腳踢開了門，憤然道：「這就是了！」

我向內看去，裡面是一間十分大的辦公室，也十分華麗。

我滿意地點了點頭：「很好，現在，我們開始談判了，第一，你命令你的手下，將你的手下在大學研究室搶到的那金屬片交到這裏來。」

那人的頭仍然被我箍著，等他開口講話，聲音始終含糊不清，他竟想完全不認帳：「什麼金屬片，我不知道。」

我冷笑了一聲：「如果你要做戲的話，我可以先射一槍，射去你的耳朵，那麼，或者可以使你做起戲來，更逼真一些。」

那傢伙尖叫道：「那你先得放開我。」

我考慮了一下，我手中有槍，就算放開了他，他也不會什麼反抗的機會。

而且，我始終箍住了他的頭，對我來說，也有不便之處，是以我冷笑了一聲：「好，可是你如果想出花樣，那是自討苦吃！」

我手一鬆，但是隨即一抬腿，膝蓋重重地頂在那人的尾尻部分，令得他的身子猛地向前跌了出去，伏在地上，但是他立即一個翻身，跳了起來。

他面上的肌肉扭曲著，狠狠地望著我。

我則擺了擺手中的槍：「現在，你可以叫你的部下送那金屬片來了。」

他向辦公室走出了一步，我立時射出了一槍，那一槍的子彈，恰好在他的面頰之旁，掠了過去，嵌入了後面的牆壁。

子彈的掠過，使他的臉上，多了一道血痕，他的面色劇變，人也呆立在當地不動，怒問道：「這，這算是什麼？」

我拋了拋手中的槍：「這是一個警告，告訴你我會突然發槍，而且我的射擊技術十分高妙，你沒有機會躲得過去。」

他面上的肉抖動了幾下，滴下了一串鮮血，他也不去拭抹，又望了我片刻，才走到辦公桌之前，按下了對講機的一個掣：「七號，將『飛鷹行動』的勝利品帶到我的辦公室來。」

我聽不懂他的話是什麼意思，他已退了開來。我忙道：「什麼叫『飛鷹行動』的勝利品？」

他冷冷地道：「那就是你所要的東西。」我冷笑道：「如果你玩什麼花樣的話——」

想不到我還未曾講完，他已雙手一攤：「我有什麼花樣好玩？你不是槍法又好，發槍又快麼？我有什麼反抗的餘地？」

我冷笑著，身子突然向前躍去。在他還未曾明白那是怎麼一回事之際，我已經抓住了他的手，將他的手臂，猛地一扭，扭了過來。

同時，我身子一轉，已轉到了他的背後，而我手中的槍，也抵住了他的背心。

我如今雖然占盡了上風，但是我卻是身在虎穴之中，那傢伙既然講了一句我聽不懂的話，而又不肯好好地解釋，我就不得不小心一些了。

我重又制住了他之後不到半分鐘，便聽得門外，傳來了叩門聲。

那人道：「進來。」

門被推了開來，一個人連頭也不抬，低著頭走了進來，他的手中，提著一隻扁平的公事包，道：「飛鷹行動的勝利品。」

那人道：「放在桌上。」

進來的人將公事包放在桌上，立時又退了出去，在退出的時候，帶上了門。

那傢伙道：「好了，你要的東西在這裏了。」

我向那公事包看了一眼，它的大小，倒剛好可以放得下那金屬片。但是，他們自始至終，都是稱那爲「飛鷹行動的勝利品」，這一點卻令得我的心中十分起疑，我一鬆手：「好，那就麻煩你打開來讓我瞧瞧。」

我在鬆開他手的時候，是又用力將他推了出去的，他站定身子的時候，恰巧是在桌旁。而他卻突然像是桌上有著成打的響尾蛇一樣，立時向後跳了開來！

他跳開了幾步，兀自在喘著氣。他雖然沒有講什麼話，可是他的神態，卻是再明白也沒有了，那公事包是碰不得的。

我冷笑了一聲：「看來，你若不損失一隻耳朵，是不肯和我合作的了。」

那傢伙雙手連搖：「不，下，你要的東西，的確在公事包之內！」

我道：「那麼，你替我去取它出來。」

那傢伙嘆了一口氣：「我不能，你不知道，我不能夠。」

我道：「我當然知道，你一打開公事包，就會喪生，是不是？」

那人忙道：「不是，真的不是。」

我冷笑道：「你以爲你裝出一副可憐巴巴的情形來，我就會信你了麼？」

那傢伙道：「你可以不信我，我……是說，那金屬片，屬於一個有著神奇力量的人所有，他曾警告我不可去碰它，而只是命令手下奪得它，等他來取。」

「那麼，你得到什麼好處？」

「一筆大酬金。」

「哼，這筆酬金是你私人得的，是不是？你利用你們國家的特務，來爲你自己找外快，哼，這種事，若是被你們的組織知道了，會有什麼結果？」

「這……」

那傢伙更是面無人色了。

我手中的槍向上揚了一揚：「你放心，那金屬片並沒有什麼神秘力量，爲了証明你並沒有搗鬼，你要去打開公事包。」

那傢伙又遲疑著，向前走去，他終於走到了那公事包之前，可是，就在他伸手想打開公事包之際，變故突然發生了！

兩隻手，不知它原來是藏在什麼地方的，突然出現！其中的一隻，抓住了公事包，迅速地向門口移動，另一隻手則拉開了門！

我大叫一聲，身子陡地向前撲了出去，那是鄧石的雙手，毫無疑問，因爲其中的一隻手，還滿是傷痕，我必須將那公事包追了回來。

可是，也就在我向前撲去之際，那特務頭子也突然向我展開了攻擊！

他側身向我撞了過來，我不得不身子一縮，避開了他的這一撞，同時，對準了他的小腹，狠狠地一腳踢了出去。他怪叫一聲，向後跌出。

我估計這一腳至少要使他在醫院中躺上七八天。

但就算我這一腳，可以使他終生躺在醫院之中，又有什麼用呢？鄧石的兩隻手，已經提著那隻公事包走了，我連忙趕到門口，已什麼也看不見了。

第十部：支離人之死

我將門關上，轉過身，將那傢伙從地上拉了起來，那傢伙痛得面色都變了，他口中發出難聽之極的呻吟聲，我搖著他，喝道：「別裝死，還有事情！」

那傢伙好不容易才迸出一句話來：「什麼……什麼事？」

我冷笑了一聲：「你這時所受的痛苦，是你自討苦吃，如果你不答應我下一個要求，我一定使你吃更大的苦頭。」

那傢伙不出聲。

我又道：「別以爲我會打你，我只不過準備將你所作的勾當告訴你的上級！」

這一句話一講出口，那傢伙比再挨了三腳還要受不住，他的身子抖了起來：「你說，你只管說好了，什麼事。」

我點頭道：「那很好，你爲了要奪取那金屬片，曾指使你的手下，用麻醉藥迷倒了六名學者，那麻醉藥的作用十分強烈，足以使人的腦神經停止活動，你可知道這可以造成什麼樣的結果？」

「知道，我知道的。」

我道：「那麼，你便給我足夠的解藥！」

那傢伙哭喪著臉：「沒有解藥，我不是不給你，實在沒有解藥！」

我的心中，感到了一股莫名的憤怒，我一字一頓地道：「那是無藥可治的，你竟然使用那麼歹毒的東西來對付無辜的人？」

那傢伙顯然是被我的神態嚇倒了，他急急忙忙地道：「我……我沒有別的辦法，我必須得到那金屬片，它可以使我得到許多財富，我就可以不必再做特務了！」

我覺得那傢伙講的是真話。可憐的胡明，他竟要成爲白癡了！

這實在是難以想像，也是令我傷心之極的事情，我抓住那人胸口的手，不由自主地發起抖來。過了好一會，我才勉力鎮定下來，拯救胡明的事已沒有可能，金屬片也落到了鄧石的手中，那也就是說，我雖然潛進了大使館，而且，幸運地制住了特務頭子，但是我還是失敗了，徹頭徹尾地失敗了！

我手一鬆，將那傢伙放開，他跌在地上，身子縮成一團。

我望了他好一會，才道：「如果你得了金屬片，如何交給鄧石？」

那傢伙道：「我將之帶到吉隆坡，在那裏，他會簽署一份文件，將許多產業轉交給我，而我就將這金屬片交給他，公平交易。」

我明白了，鄧石開給這特務頭子的條件，和開給我的條件一樣。

他在東南亞的巨額財富，並未能打動我的心，卻打動了這特務頭子的心。

而如今，那特務頭子也什麼都未曾得到，我當然也失敗了，真正的勝利者還是鄧石，鄧石終於得到了他所要得的東西。

而我，對於鄧石的秘密，對於那金屬片的秘密，卻一無所知！我實在感到我無法離開這裏，回去見拉達克，但是我其勢不能永遠在大使館中耽下去。

我心中嘆了一口氣：「如今，你當然不會再到吉隆坡去的了？」

那特務頭子的語聲之中，有著真正的哭音：「你這不是廢話？事情已到了這一地步，我還去什麼？」

我已經要命令他送我出去，可是在那一瞬間，我突然又想起了一件事來，我問道：「你的身份極其秘密的，鄧石是如何和你接頭的？」

他呆了一呆，才道：「我……已幹了很多次……類似的事，有一個人來替我接頭，這件事是半公開的，很多人知道。」

我望著他冷笑：「你倒生財有道，那個替你接頭的線人叫什麼名字，在什麼地方？」

那傢伙道：「他叫雅拔，每天下午三時，在市郊的一個公園，一尊石像下，風雨無阻的。」

我略想了一想，心忖在那個叫作雅拔的人身上，可能還可以得到一些關於鄧石的消息，雖然希望微乎其微。

我又伸手將那傢伙提了起來：「好了，你使我離開這裏，由正門出去。」

我一面命令著那傢伙，一面叩動著裝在我牙座上的無線電發報機，我要拉達克立即派一輛車子到某國大使館的正門來。

然後，我以槍脅持著那人，向外走去。

向外走去的經過很順利，由於我制住了特務頭子，所以我可以說通行無阻。我來也順利，去也順利，可是我卻遭了慘敗！

我才一出大門口，他看到一輛車子，向我駛了過來，司機正是拉達克自己，車子開到了我的身邊之際，車門打開了。

我猛地用力一推，將那傢伙推在地上，同時，躍進了車子。

當我在拉達克的身邊坐定之際，第一件事不是拉緊車門，而是轉過身來，向那人的雙腿的膝關節部分，連開了兩槍！

那傢伙哀號著，在地上打起滾來，車子已經向前飛駛而出。

我是很少做這樣事情的，但是那傢伙竟用這樣歹毒無恥的手段來對付我的朋友胡明，和另外幾位學者，我激於義憤，無法不令他吃點苦頭！所以，我才開槍射他的膝關節的，這兩下會使那傢伙雙腿被割，令他終生殘廢！

拉達克一直沒有出聲，一直到車子駛出了相當遠，才問道：「爲什麼？」

我回答道：「因爲沒有拿到解藥。」

拉達克輕輕嘆了一聲：「那是我早料到的了，那金屬片呢？」

我搖了搖頭：「也給鄧石搶走了。」

拉達克苦笑了一下：「衛先生，我認爲你還是快一些離開這裏的好。」

我卻搖了搖頭：「不，我還有一點線索，可能沒有什麼用，但是我卻不死心。」

拉達克道：「什麼線索？」

我道：「那特務頭子有一個接頭人，叫雅拔，每天下午在郊外公園處出現，我要找他。」

拉達克點了點頭，將車了停了下來。

我也不知道那時，是在什麼地方，我更詫異何以拉達克將車子停在這裏。

我正在奇怪間，拉達克已道：「請原諒，這件事使我們警方的處境十分尷尬，我們正在大受攻擊，如果外界知道我們將希望全都寄託在你的身上，而你又失敗了的話——」

他講到這裏，略頓了一頓，才又道：「那麼，警方所受的攻擊將更加淩厲了，所以，我認爲即使你不肯離開的話，從現在起，你也極不適宜再和我們發生任何的關係了，可以麼？」

我呆了片刻：「我想沒有什麼不可以。」

當然，我在講這句話的時候，心中是相當不愉快的，因爲在他們需要我的時候，儼然將我當作了大英雄看待，要我去冒險，如今我失敗了，他們卻又以種種藉口，要將我踢走了。

我還未曾試過這樣被人利用過，所以我講完了之後，又冷然道：「可是要我現在下車麼？」

拉達克不好意思地笑了笑，不等他開口，我已經明白他是什麼意思了，我用力拉開車門，下了車，回過頭來，將手打橫一劃：「拉達克先生，請你記住，我們之間沒有任何關係的了。」

拉達克還在裝模作樣：「你心中是在見怪我們了，是不是？」

我不再聽他說話，只是大踏步地向前走去，直到我走出了兩條街，我心中的氣憤，才漸漸地平了下來，我也站定了身子。

如今，我已只有一條路可走了，我必須見到那個叫雅拔的人。

我截了一輛出租汽車，吩咐司機向市郊的那個公園駛去，三十分鐘之後，我到了目的地。那個公園，實際上可以說只是一個空地而已，但也多少有點樹木。我轉了一轉，便在離石像不遠處的一個長凳子上坐了下來。

我看了看手錶，時間還早，我足可以打一個瞌睡。我閉上了眼睛養神，可是由於我心情實在太亂了，儘管我在大使館中勞頓了一夜，十分疲倦，但是我仍然是沒有法子睡得著。

我索性又站了起來，來回地走著，在公園中的人並不多，那個叫雅拔的傢伙，選中了這一個地方，來替某國大使館的特務頭子接「生意」做，倒是十分聰明的。

時間過得出奇的慢，好不容易到了二時五十分，我看到一個大胖子，慢慢地向前走來，幾乎是正三時，他在石像旁的長凳上坐了下來。

那是雅拔，那毫無疑問地是他！

我連忙站起身來，向他走去。

即使在那一刻間，我還是不抱任何希望的，因爲若然鄧石也是照這個方法來找他的話，那麼，他又有什麼線索可以供給我呢？

然而，當我來到了他的面前，他抬起頭向我望來之間，刹那間，什麼都不同了！

我看到那胖子，突然挺了一挺，他的手突然向後伸去，可是他顯然抓不到什麼，他的面上肌肉，可怕地扭曲著，他瞪大著眼望著我，眼神之中，充滿了疑惑不解的神氣。

這時，不要說他大惑不解，連我也是一樣！

但是，我卻立即明白了，胖子雅拔是在背後，受到了襲擊！他快要死了！

但是，在胖子雅拔的背後，卻又沒有人！

這說明了什麼？

這是我反敗爲勝，千載難逢的良機！

我立即想到，雅拔是傷在鄧石的「手」下的。我沒有聽到槍聲，而看胖子雅拔的情形，也不像是中了槍，他一定是中了一刀。

鄧石的手匿在附近，而手中握著刀，當雅拔來了之後，或者是鄧石算準了時間，一到三點正，就立時動手一刀向前插來。

而一刀插進了一個人的背部，要立即拔刀出來，並不是那麼容易的事，我也未曾看到有一隻手逸了開去，也就是說，就是鄧石的手，還在胖子雅拔的背後。

我腦中想到這結論之際，離事情的發生只有幾秒鐘的時間，我用了最快的速度，向前撲了過去！

我將雅拔的身子，緊緊地壓在木條凳之上，雅拔這時候還未曾死，他睜大了眼睛望著我，喉間發出一種奇異的喘息聲來。

那種喘息聲，是人將死之前的一口濁氣，和著他喉間的血團在打滾時所發出來的，聲音十分難聽，令人惡心。但是我這時卻仍然緊緊地壓住了雅拔不放鬆。

因爲當我壓住了雅拔之後，我仍然未曾看到鄧石的手離開，那大有可能是他的手已被我壓在胖子的身體和椅背之間了。

我當然不肯放鬆，而這時候，幸而我附近沒有別的人，要不然，我的這種行動，自然會引起人的注意，而如果一有人注意的話，當然我就會被人發覺我是伏在一個將要死去的人身上，那我就麻煩了。

胖子喉間的聲音，漸漸地靜了下來，他的身子自然也應該不動的了，但是，我卻覺得他的胸口在用力向上挺著，那是不可能的，然而這種不可能的情形，卻又使我狂喜起來。

我這時是緊緊地壓在一個死人的身上，那是一件極其令人惡心的和恐怖的事情，而我居然會狂喜起來，那是因爲我覺出，雅拔的胸口在向上挺，並不是他自己在動，而是他背後的什麼東西在動！

在他背後用力掙扎著的是什麼？當然就是鄧石的手了！我終於又可以捉到鄧石的手了，那比在雅拔口中得到有關鄧石的任何線索來得更好！

有了上次在酒店中的經驗，我知道只要制住鄧石的手之後，鄧石會在短時間內趕到，而我就可以反敗爲勝！

我的手小心地繞過雅拔的身子，伸到了背後，我的手觸及了雅拔背後的手，鄧石的手！

接著，我便抓到了一根手指，我狠狠地用力地扭曲著這根手指，直到那根手指的指骨，發出「拍拍」的、幾乎斷折的聲音。

我斷定這隻手已再沒有反抗的能力了，我才一推雅拔的身子，那隻手的一根手指被我抓住，但是它的其餘四隻手指，卻向我亂抓亂插，我忍著痛，向外疾奔了開去，始終握著那根手指。

在奔出了六七十步之後，我停了下來，我將那隻手用力地踏在腳下，那一段時間中的事情，在事後回想起來，簡直如在做一場惡夢一樣，我可以說曾經和各種各樣的人打過架，可是和一隻手，作這樣劇烈的爭鬥，卻還是第一次！

我將那隻手踏在地上，用的力道是如此之大，以致那隻手的手背，發出了「格格格」的聲音，幾乎要被我踏爛了一樣。

接著，我意料之中的事情發生了。

鄧石滿頭大汗，氣喘如牛在向前奔了過來，他直奔向我，在我面前呆了一呆，然後，撲向地上，伸出他的右手臂。

在我還未曾明白究竟他想作什麼間，他的右手腕和右手，已連結在一起了！

而也在這時候，我的右足狠狠地抬了起來，一腳踢中了他的面門！

那一腳，我用足了力道，事情已到了這種地步，我沒有可能再和鄧石作任何妥協了，我當然要將他徹底打倒才行。

我那一腳踢了出去，只聽到他的面部發出了一下極其可怕的聲音。他的身子猛地向上仰了一仰。

但是由於他的右手仍然被我踏著，所以他的身子，並未能仰天跌倒，而是在仰了一仰之後，又突然向下，仆跌了下來。

在他一仰一仆之間，他的右手臂又發出了兩下可怕的「格格」的聲響。

他仆下地來之後，我一俯身，一把抓住了他背後的衣服，將他拉了起來。再將他的一隻手臂，搭在我的肩上，我將他負著，向前急步地走去，他這時早已昏了過去，只有任我擺布。

我將他一直負出了公園，幸而沒有引起別人的注意，在公園外面，有一輛小汽車停著，我知道那一定是鄧石駛來的車子。因爲那汽車車門打開著，可見駕駛人是急不及待地向外跳出來的。

我將鄧石塞進了車廂，爲了怕他半途醒來，我又在他後腦，重重地加了一拳。

然後，我駕著車，向前駛去。

我對這個城市，並不十分熟悉，而我又不能回到胡明那裏去，因爲自從研究室的事情發生之後，胡明入了醫院，胡明的住宅也有不少警方人在留守著。我也不想再和警方人員發生任何關係。

到了一個十分荒涼的地方，我才將車子停了下來。鄧石仍然昏迷不醒，我將他的身子提了起來，不斷地搖著，在我出力搖著他，而他的頭部左右搖擺之際，我真怕他的頭會跌了下來！而我也趁機檢查了他的頭頸、手腕等地方，看看有什麼脫落接合的痕跡。但是卻一點也沒有，和常人一樣！

十分鐘後，鄧石開始呻吟起來。

我也不再搖他，由得他去呻吟，他又足足呻吟了十分鐘之久，才睜開眼來。事實上，他這時所謂「睜眼」，只不過是將眼睛張開了一道縫而已！

因爲他的雙眼早已被我那一腳踢得又紅又腫！

他可能費了好久時間，才看清我，然後，他發出了一聲呻吟：「又是你！又是你！」

我冷笑道：「不錯，又是我。」

鄧石道：「可惜呀，可惜！」

我一伸手，抓住了他胸口的衣服：「可惜什麼？」

鄧石的答案，更令得我十分吃驚。

他道：「若是再給我二十四小時的時間，哼哼，十個衛斯理，也在我手中成灰了！」

我的吃驚是有理由的，因爲鄧石曾在我的手中失敗幾次，他每一次失敗之後，總會十分兇狠地講上幾句話，而那幾句話也總是兌現的。

他那幾句話，是什麼意思，我還不十分明白，但是我卻明白一點：不能再讓他脫身了！

我裝著不屑的神氣：「再過二十四小時，那時，你會變成大力士了麼？」

鄧石突然激動了起來：「再過二十四個小時，我，我，我會——」

他先是激動，講不出話，後來，他像是省起那不能和別人亂說的，是以又突然停住了口。

我心知他的心中一定有著十分重要的秘密，但當然他也有可能是故意如此，來引我注意的，如今我卻不屑理會，我只是記得：胡明已成了白癡，這一切全是鄧石弄出來的。

而胡明是我的好友，我必須爲胡明報仇，所以我冷笑一聲：「你的手段居然如此狠辣，你要自食其果！」

鄧石只是瞪著我，並不還口，我右手抓住了他胸口的衣服，左手揚了起來，狠狠地兩掌，打在他的臉頰之上，他的腦袋順著我的掌摑，而左右猛烈地擺動了起來，他口角立時流血，而他的雙頰之上，也立時出現了兩個手印！

那兩個手印才一出現時是白色的，接著，便變成了通紅的顏色，他喃喃地道：「別打我，我已經說過了，別打我，別打我！」

我狠狠地道：「別打你？你可知道，由於你的愚昧無知，已使得六名傑出的學者變成了白癡？你可知道你犯下了什麼罪，我非但要打你，而且要不斷地打你，使你也因爲腦部震盪而成爲白癡。」

我一面說，一面又重重地摑著他，他雙手亂搖：「別打了！別打！」

我仍然繼續打著他，突然，我停手了。

我之所以突然停手的原因，並不是因爲他的哀求，也不是因爲他已昏了過去，而是在那一剎間，鄧石臉上的神情，起了變化，他臉面上肌肉可怕地扭曲著，突然之間，他的頭，和他的頸部分離了！

那種突如其來的分離，十分難以形容，因爲事情超乎人類多少年來的生活知識範疇之外，我知道我所抓住的，還是一個活人的身體，但是我卻看到，那個活人的頭，離開了脖子，向上升了起來。

我並且聽到了在向上飛起來的人頭口中，發出了可怕的笑聲，在那一剎間，由於過份的驚駭，我立時鬆開了手，鄧石的身子扯開車門，向外奔去。

在車門打開的一剎那，他的頭飛了過去，頭和身體，迅速地在車外合而為一。

我心中實在怒極了，因為鄧石居然用這樣的方法愚弄了我，我甚至絕未考慮地開著車子去追他，我突然踏下了油門，車子呼嘯著，向前衝出！

車子是對著鄧石衝了過去的，鄧石回過頭來，看到汽車向他撞了過來，他臉上現出了驚駭欲絕的神情，同時，發出了一聲大叫！

而他那一聲大叫的聲音，卻完全被車子撞中他時所發出的隆然之聲所蓋了過去，他被車子撞著，跌出老遠！

我也陡地停住了車子。

在我停住了車子之後，我的理智恢復了，我連忙跳出車子來，我實在是不應該用車子這樣去撞他的，我奔到他的前面，俯下身去看他。

他傷得十分重，就算立即有一輛救傷車在旁邊，只怕他也來不及送到醫院去就會死了。

我望著他，心中感到十分不自在，鄧石的口角不斷湧著血，卻還想講話。

我將身子俯得更低：「你有什麼話說，快趁早說了吧！」

鄧石口角顫動道：「你……滿足了？」

我僅有的一點歉意，也因爲鄧石的這一句話而消失了，我冷笑了一聲：「你死了，也不能使六個學者清醒過來，我有什麼滿足？」

鄧石面青目腫的臉上，忽然現出了一絲十分猾獪和得意的笑容來，這一絲得意和猾獪的神色，居然會出現在一個將死的人臉上，這實在是不可思議的事情，我呆了一呆，已聽得鄧石道：「可以的，可以令他們清醒的，世上沒有不可能的事，如果我有了那力量，我可以做一切，我有……一切……力量……」

我倒是吃了一驚：「你說，被害的六個學者，可以恢復原狀？」

鄧石勉力掙扎著，撐起身子來的目的，竟就是爲了向我點了點頭：「是的！」

他只講了兩個字，便又跌了下去，然後又道：「可是我……絕不會告訴你！」

他在講到「絕不會告訴你」這句話時，那種咬牙切齒的神情，我一生不會忘記，我本來想向他逼問，但是看到了他這樣的神情，我就知道，我再向他多問也是多餘，因爲他正是以絕不肯告訴我這一點，來作爲對我的最後報復的。

我呆呆地站著，過了一分鐘，我最後的機會也消失了，鄧石在呼出了急促的一口氣之後，死了。

人的生、死實是難以形容的事，鄧石一斷了氣，他的面色立即就變了，變得如此之可怖，令人難以卒睹，我立即轉過頭去。但是我卻並沒有離開，因爲鄧石的話，給了我新的希望。

胡明他們可以有救！

可以救他們六個人的辦法，鄧石雖然未曾告訴我，但難道一定要他告訴我麼？難道我不能自己去尋找，去發現這個辦法麼？

奇怪的是，當時我竟絕未考慮鄧石所說的是假的，那或許是由於鄧石講那一番話時那種恨極的神情，使我深信了他的話的。

我既然要自己去尋找，發現救那六個人的辦法，我自然是不能憑空去亂找的，我必須要在鄧石的身上，得到線索，才可以進行。

這便是我爲什麼不離去的原因！

我轉過了頭去之後一會，又轉回身來，我在鄧石的衣袋之中搜尋著，我找到了一個記事本，一個銀包，和許多零碎的東西。

我打開了銀包，其中有一疊約莫十來張名片，名片上印的名字是「鄧傑」，銜頭是一個考古團的團長，這是在埃及的銜頭，在下面，則是一個地址。雖然卡片上的名字是「鄧傑」，但是我立即斷定那就是鄧石的另一個化名。

當我第一次在楊教授的舞會中見到鄧石的時候，楊教授曾說鄧石有許多化名？那麼，那個地址，定然是鄧石的居所了！

這是一個極重要的發現，鄧石死了，他這個人生前一切神秘不可思議的事，要追查起來，也更加困難。但是如果我有了他的地址，可以在他的住所，進行仔細的搜索，只怕會有收獲。而且，他死前說他有辦法解救胡明等六個人的時候，明顯地表示只有他才知道那辦法，那麼是不是他會留下線索呢？

我不敢肯定一定有線索，但是卻敢肯定，如果有線索的話，那一定是在他的住所之中！所以，我得知了他的地址，是一件十分重要的事情。

我退回到汽車中，就將鄧石的屍體棄在荒野，我知道他會被人發現的，而被發現之後，又會被當作無名屍體來處理，我實在不耐煩多去理會他了。

和鄧石發生了糾紛以來的這一段日子，可以說是我一生之中最不愉快的日子了，而這一大段不愉快的日子，卻有一個更不愉快的結局：我在怒火遮掩理智的情形下，用車撞死了鄧石。鄧石是該死的臭驢子，但是在怒火之中撞死一個人，對我來說，不會是一件愉快的記憶。再加上胡明等六個人成了白癡，而鄧石那種神秘的不可思議的支離能力似乎要永遠成爲一個謎，這使我更加有說不出來的煩燥，我將心情的煩燥，又歸咎於鄧石，所以我才會全然不理會他的屍體，而逕自離開去。當我駕著車子，駛出了七八哩之後，我那種煩燥的心情，才漸漸平復了下來。

我這時，也已經進了市區。我雖然得了那個地址，但是我仍然不知它在什麼地方，我不斷向我遇到的警員詢問，同時，由於開車的速度已不能太快，所以我有時間翻閱那本記事本。

那記事本上面記的，全是一些瑣碎的事情，在最近的幾天中，有「和雅拔見面」、和「第一號談妥了條件」等的記載。

我相信記事本中的「第一號」，就是那被我射斷了雙腿的特務頭子。我繼續看下去，在研究室出事的那天，他寫著「保佑我」三個字，而在這三個字以後，便是一片空白。

這個記事本並沒有給我什麼幫助，但是，我卻在記事本後面的備忘錄上，發現了幾組號碼，那幾組號碼都是六位數字，看來是開啓保險箱秘密號碼。

在經過了不斷的詢問之後，我終於在一幢灰色的小洋房前，停了下來。那一幢英國式的雙層小洋房，以前毫無疑問是英國人居住的，屋內十分靜，看來不像有人，但，我還是按了門鈴。

按了門鈴之後，我等了五分鐘，仍然沒有人來開門，就用百合鑰匙打開了門，走了進去。

第十一部：鄧石的日記

門內十分陰暗，氣氛陰森，我一推開門便停了下來，到眼睛適應了黑暗，才仔細打量屋中的一切。

房子是英國式的，進門是樓梯、走廊，走廊通向廚房，在走廊的一旁是起居室，房子在外面看來很好看，但是一走進來之後，卻給人以一種十分不舒服的感覺。

那種不舒服的感覺，十分難以形容，這倒不僅是由於滿滿地遮住了窗簾，光線陰暗的緣故，而是好像有受了欺騙，或是不公平待遇之後的那種感覺。

我在樓下走了一遭，瀏覽了一下，一來看不出什麼異狀來，又向樓上走去，樓上一共是五間房間，我打開了第一間房間的房門，便不禁呆了一呆。

還記得我在來到這裏以前，便已經有機會窺視過鄧石住所中的情形？當時我已可以看到鄧石的一間臥室，那間臥室之中，除了一隻大盒子之外，什麼也沒有。

在這間房間的中心，正有著一隻可以供人躺得下的盒子，盒蓋蓋著，貼著牆，有一些我難以形容的東西，那像是一組儀表，但是卻又絕不是現代的。我所謂難以形容的原因就是在這裏，儀表是現代科學的結晶，但是如今我所看到的這一組儀表，不是現代的，它給人以古董的感覺。

那些指針、和看來全然莫名其妙的文字，是箝在許多形狀不規則，表面粗糙的石塊之中的。有一些金屬線，從那一組「儀表」上通出去，通到正中的盒子上。

我打開了那盒子的蓋，盒內是空的。當我對著這空盒子的時候，我的心中，突然起了一種極其強烈的衝動：要躺進盒中去，要像我上次看到鄧石的時候鄧石所做的那樣，躺進這盒中去！

可是我心中堅決地告訴自己：不要躺下去！這盒子對我起著一種極有力的誘惑，要誘惑我躺下去！

我的心中，突然升起了一股極恐怖的感覺，我全身都感到了一股寒意，頭皮起麻，急忙退出了這間房間，心中突然有死裏逃生之感。

站在門口片刻，對於剛才那種莫名其妙的感覺，猶有餘悸，決定不再走進那房間去。

我打開了第二間房間的門，那間房間，也和我曾經看到過的鄧石的另一個住所中的一間房間一樣，在牆上有許多凹槽，恰好可以放下人體的各部分。

而這時，我更看到，在房中間，放著一張樣子很奇特的椅子，那張椅子是用繩子織成的，它的支架則是一種深黑色的木。

我再打開了第三間房間的門，三間房間之中，只有這一間是正常的。

那是一間書房，有一張書桌，兩排書櫥和兩張安樂椅，我到了書桌之前，書桌上十分凌亂，有許多紙張亂堆著，而當我拿開那些紙張的時候，我看到了那一片金屬片！那便是胡明等六個學者正在研究的時候，被某國特務搶走，而在某國大使館中，我和特務頭子糾纏中又被鄧石搶走的東西。

在金屬片下面，還壓著一張紙，那張紙上，寫著四行相當工整的英文，那四行字，一看便知道是一個字一個字寫來的，而且每一個字之間所隔的時間都相當地長，一則因爲字與字之間，沒有聯繫的「行氣」，二則，好幾個字的墨水顏色，也有差異。

這使我想到，那紙上的字是那金屬片上文字的翻譯，鄧石一定是正在從事翻譯的工作，而他雖然可以譯出那金屬片上古怪的文字來，他仍然要十分費力地逐字爲之譯出，而不能一氣呵成。

我連忙去讀那四行字，只見那是——

「伯特雷王朝的『大祭師』是牛神的化身，他有能力使人死而復生，他的墳墓，在偉大的宙得神廟以東十里的地下，他的一切能力，都隨他之死而到了他的墳中，『大祭師』是神的化身，無數人可以証實這一點，『大祭師』——」

只翻譯到這裏，便沒有了下文。

而鄧石還在金屬片上做了記號，他所翻譯到的最後一個字，有著記號，他大概只翻譯了金屬片上的文字十分之一左右。

他所翻譯出來的文字，我看了之後，覺得一點興趣也沒有，這種記載，在埃及的古物之上多的是，古時人相信某人是神的化身，毫不出奇，令人出奇的該是直到二十世紀六十年代，還有其蠢如豬的人把某一個人當作神一樣來崇拜。

所以，我對那金屬片的價值的估計，也立時大大減低，我想不通鄧石這樣拼死拼活要來爭奪這金屬片，這為了什麼。

（一九八六年按：這句話其實大可刪除，但當時既曾有過這種情形，也就不妨保留。）

如果不是他出盡手段來爭奪那金屬片的話，他也絕不會死在荒郊。

我不再理會那金屬片和那張紙，我退後了幾步，在一張安樂椅上坐了下來，托著頭，無可奈何地思索著，我雖然到了鄧石的住所，但是看來我卻仍然得不到什麼，我該怎麼辦呢？胡明他們，真的是沒有希望了麼？我不能救他們了麼？

我茫然抬頭，無目的地四面望著。但是突然之間，我霍地站了起來，我的心中，陡然一動，我覺得我已經找到了這房子的秘密了！

我這時所在的那間房間，十分寬敞，大約有兩百平方呎，而這還是三間房間中最小的一間。那也就是說，二樓連同走廊的面積，大約是八百平方呎。

可是，樓下卻十分窄小，至多只有六百平方呎，這就是為什麼我一進屋子，便立即會有一種被欺騙了的感覺的原因。

沒有什麼屋子是二樓的面積比樓下更大的。那麼，事情已經再明顯也沒有了，這幢屋子的樓下，還有一間我未曾發現的密室！

我連忙衝了下去，仔細地尋找著，不到二十分鐘，我已然有了收獲，我在移開了掛在起居室東面牆上的一大幅油畫之後，看到了兩組鑲在牆內的字盤。

我立即記起了在那小記事本上看到的兩組數字，我取出了小記事本，依照那兩組數字的次序，去撥動字盤，從我的經驗，我知道這兩組數字，正是開啓那兩座字盤的秘密號碼。

等我撥完了這十二個號碼之後，我前面的那幅牆，有一個狹條，向上升了起來，升高了三呎，便停止，我俯下身來，向前看去。

裏面，大約是一間近兩百平方呎的密室，作長條形，它是將原來的起居室切下一條來而造成的，我走了進去，找到了電燈開關，亮著了電燈。

那密室中也有一張書桌，除了那張書桌之處，則是許許多多的古物，雜亂無章地堆在一起，那些古物毫無疑問全是埃及的，而且其中，還有著十分貴重的東西，例如一具黃金製成的面具就是。

這種面具，通常放在帝王的木乃伊頭上，十分名貴，世上所見到的也極少。

我略爲看了一下，便來到了書桌之前，書桌的抽屜沒有鎖，我拉開了第一個抽屜，看到了一大疊活頁簿，釘在一齊，一個皮封面上寫了幾個字：「有關不幸的遭遇一切記載」。我呆了一呆，打開來，那是日記。

日記是鄧石寫的，我先看第一頁，看了第一頁之後，我又忍不住去看第二頁，然後，我一頁又一頁地看下去，直到看完。看完之後，我木然而立。

我的腦中實在混亂到了極點！

混亂當然是看了鄧石的日記之後引起的，我甚至覺得天旋地轉，彷彿我不是生活在現在，而已回到了幾千年之前，極為混沌神秘的古世界之中去了。

鄧石的日記前後相隔的時間達五年之久，其中有的是一天接著一天的，有的一跳便是大半年。

有的時候，一天只有兩句話，有的時候，一天的記載，詳細得猶如一篇小說，不但有對話，而且將雙方的神態也記了下來。

鄧石的日記，我加以披露，刪去了許多不必要的部分，留下來的可以算是有關這件奇事的精華。

我照原來的形式披露鄧石的日記，而不由我來作一個簡單的敘述，是因為鄧石的日記中所記載的事，十分離奇曲折，不可思議，無法簡簡單單，三言兩語將之講完。二則，是由於鄧石日記中所記載的事情，和我以前的特殊遭遇，還有著相當重要的關係之故。

各位讀者請注意：這日記全是鄧石所經歷的事情，所以，那個「我」，是鄧石。

以下便是鄧石的日記。

七月六日

酷熱，一個阿拉伯人突然來，帶來了十二顆紅寶石，索價甚是便宜，這是十二顆見了之後，令人驚心動魄的紅寶石，絕對是真貨，阿拉伯人態度神秘而言詞閃爍，他這紅寶石也不一定來歷不明，但雖經嚴詰，他卻顧左右而言他。

七月七日

為了小心起見，將紅寶石寄巴黎，交由珠寶專家巴薩摩鑒定，買保險一百萬鎊。

七月八日

得巴薩摩急電，紅寶石是稀世珍品。

七月九日

再晤那阿拉伯人。上次見到那阿拉伯人，完全是一個偶然的機會，是在一家珠寶店的櫥窗外徘徊，那阿拉伯人湊上來問：「想買好的寶石？先生？」

「是的。」姑且回答他。

「我有很好的寶石，先生，如果你識貨的話，你一定可以知道我擁有的是真正的好寶石，而我的索價，只不過是市面上的千分之一，先生，如果你要的話，給我地址，我送來給你。」

抱著姑妄聽之心情，給了他地址，那阿拉伯人看來骯髒而令人討厭，但這裏是一個神奇的地方，說不定會有什麼奇妙的事情發生。只是告訴他，需要一些紅寶石，他果然帶來了十二顆，而且如今經過鑒定，那是極稀少的珍品，所以需要再見他。再到那珠寶店集中的街道去，果然又見到了那個阿拉伯人，直向他走去，他像是一頭野獸看到人類之逼視也似的反望著，然後，他先開口：「還要些寶石麼？」

「是的，要一些上佳的綠玉。」

「先生，我的東西，全是上佳的，請你放心，還是送去上次的地址？」

「是的，但是我要得很緊，最好在兩小時之後送到，做得到麼？」——這樣說，是希望他立即去取寶石，而我早已準備跟蹤他的了。

「不行，先生，給我一天的時間，我要跋涉很遠的路途才能取到寶石的，明天一早，我替你送來。」

他講得堅決而不容改變，只好點頭答應，轉身離去之後，在街角，套了面具，除下外衣，穿上早已藏在身邊的阿拉伯長袍。

化裝成為一個普通的阿拉伯人，前後只不過化了一分鐘，再走出街角時，那阿拉伯人已失了蹤跡，連忙急步追了過去，方在一條小巷中看到他的蹤影，便亦步亦趨地跟在他的後面。

他是從哪裡得到這樣好的寶石的？他是國際珠寶集團的賣手？然而，據巴薩摩巴黎來的急電，這十二顆紅寶石從來未曾入過記載，那麼好的紅寶石，如果有過一次公開交易的話，是一定會有記載的，他是怎麼得到那些紅寶石的呢？

由於不斷的思索，好幾次幾乎因之失去了阿拉伯人的蹤跡。

一小時之後，那阿拉伯人走進了一間汙穢而矮小的屋子，聽得他在叫一個人，叫的是：「鹿答！」聽到回答聲，他便和一個矮小的人一齊走出。那人十分矮小，大約只有四呎高，身上的衣服，比阿拉伯人更加骯髒，他的頭上包著一塊白布，只露出兩隻眼睛在外。阿拉伯女人這種裝束的很多，但是從腳步、身形上來看，那矮子不是女人，不是女人為什麼又要蒙住了頭？心中的疑慮越來越多，跟蹤得也格外小心。

前面的兩人，一直在步行，出了城市，向荒郊走去，他們顯然慣於步行，天色漸漸黑了下來，使我仍然可以順利地跟在後面。出了市區之後，又走了近十里，前面是著名的一座太陽神的廢廟。

那曾經是一座規模十分宏大的廟宇，但久已廢置了，巨大的石柱東歪西倒，人只能在廟的附近處瞻仰一下，想要進去是極困難的。他們兩人到了廟前停下。藉著一叢灌木的掩蔽，在距他們五步處伏了下來，阿拉伯人低聲在講話，他的聲音聽得相當清楚，他道：「希望你能夠分辨得出什麼是綠玉！」

那矮子以一種十分怪異，十分乾澀，聽了令人極不舒服的聲音道：「我分得出的。」

那顯然不是女子的聲音。他們要取綠玉了，綠玉在什麼地方？紅寶石也是在這裏取來的麼？可是在黯淡的月色下，除了灰白色的石柱、石塊和殘存的石階之外，什麼也看不到，哪裡有寶石的影子？

那矮子伏在地上，阿拉伯人用他身上的那件骯髒的袍子蓋在他的身上，將那矮子的身子，完全蓋住，接著，便是那矮子發出了一陣怪誕到難以形容的聲音，他的身子似乎在白袍之下不斷地顫動著，但過了不久，白袍之下便靜止了。

那阿拉伯人一直等在旁邊；接下去的一個小時，是沈悶得令人難以渡過的，但下定決心要查看究竟，當然只好仍然等著。

一小時之後，白袍覆蓋之下的那矮子，又顫動了起來，他站了起來，裹著那件白袍，那阿拉伯人問道：「怎麼樣？怎麼樣？」

那矮子不講話，只是發出「唔唔」的聲音。

這時，看不到他的臉色，但可以肯定，那矮子的臉色一定不會好看。他們兩人匆匆地離去，他媽的，他們在搞甚麼鬼？綠玉已取到了麼？

繼續跟蹤，他們回到了市區，進入了髒屋子，天色已將亮了，一直等到天明，必須回去了，因為和阿拉伯人約定的時間快到了。

他媽的，跟蹤了一晚上，一點結果也沒有！

七月十日

回到酒店之後，只不過睡了一個小時，便有人來叩門。

我將門打開，閃進來的是那阿拉伯人，幾乎想要破口罵他，但是卻罵不出口，因為他已將六粒卵形的綠玉，放在桌上，他只要一千鎊一顆，老天，一千鎊，買這樣的綠玉是假的也值了。

七月十一日

綠玉是怎樣來的，足足思索了一整天，不得要領，又將綠玉寄出。

七月十二日

巴薩摩急電來問：「是不是掘到了所羅門寶藏。綠玉是極品，每一顆的價值，在十萬鎊以上。」這是不可思議的奇事，必須再去探索究竟，再到那幾家珠寶店門口去，不見那阿拉伯人。

等了許久仍然不見那阿拉伯人，自己走那天走過的路，來到了那間髒的小屋子前，用力地拍門。

「是誰？」自屋中傳出了一個奇異的，乾澀的聲音，那正是那個被稱為「鹿答」的矮子的聲音。

並不回答他，逕自推門而入，屋中一條矮小的人影，突然像吃了驚的兔子也似地跳了起來，他想從門口竄出去，但門口被塞著，他於是不斷地後退，一直退到了屋角，方始站定。

屋內簡陋到了極點，絕對無法想像這樣的屋子，會和價值十萬鎊一顆的綠玉有關。那矮子仍縮在牆角，向他望去，實是令人吃驚，如果早已看到了他的尊容，說不定會沒有勇氣阻在門口，而任由他逃走了！他有著一張不屬於人的臉，他的臉像是一頭狼，掀天的鼻子，充滿了血絲的眼睛，一張歪裂了開來的嘴，和可怕的獠牙。

這樣的人，在街道上走的時候，如果不是套上頭罩的話，那一定會使得所有的人吃驚，他在外出的時候套上頭罩，那算是有自知之明的。僵持了五分鐘之久，他才開口：「你……你作什麼？」

「你是鹿答？放心，我沒有惡意的。」由於他的英語生硬，因為反問也是一字一頓的。

他點著頭。

一面向「鹿答」走近去，一面道：「我還要些綠玉，綠玉，你明白麼？」

他又點頭。

「你給我取到綠玉，我給你錢，錢！」取出了兩個金洋，在手中叮噹地叩著，鹿答的血絲眼頓時瞪得比銅鈴還要大！

將兩個金元放在他的手中，他緊緊地捏著，過了一會，他套上了頭罩，他一定是取綠玉了，他走到門口，可是突然地，他反手將兩個金元向我拋來，向外逃了出去。

立即退出去，鹿答已不見了，而幾個凶惡的阿拉伯人向我逼近來，狠狠地道：

「別來惹鹿答！」

狼狽而逃，他媽的倒楣的一天。

七月十三日

是十三日，又是星期五，大抵不會有好運，果然仍不見那阿拉伯人，也找不到鹿答，自己到廢廟去，一直來到了鹿答那天晚上伏著的地方，那是一塊大石，看來像是大石基。

在大石上，有一個小小的圓洞，那個圓洞，勉強可以供一個人的拳頭進去，向內張望，什麼也看不到，將耳朵俯在洞口，聽到十分空洞的空氣震盪聲，這証明下面是一個大洞。

綠玉和紅寶石就是從下面取來的？這未免太容易了，連忙將拳頭硬塞了進去，將手臂伸到最直，但是抓到的是空氣。

伸進石洞去的手臂幾乎縮不回來，真是縮不回來，那才成了大新聞了。

七月十四日

十三日星期三當真是倒楣的一天，還是設法尋找那阿拉伯人，意外地發現鹿答也在找他，當我向鹿答走過去時，他奔開了。

七月十五日

沒有結果

七月十六日

今天是奇妙的一天，真正奇妙的一天，奇妙極了！在那條陋巷之中守了兩小時，見到了那阿拉伯人，於是用槍將他指嚇著，到了荒郊，這阿拉伯人講出了一項驚人的秘密！

寶藏是在那個小洞之中，但是卻在地下深達六十呎的一個地窖之中，要通過七道厚達呎許石板，才能夠碰到寶石，但是每塊石板上，都有著可以供人伸進拳頭去的小孔，鹿答有這個能力，他能夠使自已的手，伸下六十呎的深處去取東西，這實在是沒有法子令人相信的，但阿拉伯人又不像在說謊。

終於，找到了鹿答，再到了那個廢廟之旁，這次，鹿答的身上沒有蓋白袍，他的手臂在伸進那小洞之後，和他的肩頭脫離了！

那不是幻覺，那是事實，他的手臂離開了他的肩頭，到六十呎以下的地底去活動了，這是什麼力量，這是什麼現象？

這種力量，豈不是比任何財寶更誘惑人？鹿答具有這種神奇的力量，可是他看來卻像一個白癡，那阿拉伯人的智力也高不了多少，這個秘密，看來只有阿拉伯人知道，但是這秘密應該只有我一個人知道，於是，絕不猶豫地殺了那個阿拉伯人。

鹿答見阿拉伯人死了，一躍而起，想要逃走，可是他左手已被捉住。

他的左手隨著離開了他的手腕，他繼續向前奔去，但不等追上去，他又奔了回來，他的口中，發出了一陣陣奇怪之極的聲音，相信世界上沒有一個人懂得他在講些什麼，他竭力掙扎著，他身上的衣服被撕裂，他是一個令人惡心的殘廢人，但是他的胸前，卻用發黑的麻繩，掛著一件奇妙的物事。

那是一個十分難以形容的物事，它像是一隻煙盒，約有兩寸見方。在搶奪那奇妙的物事間，鹿答逃脫了。在知道難以追得上他之後，一聲槍聲結束了追逐，鹿答奔得快，但快不過子彈，他死了。

七月十七日

一連殺死了兩個人，奇怪的幻覺不斷而來，飲酒，只有酒可以驅除這種幻覺。

七月二十一日

大醉了四天，醒來的時候，人竟在醫院中，我的手中，還抓著自鹿答身上取下來的那東西。鹿答和阿拉伯人的屍體已被發現了，沒有人疑心，當然不會有人疑心我的。立即離開了醫院，回到了住所，那東西可以從當中剖開來，用一柄薄薄的小刀，輕輕一撬，就做到了這一點，撬開了兩半之後，發現其中的一半，全是薄如蟬翼的金屬片。

金屬片上有著許多點狀突起，每一個突起點之間，都有著細痕的聯繫。

這是什麼？看來倒有點像縮小的電子板，鹿答何以會有這樣的東西？另一半，也是許多薄片，在薄片上的則是許多奇怪的文字。

本來是奇妙的遭遇，變得更奇妙了。

殺了兩個人，得了這樣莫名其妙的東西，算是什麼？幸而，曾低價購來了不少寶石，總算多少有點收獲。

七月二十二日

離開了，鹿答和那阿拉伯人的冤魂似乎一直纏著我。

八月三日

仍然不知道那鬼東西有什麼用，甚至不知道那是什麼，曾將上面的文字給許多專家看過，換來的卻只是譏笑，說那種奇怪的符號一定是自創的，豈有此理。

九月七日

今天遇到了古勒奇教授，他是古代文字專家，再將那種文字出示，他竟斷定說那不是地球上的文字，這更可笑了，這當然是極可笑的，但不知為了什麼，這東西竟也掛在胸口，當然不是用黑麻繩，而是用一根白金鍊，算它是一個紀念品吧。

一月一日

那是突如其來的，子夜，人人在狂歡之中，停在海港中的輪船，汽笛大明，新的一年來臨了，那東西掛在胸前已有半年了，由於它十分輕，是以早就不將它放在心上了，但是，真的，在新的一年來臨之一剎那，它發出了奇妙的聲響。

那是如同無線電報的「滴滴」聲，連續不斷。連忙退出酒會，到了一間儲物室中，除下那東西來，打了開來，不但聲音清晰傳出，而且，突出的一點一點，都發出奇妙的閃光。

那種閃光十分微弱，但是它的奇妙之處，卻難以形容，那種奇異的形彩，令人目眩，令人心跳，它自何而來，為什麼，都不知道。

這種奇妙的現象，維持了十分鐘之久才停止。

一月二日

終日注視著那東西，未見有異。

一月三日

記得第一次剖開那東西時，感到那一片一片有小點的突起像電子線路圖，真的是麼？將它給專家一看，或者會有結果的，占美是加拿大一家大規模電子工廠的工程師，讓他去看看，或者會有結果的。

一月十日

占美看到了那東西，他的判斷使人吃驚，他宣稱，那是設計極其精妙，絕不是地球上人類所能做出來的東西，那是電子工程的高峰，許多電子管，都被縮小了，而電子線路，也被化為軌跡，固定在極薄的金屬板上，據他說，這東西中的七十片極薄金屬片上，每一片上都有著上萬的電子管。

那也就是說，這七十片薄片合起來，至少有七十萬具電子管，那是地球上從來沒有過的一具電腦，它可以做幾乎任何事。

占美是表兄弟中從小便有神經質的一個，而且一度進過神經病院，看來，他的舊病復發了。

（一九八六年按：這種電子板，現在已經十分普遍，二十年前，都只是想像，說人類科學完全沒有進步，似乎也不很公平。）

一月十一日

占美一直來囉唆不休，真後悔來找他，他堅持他的看法是對的，並且說他可以利用他廠中的設備，使掛在我胸口的「電腦」工作。一具有七十萬個電子管的「電腦」居然可以掛在胸口，哼，我要離開他了。

一月十二日

他又來苦苦哀求，姑且答應了他，和他一齊到了工廠之中，他取了掛在胸口的那東西，用兩根極細的線連結它，然後通電。

那兩根線，是連結到一具工廠中最大的電腦顯示器之上的，突然，所有的指示表都動了起來。

占美狂叫：「看到了沒有！看到了沒有！」

隨著他的狂叫，廠內的警衛和負責人向他衝來，將他按倒在地上。在混亂中，搶回那這東西，溜出了那家工廠，不管占美了。

一月十三日

離開了加拿大，占美被送入神經病院，因為他破壞了價值數億美金的一具大電腦，我似乎也被通緝，但占美不是真的瘋子，他的話是對的，那東西和電子管有關，那是一具電腦，不屬於地球人的電腦，這使人糊塗，的確，似乎占美是瘋子，我也是的，誰知道呢？

一月十四日

誰瘋呢？到底是誰瘋呢？

一月十五日

那是一具電腦，而且，極其輕微的電流，便能夠使它生出反應來，兩節乾電池便可以使得突出的小點，發出微弱的亮光。但是那具電腦有什麼用處呢，看來要經過不斷的試驗才能明白，沒有人幫助，只好進行單獨的試驗，試的辦法，是不斷地將之通電，不斷地將之和各種不同壓力的電流接觸。

一月十六日

真正嚇壞了，從來也未曾有過這樣的經歷，那是瘋狂的，瘋狂的，不可能的，絕對不可能的，我一定是神經有問題了，我應該進瘋人院麼？

一月十九日

整整醉了三天，才醒了過來。頭腦開始冷靜了下來了，細細地回想一月十六日所發生的事，那一切，都是實在的。

其實，那一切是不是實在的，只要我再來一次，就可以証明了，但是我卻沒有勇氣再來一次。

那天，當那東西和七百伏特的高壓電相接觸之後，發出了一陣奇異的閃光，那一陣閃光的顏色是難以形容的，它似乎包括了世上所有的彩色，但是出現的時間卻極短極短極短，接著，在閃光發生時，被閃光照到過的，我的右手不見了，我的右腕上是光禿的，沒有手，手在哪裡？手在什麼地方？可是，手又是在的，我可以感到手在動著，只不過看不到，而且，左手也摸不到右手。

在驚駭欲絕的情形之下，向外狂奔而出，忽然間，我看到自己的手，手正抓住了一株灌木，將手戰戰兢兢地捧著，裝回了手腕上！

這是我瘋狂了？還是真的手可以離開身子，我想起鹿答，想起了那些寶石，鹿答似乎也有這能力的，但是我卻不敢再試了。

這是瘋狂的！

十二月二十日

近一年來，一直在世界各地環遊，最近才回來，找了一個新居，還不錯，是一幢頗為清靜的大廈第二十三層，居高臨下，別有風味。這一年，造訪了很多精神病專家，據他們所說，一個人如果看到自己的肢體分裂，或是手足突然消失，那是腦神經分裂的現象，發展下去，這個人就變成瘋子。

我真的是瘋子麼？

由於那東西在開始環遊世界的時候，一直被鎖在銀行的保險箱中，而又一直沒有勇氣再去碰的緣故，所以一直拖了下來。

但如今，我回來了，我是不是一個腦神經分裂的人？這個問題也越來越迫切地要找到答案，必要再和那東西見面了，這實在是需要極大的勇氣的。

幸而，還記得上次發生那種瘋狂的情形之際，是用七百伏特的高壓電。晚上，在面對著那具有著不可思議的力量的電腦達三小時之後，終於顫抖著手，接通了電流。

奇異的閃光再現，這一次，由於俯身太前之故，閃光罩住了頭部，突然之間，整個人飛了起來。

不，不是整個人飛了起來，的確是有什麼東西飛了起來，但不是我整個人飛起。正確地說，飛了起來，是頭，是我的頭。

首先，我發覺身子不見了，接著，發現身子仍然坐在椅上，是頭離開了身子。在一陣近乎昏眩的感覺之後，頭又回到了身子之上。

有什麼別的變化，我並未死亡，也沒有覺得有什麼痛苦。只不過剛才，頭和身子脫離的時候，看到自己的身子沒有頭而仍然端坐著，十分駭然而已。

一件本來是十分危險的事情，但是如果接連兩次，居然沒有產生什麼危險的話，那麼對第三次的試驗，便會大膽許多。

在定了定神之後，再度接通電流，讓閃光照在右手上，右手消失了。

輕輕地用左手去摸一下，右手不在腕上，的確不在手腕之上。

可是，右手仍在，右手不在右腕之上，然而仍然在，只不過是在我看不到的地方而已，我感到自己的神經系統，仍然能夠靈活地指揮我的右手。

我搜尋著自己的右手，這實在是十分滑稽的事，自己找尋自己的右手。

終於找到了，右手在一沙發之上。

果然仍能控制自己的手，要動哪一隻手指就動了，在右腕和右手之間的距離大約是兩碼，但是我的神經系統顯然可以超越這個空間，仍然指揮著離開了手腕的手。

這是極其驚人的，但是這是事實。

唯恐失去了自己的手，是以立即又將手捉回來，放回到手腕之上。

經過了三次之後，膽子更大了，休息了片刻，第四次再接通電流，右手再度離開，這次更鎮定了，右手聽從指揮，打開了窗子。

右手不知可以到達距離多遠的地方，仍然聽從我的指揮？

右手向窗外飛去，沿著牆向上去，上了上面的一層樓，那是一個平臺，右手爬上了石沿，又回到了手腕上。

這是我的一生之中最驚喜的一刻。

不是瘋子，只不過是有著一件不可思議的事情，發生在我的身上而已。

十二月二十一日

連續的試驗，手、足、頭、可以完全離開身子而進行活動，而且活動完全受自己的控制，太奇妙了，世上怎會有這樣的事情的？

十二月二十二日

單獨活動的肢體被人發現了，一雙腳走進屋子，居然有人大膽地在腳骨上踢了一腳，那太豈有此理了，我如今具有這樣的能力，還能受欺於人麼？

可是腳上沒有長著眼睛，是什麼人踢我的，也不得而知。

總之，有這個神妙的「電腦」，那神秘的閃光，我已是一個神秘的超人了。

鄧石的日記，有關他本身肢體的部分，到這裏爲止。以後，鄧石的日記中便記載著如何和踢了他一腳的人作鬥爭的事。

而踢了他一腳的人，不是別人，正是我——衛斯理。而我與鄧石之間種種糾紛，在前面已經詳細地講過了，當然不必借助鄧石的日記來補充。

在那間密室之中，看完了鄧石的日記之後，腦中實在是混亂得可以。

鄧石當然不會在日記中欺騙他自己的。

那也就是說，他日記中的一切，全是真的。

但是，那究竟是怎麼一回事呢？他稱之爲「電腦」的東西，那在通了七百伏特的高壓電之後，便會發出奇異的閃光的東西，究竟是什麼呢？

那奇異的閃光，爲什麼會使人的肢體分離而無痛苦，而且又可以不切斷神經的聯繫，使肢體仍然接受大腦神經的指揮呢？

這一切仍然是不可解釋的疑問。

第十二部：怪異的能力的來源

而且，疑問還不止那一些，還有，爲什麼鄧石一定要不惜一切代價得到那藏在木乃伊石棺之中的金屬片？那金屬片上的文字，鄧石已認出了一些，看來是和現代文字，和肢體分離的怪事，全然無關的，爲什麼鄧石一定要得到它呢？

根據鄧石的日記和我自己所經歷的事實，我知道至少在地球上，已有三個人是曾經有過肢體分離的能力，他們是：那個古埃及的法老王、鹿答和鄧石。鹿答和鄧石之所以具有這等能力，當然全是那具被鄧石稱之爲「電腦」的東西的作用了。

那麼，這個連死的時候，也是肢體分離的古埃及法老王呢，難道也是？

就算那能發出奇異閃光的「電腦」，在地球上的確已存在了幾千年，據鄧石說，那種閃光，是要在接通了七百伏特的高壓電之後才發生的。鹿答生長在現代，他或許有一個偶然的機會可以接觸這種高壓電，但是古埃及的法老王，又有什麼機會去接觸高壓電呢？因爲那時候，電能還只是存在於自然界之中，根本未被人類發現、利用！

一連串的疑問盤據在我的腦中，我根本無法對其中任何一個疑問有答案。

我找到了一隻牛皮紙袋，將鄧石的日記裝了進去，準備將這些日記帶走。

而當我轉過身的時候，突然看到在離開桌子不遠處的地上，有一件東西被拋棄著。

那東西約有兩寸見方，很薄，閃耀著一種奇異的金屬光輝。

那東西的一邊有一條金鏈連著，可是金鏈卻已被扯斷。

我突然看到那東西，身上的肌肉在那一剎那間變得僵硬了起來。

如果我未曾讀過鄧石的日記，那麼我對這東西是斷然不會產生這樣恐怖感的，可是在讀過了鄧石的日記之後，再看到這東西，那感覺就大不相同了！

那東西，當然就是會發出奇異的閃光，而使得人肢體分離的「電腦」，試想，我在已知了鄧石的遭遇之後，再看到這東西，怎會不害怕？

在那片刻之間，我只覺得心頭狂跳著，不由自主連退了三步。

在退出三步之後，方開始鎮定下來，那東西是要在通電之後方會發生那種奇異的作用的，如今我怕它作甚麼？

而且，我正應該因爲輕而易舉地得到那東西而感到高興，有了這東西，對於我心中一連串疑問，無疑大有幫助。我又向前走去，走到了那東西的面前，俯身將那東西拾了起來，那實在是一個兩寸見方的金屬盒，可是它卻輕得幾乎一點分量也沒有。它一面光滑平整，但另一面卻有許多針般大小的小孔，只有兩個較大些。

在那兩個大一點的小孔之旁，有電灼的痕跡，看來那就是通電的接受電源之處了。

盒子可以從中打開，如果不明底細的話，拿了這樣一隻盒子在手，一定以爲那是女士們用來化裝的粉盒了。我沒有化了多少功夫，就將那盒子從當中打了開來。

盒子打了開來之後，盒中的情形，和鄧石在日記中所記載的差不多，但是鄧石的記載，卻不是十分詳細，我有補充一下的必要。

那盒子的一邊，全是極薄的薄片，那種薄片，好像是金屬的，薄得幾乎透明的，鄧石認為上面全是文字，但是我看來卻不像。

那不是文字，而是和文字差不多的痕跡，那些痕跡究竟有什麼作用，我說不上來。可是在仔細的觀察之下，那些痕跡像是立體的一樣。

我懷疑這可能是一種十分新的科學，這種科學將許多儀器、器械縮小，化為平面，固定在薄片之上，而儀器的作用仍在。

我之所以會突然有這樣的想法，那是因為另一半上，薄片上的多突起點，看來和電子板差不多。

如果我的想法不錯的話，那麼，這隻粉盒豈止是一具極大的電腦，簡直是一座規模極大的電子工廠！這實在是太不可思議了，一個如此小的「粉盒」，但是它的內容，卻如此複雜。

我將那些薄片一片接一片地取了起來，我發覺每一片薄片之中，都有著極細極細的細絲連繫著。就在這間密室中，有著發電的設備，我檢查了一下發電設備的電壓表，發現可以發出高壓電來的。

我找到了接通電源的電線，那時，我的手在發著抖，因爲只要我接通電源，而電壓高到七百伏特的時候，這奇妙的東西，便會開始工作，至少我已經知道，它會發出一種奇異的閃光來，使人肢體分離。

我是不是應該這樣做呢？這樣做，我可以進一步親眼看到那東西活動的情形，但是如果那種奇異的閃光，也照中了我，使我身子的一部分離體而去呢？

一將東西放回了桌上，我陡地心中一亮，一點也不錯，我可以將那東西放在桌上，先接好電線，然後再退遠去，打開電掣。

那樣，我不但可以看到那東西的活動情形，而且也不會被那種奇異的閃光照射到了。

我連忙將電線插頭插進了那東西的兩個小孔之中，然後，我退開了六七步，接通電源。

正如鄧石的日記中所言，那東西突然發出了閃耀不定的光芒。

由於我存心要看看那東西在通電之後會發生什麼樣的變化，所以我事先將盒子兩面的所有金屬薄片，一齊攤出來。

兩面本來疊在一起的薄片，攤了開來之後，也有三四呎長短。

這時，在有著凸起點的一邊上，奇妙的閃光正在持續不斷，而突然之間，在另一半的一個圓形黑色符號之上，發出了一片奇異的光芒！

光芒是從另一半的地方發出來的，這証明了我的第一個推斷，不是毫無憑據的，因爲我曾推斷，那些痕跡，是一種經過特殊方式處理的儀器。光芒從儀器中發射出來，這是可以講得通的事。

那種光芒只持續了半秒鐘左右，如果我站在近前，那麼我一定被這種光芒射中了。

在那種光芒熄滅之後，另一邊的凸起小點，仍然在明滅不定，我越來越相信那是一座電子工廠，而且我也深知一定有方法控制這座「工廠」的。但如今，我當然找不到控制它的方法。

過了約莫五分鐘，那種閃光再度出現之際，我的心中突然起了一陣劇烈的衝動，我要衝過去，將自己身子的一部分，投入那閃光之中！

我已向前陡地衝出了幾步，如果不是我的身子向前衝去的時候，恰好在電掣上擦了一下，將電掣熄滅的話，一定已衝過去了。

電掣一關，閃光消失，我的那種衝動，也頓時消失了，我站在離那東西只有三步左右處，心頭怦怦亂跳！

這時更進一步地明白，那東西不但對人的肢體，有著一種奇異的分離作用，而且對於人的精神，也有著極大的影響力，從這東西中，可能會產生一種無線電波，來影響人的大腦活動！！

我沒有勇氣再將那東西接通電流來試試，因爲我既然已經知道那東西竟有影響人的腦部活動的作用，怎敢輕易嘗試？誰知道這東西會帶給我什麼怪念頭，誰又知道我自己在思想變異了之後，會變成一個什麼樣的人？

這令人一想起來便毛髮直豎，我匆忙地拔出了電線，將那東西的許多薄摺片，全部收了起來，闔上了盒子。

然後，我又向樓上走去，將那金屬片和鄧石翻譯出來金屬片上的文字收了起來，帶在身邊，這才離開了那幢屋子。

我離開了那幢屋子之後，來到了一間中型的酒店注了下來。直到如今為止，我仍然沒有辦法弄明白那東西和金屬片之間有什麼聯繫。

我一開始，試圖自己來翻譯那金屬片上的怪文字，因為鄧石已翻譯了一部分。我至少是可以按照他所譯出的字一個一個去對照著，找出其中相同的字來的。

但是我化了許多時間，卻發現了這樣做並沒有什麼用處，我所得到的，全是一些不連貫的單字。

如果胡明在的話，他一定可以根據這些已翻譯出來的文字，而找到整篇文字的含義的。可是如今胡明卻成了一個白癡。

鄧石如此地緊迫需要得到那金屬片，而且，當我和他在公園相遇時，他已經將金屬片上的文字，翻譯出了一小部份來。他曾說只要再過二十四小時，他就可以無敵，就不會再怕我，由此可以知道那金屬片上，一定蘊有一項高度的秘密。

這是什麼秘密呢？我在心中作了幾項假定，但是我認爲最可靠的假定，便是這個秘密，乃是操縱這個秘密的「盒子」的一種方法！

試想，那「盒子」在通電之後，會發出奇異的閃光，天知道它有多少用途，如果能夠掌握了操縱這盒子的方法，那麼，當然非同凡響！

我發了半晌呆，像鄧石一樣，將那「盒子」懸在項上，然後，我再仔細地讀鄧石譯出來了的文字，那幾行字，實在說明不了任何問題，但是它卻也提到了幾項值得注意的事情。

第一，它提到了一個「大祭師」，那「大祭師」是「牛神的化身」，而且，有能力使人死而復生。

第二，那個「大祭師」的墳墓，在宙得神廟以東十里的地下，「他的一切能力都隨他之死而到了地下」，那也就是說，在他的墳墓之中，有著高度能力的秘密。

這兩點湊起來看，這個「牛神化身」的「大祭師」，似乎是值得「拜訪」一下的人物了。

他當然已經死了，但是他的墳墓還在，當然我想到的「拜訪」他的意思，便是到那個「大祭師」的墳墓中去，因爲那「大祭師」的墳墓既然是在「地下」的，這証明著這個墳墓神秘之至。

我打開了大幅的遊覽地圖，宙得神廟的位置是在沙漠，並沒有標明有什麼伯雷特王朝「大祭師」的墳墓。

這更使我感到興趣，因為那可能是一個從未見於記載的，從未被人發現過的墳墓。

而如今，我卻要去發現它！

不要說還有種種神秘莫測，離奇不解的事情糾纏在一起，就算光是去發現一個從來也未曾被人發現過的埃及古墓，這也是十分刺激的一件事。

我開始作準備，我攜帶了一切應用的物事，在離開之前，我到醫院中去看胡明。

可憐的胡明，他正像一個剛滿月的孩子一樣，在吮吸他的拳頭。

我沒有走進去試圖和他交談，因為只是看一看他的樣子，已足以使人難過不已了。

我也曾到圖書館去查過「伯雷特王朝」的一切，但是歷史對於這個王朝的記載，不怎麼詳細，也絕未提到有一個牛神化身的「大祭師」。這一切，在歷史上全是空白的，要等我到達了那「大祭師」的墳墓中之後，去慢慢發掘了。

照規定來說，一個外國人，如果要去發掘古墓，是必須得到當地政府的批准，而且由當地政府指定的人陪同前往的。但是我卻沒有去做這種申請，因為我所經歷的事，講出去是絕不會有人相信，如果我去申請的話，我的申請一定會被拒絕。

兩天之後，我到了偉大的宙得神廟的正門口。宙得神廟的確是極偉大的建築，我得到的線索，只是「以東十里」，是以我只能用羅盤校正了方向，我必須放棄正常的旅行路途，而用直線的方式，向東行進。我去尋宙得神廟之前，向租賃駱駝給遊客騎遊的當地人，租了一頭駱駝。

那阿拉伯人以不純熟的英語問我：「先生，你要到什麼地方去？可要我跟著你？」順口答道：「不要了，我要向東走，走很遠，但是三天之內，我一定將駱駝還給你的。」那阿拉伯人像是站在一塊烙鐵上似地，突然跳了起來：「向東去，走很遠？」我道：「是啊，這有什麼不對？」那阿拉伯人道：「是的，先生，你一定在開玩笑了，你阿拉伯語講得十分好，怎會不知道從這裏不可以直向東去！」我不禁大是詫異：「為什麼不可以呢？」

那阿拉伯人又望了我好一會，才道：「向東去三里，就是沙漠毒蠍出沒的所在，這條地帶，一直延綿十多里，先生，連最兇悍的康特族阿拉伯人，也不敢經過這個地帶的，你知道，沙漠毒蠍！」

我聽了之後，也不禁呆了半晌。那是一種劇毒的毒蟲，他們伏在沙上，顏色和沙粒完全一樣，即使你俯下身來，鼻尖離開他只有三寸，也不容易發現他。但是，如果被他尾部的毒鉤螫中了，那麼，在不到半分鐘的時間內，便會因為心臟麻痺而死亡，據說，死亡時倒是沒有痛苦的。

照那阿拉伯人所說，向東去，一連綿延十數里，全是那種毒蠍出沒的地區，那麼，如果我向前去的話，生還的機會是多少？

我呆了半晌，才道：「連駱駝也怕毒蠍麼？」

那阿拉伯人道：「什麼都怕，宙得大神也不能例外！」他一面說，一面就來牽已交到我手中的駱駝，我連忙道：「喂，我已交了三天的租金給你的了。」

他搖了搖頭；「三天的租金是不足買一頭駱駝的，先生。」

我道：「不錯，那麼。你這頭駱駝，要賣多少錢？」

那阿拉伯人的表情十分豐富，他攤開了雙手：「我這頭可愛的駱駝，已經陪著我五年了，它就像我家庭中的一員一樣，先生，我實在是捨不得——」

我未曾聽他囉囉唆唆地講下去，便抽出兩張鈔票，放在他的手上：「二十鎊，拿去吧。」

那阿拉伯人握住了鈔票，好一會不出聲，才連連鞠躬：「是，是！」

那時候，他有了鈔票，也忘了那駱駝是他「家庭中的一員」了。

我牽著駱駝，停在神廟之前，這時，我的心中，仍然不免十分猶豫，我轉頭向神廟之前看去，只見那阿拉伯人已退到了廟前，和幾個同樣是租駱駝的人，正指著我在交談不已。

我知道，他是在告訴人家，我是一個瘋子，竟準備向東去踩毒蠍子的老窠！

我心中的矛盾，當然也是因爲沙漠毒蠍而產生的。

有了毒蠍，使我向前去的旅程，發生無比的困難。但也因爲前面是毒蠍的出沒地，可以說，那是自古以來就很少人經過的地方，那麼，那個「大祭師」的墓，直到如今，仍未被人發現，也就可以理解，那也就是說，「大祭師」的墓，真正存在著的可能性大大提高。

我想了片刻，仍然決定上路，但是我的計劃，卻多少有一點改變，我不騎駱駝上路，而且要設法去弄一輛汽車來，有了汽車，我的旅程將會安全得多！

我翻身騎上了駱駝，向離開宙得神廟最近的市集趕去，我記得來的時候，曾看到有幾個考古隊的車子，停在那市集之上。

我當然無法向任何一個考古隊買得一輛汽車的，但是我卻可以「借」一輛。等我來到了這個市集的時候，已是黃昏時分，我輕而易舉地「借到」了一輛小跑車——是最適合在沙漠中行走的。

爲了預防萬一起見，我又備了一些消毒藥品，和一柄鋒利的外科手術刀，那是爲了一旦被毒蠍侵犯之後作急救之用的。

我駕著那輛車離開市集的時候，沒有人理會，考古隊員都在一間酒吧之中欣賞正宗的肚皮舞，哪裡還管什麼車子不車子。

當我再度來到宙得神廟門口的時候，天色已相當黑了，彎月升起，整座神廟，籠罩在一重淡銀色的光輝之中，顯得十分神秘。

我在神廟之前，停了一停，將指南針放在身邊，我在神廟正門九根大理石柱正中的一根爲出發點，向正東駛去。因爲我的線索，只是「神廟以東十里」，而神廟以東十里的範圍十分廣闊，直到這時爲止，對於自己能不能發現那個「大祭師」的墓，還沒有把握。而即使發現了那個「大祭師」的墳，是不是可能解決那奇妙的「盒子」之謎，也是未知之數。而我此去所需的涉險，卻是驚人而有點不值得了！

我不是沒有想到這一點，但奇怪的是我絕未考慮到退卻，我駕著車，向東駛去！

我將車子的速度保持得十分快，車輪在沙上滾動，捲起了一陣陣黃沙，車後窗上，頃刻之間，就堆了滿滿的沙粒，在駛出了四五里之後，我不由自主地減低了速度，因爲這時候，我已經進了毒蠍出沒的所在了。

但是，當我仔細地向前看去，和在沙地上搜尋的時候，我卻又看不出有什麼異樣來，在朦朧的月色下，沙粒看來十分平整而寧靜。一道一道起伏的沙崗，給人以十分柔滑舒服的感覺。

在那樣平靜的沙漠之中，會處處隱伏著死亡的危機？這實是令人難以相信的，我甚至想要下車在沙上走走！

但是我當然不會衝動到這一田地，我小心地看著里數表和指南針，在車子駛出了九里之後，我看到兩座拔地而起的峭壁，迎面而來。

那兩座高大的峭壁，在陰暗的月色中看來，格外高大，格外駭人，而在兩道峭壁之間，則是一道十分狹窄的峽谷，當我將車子駛到了峽谷之前的時候，我不禁陡地呆了一呆。

因爲那峽谷只有三呎來寬，車子根本駛不進去！

第十三部：大祭師的墓

向前看去，那峽谷像是一個長長的巷子一樣，大約有一里左右。

我要找的那個「大祭師」的墳墓，有可能是在出了那個峽谷的口子上，我有兩個辦法可以到達我的目的地。

一個辦法是，我棄車步行，穿過那峽谷。第二個辦法則是，我駕車繞過兩座峭壁中的一座，到達峭壁的另一面。可是，當我試圖用第二個辦法的時候，我發覺那兩個截然分開的山頭，岩石磷峋，向兩旁伸延著，不知延伸出多遠去！

那也就是說，我如果要繞過那兩座山頭，得花費很多時間，而且，究竟是不是能夠繞得過去，那還是一個疑問，在這樣的情形下，當然只有棄車步行這一條路了！

我下了車，將一帆布袋應用的東西，全掛在肩上，向那峽谷之中走去，我才走出十來碼，便站住了，當我站住了身子之後，我的身子不由自主地發著抖，同時，我聽得一陣奇異的「得得」聲。

過了好一會，我才聽出那一陣奇異的「得得」聲，原來就是我上下兩排牙齒相叩時所發出來的聲音，那聲音本來是相當輕微的，但是在寂靜的境界之中，再加上兩面峭壁所發出來的回音，聽來就變得十分異特了。

我看到了著名的沙漠毒蠍了！

在我的面前，有一攤白骨，不知是什麼野獸留下來的，在那攤白骨上，爬滿了毒蠍！那種毒蠍的顏色，和岩石可以說一模一樣，這也正是令我發抖的原因。

因爲我不知道在我身邊，究竟是不是已經佈滿了這種毒蠍，這種毒蠍，由於它們如此逼真的保護色，使得它們和隱形的魔鬼一樣地厲害。

那些爬在白骨上的毒蠍，有的一動不動，有的在蠕蠕爬行，有的在互相用尾鉤打著架，但不論它們是動是靜，它們都是同樣地醜惡。

我連忙抬起腳來，要向後退去。可是當我抬起腳來的時候，我看到了在我的腳下，一些「沙粒」開始動起來，那也是毒蠍，我已將幾隻毒蠍踏在腳下了。我的身子兩旁的岩石，也布滿了這種蠍子，看來我要通過這峽谷是不可能了。

我立即跳上了車子，關上了車門，直到我肯定我的身子並沒有毒蠍附著，我才鬆了一口氣，我不願意再踏進那峽谷一步，我立即開動車子，向前疾駛了出去，一直到天明。等到天色大明之後，我發現我雖然已經離開了沙漠毒蠍的老巢，但是，我卻迷路了！

在我的面前，全是起伏不斷的山崗，我的汽車儲油量已經不多，快要變成在淺灘上擱淺的小船了！我停下了車子，殘剩的汽油，約莫可以供我行駛十五里，幸而，我預料到要發現那位「大祭師」的墳墓，可能不是簡單的事，是以我的食量和食水倒是相當充分的，可以供應六七天之需。但是，如今那「大祭師」的墳墓在什麼地方呢？我已經完全迷失路途了。

我出了車子，四面張望著，除了沙和岩石之外，什麼也沒有。

我尋求著遠處那兩座高大的峭壁的影子，若是我看到了這兩座峭壁的話，我是可以根據這個認出方向來的，但是我卻看不到什麼。

在如今這樣的情形下，我的指南針，也發生不了什麼作用，因爲我根本不知道在過去的幾十里中，我經過了一些什麼地方。

我若是向東去，我不知是不是已經走過了頭，當然，我也不能走回頭路，我變得完全被困在這裏。我決定先休息一下再說，是以我進了車廂，我相當疲乏，是以我進了車廂之後不久，就睡著了。

我是熱醒的，在烈日的烤炙之下，車廂中熱得像火爐一樣，當我醒來的時候，我滾出了車廂，才可以透一口氣，而我的身子已完全濕透了！

我站著喘氣，喝著水，在這樣的高熱之下，我真擔心汽油缸會爆炸起來！

好不容易捱到了天黑，我不能永遠停著不動的，我必須繼續向前去。當我再度開動車子的時候，我彷彿覺得已有兀鷹在我的頭上盤旋。我又駛出了五六里，看到前面，似乎有隱約的火光，那令我大爲振奮，我立即將車子向著火光，駛了過去。

當我的車子，在一堆火旁停下來之後，火堆旁四個穿著白袍的阿拉伯人，都以充滿著敵意的眼睛望著我，我舉著手，一面向他們走過去，一面已經用阿拉伯語叫道：「我是迷路的人，我可以過來麼？」那四個人互望了一眼，才道：「可以的。」

我放下了手，向前走了過去，到了那四個人的面前，他們之中的一個才道：「你要到什麼地方去？」

我不知道自己要到什麼地方去，因爲那地方的名字我是叫不出來的。而我如果講出「大祭師」的墳墓，那四個人一定是不知道的。所以我想了一想：「我要到一個峽谷的出口處去，那個峽谷中，全是毒蠍。」那四個阿拉伯人都吃了一驚：「你是要到那個死亡峽谷的出口處去？這……這……你去幹什麼？」我撒了一個謊：「我是國際衛生組織的人員，我奉命來研究沙漠毒蠍的一切，所以我要到那個峽谷的出口處去。」其中一個道：「那得向南去，你可以看到兩根大柱，那就是了。」

我有點不怎麼明白：兩根大石柱？這是什麼意思，可是當我提出來的時候，那阿拉伯人道：「兩根大石柱，就是兩根大石柱！」我再問了一句，道：「那峽谷東部的出口，應該是十分荒僻的地方，兩條大石柱，什麼意思？」那阿拉伯人道：「兩很大石柱，那是誰都知道的，何以你對此懷疑？」

我有點明白了，在那峽谷的出口處，的確是有兩根大石柱，那兩根大石柱一定是十分突兀的，它們是不是會是「大祭師」墳墓的標誌呢？

我向他們道了謝，又駛著車，照著他們所說的方向，向前駛了開去。駛出了不到十里，汽油用完了。一沒有汽油，汽車就完全成了廢物，我不得不棄車步行，我一直向前走著，過了不多久，我看到到了前面有一團十分高大的黑影，看來像是高山。

我終於又看到那座峭壁了，這使我高興得幾乎直跳了起來。但是，在高興的同時，我卻也起了一股莫名的可怖之感，我將到那峽谷的口子了，我又接近了沙漠毒蠍的大巢穴了！

這時，天色相當黑暗，我按亮了強力的電筒，又向前走出了兩里左右，當我舉起電筒向前照去的時候，我看到了那兩條大石柱。

直到我看到了那兩條大石柱，我才知道那幾個阿拉伯人爲什麼在我懷疑那兩條大石柱之後，他們會那樣地驚奇和感到不可瞭解。因爲那兩條大石柱，實在太宏偉了！如果是在白天，而天氣又好的話，我相信，不必用任何望遠鏡，在五里之外，就可以看得到它們！

這兩條大石柱，是如何建造起來的，看來和金字塔的建造一樣，是一個謎，那兩條石柱，足有三十呎高，粗如五個人合抱。

它們是用一塊又一塊的大石砌成的，而每一塊大石的重量，絕不會輕於兩噸！

兩條石柱，相隔約有二十呎，它們就那樣地豎在荒漠中，距離那峽谷的的出口處，約莫有二十碼左右，我一面向前走著，一面目不轉睛地望著那兩條大石柱。

我一直來到了其中一條石柱的下面，才停了下來，我發現那石柱上刻著許多浮雕，仔細看去，那些浮雕所表現出來的，全是牛的圖案，那是各種形狀的牛，有的牛頭人身，有的牛頭牛身，千奇百怪，不一而足。

一看到了那些牛形浮雕，我的心中，更是高興，因為我立即記起了那金屬片上被翻譯出來的話：「大祭師」是牛神化身。

「大祭師」既然是「牛神的化身」，那麼，豎在他墓前的大石柱上，有著牛形的浮雕，這不是一件十分合理的事情麼？「大祭師」的墓，肯定是在這裏了！

我已經知道「大祭師」的墓是在地下的，什麼地方是地下墳墓的進口處呢？我用強力的電筒在地上照著，希望能夠有所發現。但是，我費了足足一個小時，在兩條石柱之間仔細地尋找著，同時，我還用一根一端十分尖銳的鐵棒，在沙中用力地插著。我希望可以插到沙下有石塊或是石板，可是我卻仍然一無所獲。我在這一小時內，由於不斷地彎著腰在向地面上尋找著，所以感到十分疲倦，我不得不直起身子來，背靠著石柱，休息一下。

這時，天色已經變了，東方開始出現魚肚白色，過了不一會，太陽升起，我本來是面對著東方而立的，但因為朝陽升起，我便轉過身，背對著太陽。

也就在那一剎間，我幾乎直跳了起來！

初升的朝陽，使得那石柱長長的影子，投在斷崖之上，由於斷崖是斜、平不一的，所以，那兩條平行的石柱，在同一的石崖上，竟出現了焦點，兩根石柱的影子的尖端，在峭壁上相遇！我立即又看出，那黑影的所在之處，有一道並不十分寬的石縫，那道石縫雖然不怎麼寬，但是卻足可以供一個人側身走進去！

我知道，我發現了那「大祭師」的墓的入口處了，那完全是一個偶然的機會，我不能不為自己的運氣而感到高興，我連忙向前奔了出去。我奔到了峭壁之下，更使我感到幸運的是，在朝陽之下，毒蠍似乎都隱藏起來了，我沒有在岩石上發現任何毒蠍，我開始向上攀去。

我只化了二十分鐘的時間，便已到了那個石縫之前，從那兩條大石柱來看，這個「大祭師」的墳，應該是極其宏大的。

一座極宏大的墳墓，它的入口處會如此狹小麼？這似乎不怎麼可能。所以我在側身走進之前，又仔細地觀察了一下。我立即發覺我的顧慮是多餘的。

那石縫雖窄，但可以看得出，這是人工堵塞的結果。

那本來是一個相當大的大洞，但是被人工用同樣顏色的石塊封死了，只留下了一道石縫！

我按亮了電筒，帶上了防毒面具，開始向石縫之內走去，我才走進了幾步，便看到了有一道曲曲折折，通到下面去的石級。

那些石級，鑿造得相當精緻，都是一種質地潔白的石塊鑿成的。我向下慢慢地走去，同時，我取出了空氣成分的試紙來，我發現試紙的顏色，仍然保持著淺藍色。

如果空氣的成份起了變化的話，那麼試紙的顏色會起變化。有許多人都對埃及一些古墓中留下的咒語十分靈驗而感到有興趣，其實，死在古墓中的人，大多數都是因為古墓中幾千年來的封閉，使空氣發生了變化，吸進了毒氣的緣故。我走下了四十幾級石級，來到了一座銅門面前。

那座銅門十分平整、光滑、簡直就如同是一面極大的鏡子一樣！

我在銅門面前，站了一站，我可以清楚地看到銅門上反映出我自己的影子。影子十分清晰，使我忍不住要走近一步，以看得更清楚，同時，也想知道何以幾千年前建造的銅門，竟會如此之光潔。可是當我向前踏出一步之際，世界上最奇妙，最不可思議，也最令我毛髮直豎的事發生了！

那扇銅門，在我踏前了一步之後，竟自動向上，升了起來！

銅門在向上升之際，幾乎是一點聲音也沒有的，那樣迅速，那樣流利，這哪裡像是幾千年之前的古墓，我像是站在超時代的建築之前！在那一剎間，我真正地呆住了！

我呆了不知多久，才記得去細看銅門之內的情形，然而當我向前看去之際，我更加變得失神落魄起來，我記得我好像不斷地在冷笑著。

但是，究竟是為什麼冷笑，我絕說不出所以然來，而且，我的本意可能也不是想冷笑——我無法確切地說，因為我的思緒是這樣紊亂，什麼也不能肯定。

的確，眼前情形真是可以使人神經錯亂——在銅門之內，是一條走廊，走廊的兩旁，亮著不少盞電燈！

那或者不只是電燈，但卻也絕不是油燈，我可以肯定，那一定是比電燈更先進的一種燈。它發出的光芒極其柔和悅目的，它嵌在走廊牆壁的兩邊，大約每隔十呎，便有一盞。

在那種燈光的照耀下，這條走廊，明亮的和在露天的完全一樣。

我本來是一心以為自己將要在一座陰暗、潮濕的古墓之中探險的，所以我帶備了許多預防的物事，和照明的設備，可是如今我卻站在一條明亮的走廊之前，這走廊中的空氣之清新，絕不在聯合國大廈的走廊之下。

我呆立了好一會，使勁地搖著頭，如果我是在做惡夢的話，那麼我這樣子搖頭，一定會使得我醒過來，但是我搖頭的結果，卻仍然站在那走廊的口子上。

我開始向前走，雖然我來到了一個和我預期中截然不同的地方，但是我總不成就此退了出去的。走廊的兩旁，全是一種十分細滑的石塊，直到盡頭處，才又有一扇門，而我一走到門前，門便再度自動地打開了。等到這扇門打開，我向門內看去之際，我不由自主地緊緊地抓住了自己的頭髮，一直到髮根發痛。

那是一個大廳，也由同樣的燈光照明，大廳中那傢俬相當多，別以為那是古埃及的笨重黃金椅，我所看到的椅子、桌子以及其他的一切，比線條最浪漫的丹麥傢俬更加浪漫，以致乍一看之下，幾乎認不出那是椅子或者還是什麼東西。

這是可能的事？怎麼會有這個可能呢？我又不由自主地搖著頭，大廳中並沒有鏡子，要不然，我一定可以看到我自己和傻瓜一樣。

我慢慢地向前走去，我的腦中亂成一片，因為我不知道自己究竟是身在何處！

我走到了一張桌子的面前，那張桌子的桌面，平滑而光可鑒人，果然，我看到了自己的表情，是那樣地吃驚，那情形就像十六世紀的中國人，忽然看到了二十世紀的袒胸露臂的美女一樣。

在那牆上，有著兩個按鈕，一個紅色，一個綠色。而在那大廳之中，也有著兩扇門，一扇是紅色的，一扇是綠色的，可以使人想到，這兩個按鈕是用來打開這兩扇門之用的。

由於這裏實在不像是埃及的古墓，所以，我未曾按下按鈕去打開這兩扇門之際，我大聲問道：「可有人在這裏麼？」

這實在是十分可笑的一個問題，「這裏有人麼？」我像是進入了一個現代的住宅，現代的建築，而不是走進了一個古埃及祭師的墳墓。

這裏當真是一個古埃及祭師的墓麼？如果是的話，那麼這個埃及祭師又是什麼樣人，何以他的墓，竟是這樣子的？這裏的一切，看來比任何的建築物，更要先進得多！

我的問題，當然沒有得到任何的回答，但是我的聲音，卻激起了一陣「嗡嗡」的迴聲，那一陣迴聲，在室內持續了很久。

當室內重又恢復了極度寂靜的時候，我才伸手去按那個紅色的按鈕。

當我的手指，將要觸及那紅色的按鈕之際，它竟劇烈地發起抖來，就像是毒癮發作時吸毒者的手指一樣。因爲我絕對難以想像，會產生什麼樣的結果。這裏的一切，全是超乎我的想像之外的，我甚至不知道我是不是應該去按那個紅色的按鈕！

我的手指，在碰到了那按鈕的時候，抖得更厲害了，我甚至不能肯定究竟是我出力按下去的，還是因爲手指的抖動，而觸動了那紅色的按鈕。

果如我所料，當按鈕被觸動之後，那扇紅色的門，自動打了開來。

在那扇紅色的門中，是另一間房間，那間房間的正中，放著一個透明的長盒子，我在乍一看到那透明的長盒子之際，心中暗道：這倒像是一具玻璃棺材。

然而，當我再定睛向前看去時，我發覺那的確是一具玻璃棺材！

在那長方形的玻璃盒子中，躺著一個人！我看到那人的兩隻腳，因爲那人是腳對著我，而躺在那玻璃棺材之中的。他的身上，蓋著一塊白色的毯子（我猜想那是毯子），他的頭部十分巨大。

老天，我竟真的來到那個「大祭師」的墳墓之中，困爲這裏既然有棺材，那豈不是墳墓麼？躺在玻璃棺材之中的，當然便是那位「大祭師」了。

我呆了半晌，才向前走，當我來到了那具透明棺材的前面之際，我的手緊緊地握著拳，而手心卻在不斷地冒著冷汗。

躺在裏面的那位「大祭師」，有著比正常人大兩倍的頭，而且他的頭上寬下狹，他的雙眼突出，他的耳又尖又短，在耳前，又有兩個鐵灰色的凸起物，那兩個凸起物，是呈三角形的。

總之一句話，這不像是一個人頭，而像一個牛頭！可是，在露在那白色的毯子之外的手和腳來看，那卻又是人的手和腳。再簡單一點地說一句：這是一個牛頭人！

我一直只以爲牛頭、馬面，那只是中國傳說中陰間的鬼差，實是難以想像，古代埃及有一位「大祭師」，也會是那樣子的！

我呆立了許久，才後退出了兩步，在一張椅子上，坐了下來。我的腦中，實在混亂得可以，因爲我不知道這究竟是什麼，我的腦中只是翻來覆去出現著一句話：「『大祭師』是牛神的化身」，一個長著一顆和牛差不多的頭的人，不是「牛神的化身」又是什麼？

當我開始漸漸地冷靜下來的時候，我有一點明白了，我已經可以作出一個假定來，我的假定是十分之荒誕的，但是如今這樣的情形下，卻也只有這樣的假定，才能夠符合事實。

我的假定是：這位「大祭師」，不是地球人。

只好這樣想了，這個「大祭師」當然已經死了，但是他躺在玻璃棺材內的屍身，相信和他生前沒有什麼異樣，有這樣子的地球人麼？

這個人不是地球人，他的墳墓是這樣子的，他的樣子是這樣怪相，以及他的墳墓，和那個有著神奇之極的功能的盒子有著關連，這不是都可以理解了麼？

我心中漸漸定下來之後，就不顯得那樣手足無措了，我站了起來。

這時，我看到，在那玻璃棺材之上，有一個十分奇異的裝置。那東西是從上面吊下來的，像是一盞吊燈，但是卻只有兩股電線，而沒有其他。那兩股電線的尾端，是兩根相當細的金屬棒，金屬棒是銀灰色的。

我一看到那兩根金屬，心中便動了一動，不由自主，取出了那隻「盒子」來。那兩根金屬棒，恰好可以插入盒子一面較大的小孔之中！

我的手不由自主地發起抖來，這裏和我發現的「盒子」果然是有關係的，如果我將那兩根金屬棒插了進去之後會有什麼結果呢？

我不斷地告誡自己，不要插進去，別去碰它們！可是那沒有用，我像是戒煙的人心中不斷地叫著：別吸了，別吸了，可是手上的動作，卻是取起了打火機點著了香煙一樣。

當我心中在想著別碰那兩根金屬棒的同時，我卻已自然而然在將那兩根金屬棒，插進了那「盒子」的兩個小孔之中。

我在插進了那兩根細小的金屬棒之後，我的心反倒定了下來，我後退了一步，等待著變化的發生。這時候，那隻「盒子」就吊在我的前面不到兩步處。

開始時，它沒有什麼變化，只是那樣地掛著，後來，它發出了一種輕微的「吱吱」聲來。

這種聲音十分之低微，不會比一個人的呼吸聲更大一些。

我仍然站著不動，過了不多久，我看到自那「盒子」的許多小孔之中，有兩個小孔，射出了兩股光線來。那些小孔本來只有針尖般大小，自針孔中射出來的光線，細得和線一樣。

第十四部：三千年死人的復活

但是那兩股光線卻是筆直的，作橙色，看來有點像激光光束。

我順著光線的去向看，不禁大吃了一驚。

那兩股光束，直射進了玻璃棺材之內，而且正射在那牛頭「大祭師」的額中心。在他的額中心，映起了小小一圈黃色的光芒。

當我心中在驚疑不定之際，事情又起了新的變化，我聽到一陣十分尖銳的聲音，同時，看到又有幾個小孔之中，射出幾股不同色彩的線來。

那幾股光束，也射進了棺蓋之內，在那一剎間，我忽然看到，躺在棺中的那位「大祭師」，忽然像是動了一下！

我直跳了起來，我跳向前去，將那盒子拉了下來。

我覺得那盒子十分燙手，是以在拉了下之後，立即將之拋開，跌到了地上，那盒子也打了開來。我來不及去拾那盒子，我只是後退，再去看那棺材中的「大祭師」，他仍然躺著不動，並沒有坐起身來的意思。

但是，我剛才的確是看到他在動，我看到他的手，向上揚了一揚。

那是我眼花？

我相信不是的，然則不是我眼花，那又是什麼呢？

我呆呆地站著，心中暗想，難道剛才自小孔中射出來的那幾股光束，有著起死回生的功能？這似乎更加荒誕了，我未曾深入研究過埃及歷史，也不知伯雷特王朝距離現在究竟有多少年，但是那個「大祭師」死了至少在兩千年以上，那卻是絕無問題的了。

然而，剛才我卻看到他動了一動，一個死了已有兩千年之久的人，會有可能活過來麼？

我一想到這裏，突然感到有一股極度的寒意，遍佈了全身，我連忙退出了這間房間。

雖然那位「大祭師」仍然躺在他的玻璃棺材之內，但是我卻不由自主地喘著氣！

我退回到外面的房間，又呆了片刻，才定下神來，我考慮了一回，決定先打開那扇綠色的門之後，看一看情形，再作道理。

我按下了桌面上那個綠色的按鈕，那扇綠色的門，便迅速地打了開來。

門內是另外一間石室，別無去路。

看來整座石墓，就是這三間石室了。

那另一間石室，是長方形的，靠左首的牆上，是許多儀表和發亮的小圓柱。在那些東西之前，有一張長長的桌子，桌子有小按鈕。

在那桌子的正中，有一個小小的凹槽，而在凹槽的兩旁，則是兩塊長條形的金屬板，一點也不假，在正對著那凹槽的正面，是一幅電視螢光屏。

這是超時代的東西，不要說超過了什麼伯雷特王朝，而且也遠遠地超過了二十世紀六十年代，而它卻又的確是建立在三千年之前的，我相信這一點。

我想辨認按鈕下的文字符號，來弄明白那些按鈕是什麼用的，但是雖然大多數的按鈕、開關下都有文字，我卻無法明白那是什麼意思。因爲那些文字是一種莫名其妙的文字。

我大著膽子，隨意扳下了幾個按鈕，可是卻沒有什麼變化。

我又扳下了幾個，也是沒有變化。我心中感到十分奇怪，我雙手按在那桌子上，慢慢地移動著，突然，我發現一個凹槽，那凹槽的大小，和那「盒子」打開來之後，一樣大小。

而且，在凹槽的一半，有著許多針狀的突起，如果那隻「盒子」放上去之後，那麼這些針狀的突起，一定可以恰好插進盒子一面的許多小孔之中！

我連忙退了出來，奔到了鄰室，拾起了那盒子，又退了回來，將盒子中一頁一頁的活頁，一齊拉了出來。

在桌上的金屬板，對盒中的薄頁，似乎有著一種極強的吸力，薄頁一展了開來，立時便緊貼在金屬板上，可就在那一剎間，牆上的許多圓點，次第亮了起來，發出十分奇異的光芒。

同時，又有「嘟嘟嘟」的聲音傳出，從一個狹窄的縫口中，有一張小紙條，慢慢地走了出來，就像是電報紙條一樣。

而且，在那小紙條上，也全是黑色的小圓點。我知道那些小圓點一定是代表了什麼，一定是代表了一種語言的，可是我卻實在沒有法子看得懂。

正當我在努力想弄懂那些小圓點究竟代表著什麼意思之際，那電視螢光屏也突然亮了起來。

我突然後退了一步，向電視螢光屏看去，只見螢光屏上的線條，十分淩亂。

我旋轉著幾個按鈕，試圖調整它，可是卻沒有結果，但是我卻聽到了聲音。

那一定是一個人在講話，因爲那實在是講話的聲音，但是我卻聽不懂，那聲音在講的，可能是古埃及的語言，我是一個現代的中國人，有什麼辦法可以聽得懂埃及的古語呢？

不但是我，世界上沒有一個人知道古埃及人講的是一種什麼語言，因爲那時還沒有發明可以將聲音留下來的機器。

那聲音，那紙條上的小圓點，如果我能夠懂得他們的意思，那麼整件事的經過，我一定可以知道了，但是我卻不懂！

我心中越來越是焦急，終於我大叫道：「我不懂，是誰在講話，我不懂你在講什麼！」

我一叫，那講話聲突然停了下來。

我吸了一口氣，心知不論講話的人在什麼地方，他一定可以聽到我的聲音的。

如果不是講話的人可以聽到我的聲音，那爲什麼我一開口，他就不出聲了呢？

於是我再度重覆：「我聽不懂你的聲音，如果你有意和我交換意見，請你選用我聽得懂的語言，或是我看得懂的文字。」

我又道：「你們聽到我的聲音了，是不是？」

我連接講了幾遍，可是仍然得不到回答，又過了好久，才又聽到了一種極其奇怪的語言，傳了出來。那種語言仍是我未曾聽到過的，但是我更可以肯定那是一種語言，只是我聽不懂。

我嘆了一口氣，隨著我的這一下嘆息，忽然，我也聽到了一下嘆息聲。

那一下嘆息聲，聽來和我的一樣焦急和無可奈何，我突然瞭解到：在和我講話的人，一樣聽不懂我所講的話，我們雙方無法交談！

我在控制板前的椅子上坐了下來，手托著顎，竭力使我自己紊亂的思緒鎮定下來。

在如今這樣的情形下，我必須作出一連串的假定，才能夠繼續向下想去。

我先假定這個牛頭人身的傢伙，不是地球人，而來自別的星球。這並不算是十分怪誕的念頭，星際人不單在二十世紀降臨地球，可能在一千年之前到達，也可能在一萬年之前來過，他們到達地球之際，是古埃及的時代，其中一個星際人，由於具有超特的知識和能力，被奉為「大祭師」，被認為是牛神的化身，這是很自然的事。

那個「大祭師」可能因為某一種原因死了，但是這裏的三間石室，卻一定是他生前就造成的，如今我所聽到的聲音，若是來自那「大祭師」原來的星球，那麼我聽不懂那些語言，很容易理解，因為那聲音所講的，不是地球語言，我當然聽不懂。

再假定那個星球上的人，是藉「大祭師」和他們聯絡的，他們也可能通過「大祭師」紀錄了當時地球上的語言，但那是三千年前的語言，我講的近代語言，他們當然也是聽不懂的了。

我更可以猜想得到，那隻「盒子」一定是十分重要的一個儀器，卻不知怎地流落在外，所以使得得到這盒子的人有一連串奇異的遭遇。

我想了好久，我自己覺得假定相當合理，可是，有什麼辦法可以使我聽得憧他們的語言，或是使他們聽得懂我的話呢？

我呆坐了一會，只聽得那種聲音又傳了出來，聲音顯得十分焦切，像是在對我責斥，可是我的心中比他更急，我也對著電視機咆哮起來，那情形就像是一個中國寧波人和一個阿比西尼亞人在吵架一樣。

過了五分鐘，我突然又想起了那個「大祭師」來！

當那隻盒子懸在玻璃棺材上空的時候，我曾經看到他的手動了一下。

如果繼續這麼下去，自「盒子」射出來的光束，會不會使他復活呢？

一個死去了三千年的人，而且可能不是地球上的人之復活，那實在是一種想起也令人寒心的事情，可是，這都是解決問題的唯一辦法。

真的那「大祭師」復活了，當然可以由他和他的自己人通話，或者，「大祭師」可以有足夠的能力，來使我和他交談。

我取下了那隻盒子，那隻盒子顯然是一切動力的來源，一取了下來，就聽不到任何聲音，電視螢光屏，也黑暗了下來。

我拿著盒子向鄰室定去，到了那玻璃棺材的旁邊，在那時候，我的內心仍然在交戰，我是不是應該使那位「大祭師」復活呢？

由於我實在太想揭開這一連串的謎，是以我終於又將那兩根懸在半空中的金棒，插進了「盒子」之中。過了不多久，幾股光束，又射出來，我退開了好幾步，靜候著事情的變化。

過了十分鐘，這一次，我更可以肯定那絕不是我的眼花，因爲我又看到了「大祭師」的手，忽然動了一下，那是向上抬了一抬，很炔，立即又恢復了原狀。

我的身子在不由自主地發著抖，「大祭師」看來真的是會復活的，他復活了之後，將是什麼樣子的呢？是一具害人的僵屍？這是像中國古老的傳說中的「屍變」一樣，只是一個直挺挺地，只會害人，而根本沒有什麼思想的一個妖怪？

我只覺得耳際在嗡嗡作響，腦中實在混亂得可以，我的心當然也跳得十分劇烈。

又過了十分鐘左右，我看到在玻璃棺材之內的大祭師，再度慢慢地揚起手來。這一次，他的動作，比較慢得多了，他的手慢慢地揚起，我這時才發現，他的手指十分修長。儘管他有著一顆和牛一樣的頭，但是他的手指卻是長而文雅的，像是一隻鋼琴家的手。

然後，他的另一隻手也揚了起來。

這時，自那隻「盒子」中射出來的光芒，更加強烈，而且又多了幾股，那十幾股光芒，一齊射在他的身上，又過了十分鐘，他的雙手，已將棺蓋托了起來，而他的身子，也坐起來了。

他的眼睛本來是一點光彩也沒有的，但這時候，當他轉過頭，向我望來之際，他的眼睛之中，卻閃耀著變幻不定的五色光彩，使人覺得如同面對兩個萬花筒一樣。我知道，他完全復活了！

當他坐直了身子之後，他揚了揚手指，在那「盒子」上按了一下，從盒子中射出來的光芒便消失了，他的動作是如此之自然和熟悉，就像我們一伸手熄掉了床頭燈一樣，可想而知，他對那盒子是十分熟悉的。

然後，他一動不動地向我望來，他那和牛頭差不多的臉上，絕沒有什麼神情變化，可是他雙眼之中的光芒，卻以極高的速度在轉換著，最後，變得了一種極深的深青色，像是兩潭深水一樣。

也就在這時候，他開口了。他講了一句十分簡單的話，可是我一樣聽不懂。

我已面對著一個死去三千年而又復活的「人」，而且這個「人」，根本不是地球人！

我心中的驚駭、混亂，實是可想而知的，我也無法反問他，我只是僵立著。

他慢慢地從玻璃棺材中跨了出來，開始向我走來，我想阻止他，不要來得離我太近，可是我卻又明知自己的話，他是聽不懂的，在逼不得已的情形下，我只得伸出雙手，作了一個阻止他前進的手勢。

他果然站住了身子，我略略鬆一口氣，幸而我們的祖先的手勢，和我們還沒有什麼分別。我令他站定了之後，他又講了一句話，我用力地搖著頭，攤著手，表示我聽不懂他的話。他眼睛中的色彩，又劇烈地變化了起來，那種色彩的變幻，可能是他腦中正在思索著什麼的反映。他轉過身，取下了那隻小盒子，不再和我說話，便向那另一間房間走了過去。

我略為遲疑了一下，便跟在他的後面，只見他到了那房間之後，便將那盒子熟練地放在控制前的凹槽之上，同時，開始迅速地操作起來。

在他熟練地操作之下，所有凸起物，全都閃著光亮，過了不多久，電視螢光屏上雜亂的線條也停止了，而出現了一個十分模糊的形像來。

我那時就站在他的身後不遠處，可以看得十分清楚，那模糊的畫面，像是一個和「大祭師」一樣的人。

但是，畫面卻十分模糊，使我難以肯定那究竟是不是一個人。

接著，便聽得「大祭師」和那個我曾經聽到過的聲音交談了起來，雙方全說得十分快，快得我一點也不知道他們在講些什麼。

他們雙方，交談了足足有三十分鐘之久，「大祭師」才轉過身來，這時候，只見他的雙眼是深青色的，他望了我一會，將兩條十分細的金屬線連結在他的額正中，然後又按下了幾個掣。

我看到那兩根金屬線和他額頭的接觸部分，不斷地爆出股藍色的火花來，我不知道他在做什麼，只是駭然地望著他。過了三分鐘，才聽得他叫道：「好了！」

他居然叫出了我聽得懂的話來，這使我驚喜莫名，我臉上的神情，大概已使他明白了我可以懂得他的話了，他放下了那兩股金屬線，道：「我講的話你已懂了，是不是？你聽懂我的話了？」

我連忙道：「是，是的。」

他又望了我一會，才道：「那很好，我需要你的幫助，希望你不要像伯雷特法老王那樣地不忠實。」

他講的話我是聽明白了，但是他的話是什麼意思，我卻不明白。什麼叫作「不要像伯雷特法老王一樣的不忠實」呢？

我呆了一呆：「請你原諒，我有些不明白。」

「大祭師」向電視螢光屏指了一指：「我的同伴告訴我，我已和他有許久未曾聯絡了，在你們的時間來說，大約是三千年左右，可知是他欺騙了我。」

我仍然不明白，而且我是全然地不明白，因之我沒有辦法問他，只好瞪著他。

「大祭師」像是有點不耐煩，他眼中的色彩又開始在轉變，同時他揮了揮手：「你可能幫我的忙麼？我要回去了，我已經耽擱太久了。」

我靈機一動：「當然可以幫你忙的，但是我卻要有條件的。」

「大祭師」的雙眼突然變成了深紅色，他的聲音也十分惱怒：「什麼條件？」

我被他的那種樣子嚇了一大跳，我還是大著膽子攤了攤手：「我要知道一切。」

「大祭師」向我逼近來，我向後退，他逼近來，直到我退到了牆前，退無可退，我才不得已站定了身子：「你……想要怎樣？」

「大祭師」冷笑地道：「我要你無條件地幫助我！」

這對別人來說，或者還是不成問題的，但是我卻是一個好奇心特別強烈的人，在如今這樣的情形下，如果不給我知道一切事情的來龍去脈，那對我來說，將是一件十分痛苦的事情！

是以，我雖然看出，實際上我是無法和他爭衡的，但是我還是大聲道：「不！」

他雙手一沈，按住了我的頭頸：「不？」

我堅決地道：「是的，不。你必須使我知道你是誰，從哪裡來，這一切又是怎麼一回事，詳詳細細地告訴我，我才幫助你。」

「大祭師」的眼中顏色，越來越紅，變得簡直就像是兩爐火一樣，十分駭人。

足足有兩分鐘之久，我們僵持著，然後才聽得他道：「我先要問你，你是誰，如今地球上的情形怎樣了，你是怎樣來到這裏的？」

第十五部：像螞蟻的地球人

這實在是令人無法回答的問題，他是三千年前來到地球的，我怎樣能向他解釋如今的地球變得怎樣了呢？在這三千年之中，地球上所發生變化之大，豈是我所能講得明白的？

所以，對「大祭師」的問題，我只好搖了搖頭，「大祭師」的眼色，又變得較為和緩了，他冷冷地道：「地球人可以說是卑鄙懦怯和無恥的化身，我想，你不會比伯雷特法老王好多少？」

我的心中，實在莫名其妙，為什麼他一再將我和一個幾千年之前的埃及法老工相比呢？看樣子，他是曾經受過那個法老王的欺騙的。

但是這更使我難以明白，這個「大祭師」具有這等超卓的能力，那個法老王有什麼神通？如何可以令得「大祭師」吃虧，以致他一直念念不忘，而見了我之後，態度仍然如此惡劣？

在如今這樣的情形下，我實在沒有別的話可說，我只得道：「我不明白，你講的那個法老王，究竟對你怎樣，你該知道，我全然不明白。」

「大祭師」忽然坐了下來，用他的雙手，托住了他那顆像牛一樣的頭。

然後，他又在控制板上，按動了一連串的按鈕，他又和他的同伴通起話來，我當然仍聽不懂他講些什麼，但是卻可以聽得出，他們雙方的交談，都十分之焦急，顯然他們所討論的是一件相當嚴重的事情。

過了不多久，「大祭師」才又向我走來，他有點粗暴地伸手抓住了我的肩頭，用一種令我心驚的聲音道：「我有著一切科學設備，可以鑒定地球上一切東西的好壞和質量，來測定它們的成份，但是我卻沒有法子測定一個人是誠實還是狡猾，告訴我，你是一個誠實的人，還是一個狡猾的人？」

我吸了一口氣：「看來你並不怎麼瞭解地球人，要瞭解一個人太難了，但是不論怎麼樣奸惡的人，你待之以誠，他總不好意思一而再，再而三地欺騙你的，他總會被你感動的。」

「大祭師」斥道：「廢話，我不知道麼？我是經不起人家再騙我一次的了。」

我望了他半晌，心中反倒平靜了下來。

因爲從「大祭師」這時候的情形來看，不論他具有多麼超絕的能力，他分明需要別人的幫助！

他既然要我的幫助，我又何必怕他？

所以我也不客氣地道：「你既然要人待你誠實，那麼，你首先要以誠實待人，將你的一切，全都講給我聽，那或者有商量。」

「大祭師」又發怒了，他的眼睛又變成了紅色，他大聲道：「我要將你化爲烏有！化成什麼也不剩下，你們地球人創造了可笑的物質不滅定律，但是我卻有力量將你化到什麼也沒有！」

我比他鎮定得多：「我相信你有這個能力，你或者有能力可以將地球上所有的人，都化爲烏有，但是你的真正困難，是必須有一個地球人來幫你的忙，我說的對不對？」

我們形容一個人發怒，總是說那發怒的人，眼中像是要噴出火來一樣。這時候，「大祭師」的眼中，真正像是要噴出火來一樣。

他望了我好一會，忽然笑了起來：「我可以滿足你的好奇心，我來自另一個天體，那天體離地球極遠。」

「這我早已猜到了，而且，你們比地球人進步了不知道多少倍。」

「大祭師」毫不客氣地承認了這一點：「當然是，地球人在我們的心目中的地位，猶如螞蟻和蜜蜂在地球人的心中的地位一樣！」

我聽得他媽的「大祭師」這樣講法，心中不免有點生氣，他當我們是螞蟻或蜜蜂？這不是太豈有此理了麼？所以我只是「哼」地一聲。

我之所以不立即駁斥他的狂妄，是因爲他既然已開始講他本身的事，我便不想打斷他的話頭。

但是儘管我未曾出聲，他卻也看出我的不滿來了，他冷笑著，指著那隻盒子：「旁的不說，像這隻盒子，你知道它是一座經過了縮小的電子工廠麼？這是一座設備極其完善的工廠，它可以進行種種生產工作，產生許多奇妙的效果，你們地球人夢想不到，或許你們也曾夢想過這樣的電子工廠，但是在你們的想像之中，這樣的大電腦，大工廠，應該是整座城市那樣大，絕想不到有那樣功能的組織，居然只有一隻盒子那樣大，可以帶在身邊。」

我不出聲，我實在無聲可出，我已感到自己的確如螞蟻或蜜蜂差不多了。

「大祭師」的手指，仍然指著那「盒子」：「如果通過它來發電的話，它所源源供應不絕的電能，可能供給全地球人用幾億年！」

我不能不開口，因爲我發現他雖然先進到了極點，但是他卻還和地球人一樣，有著強烈的自誇狂，我必須阻止他了。我道：「我知道了，請你講你自己的事情。」

「大祭師」頓了一頓，才又道：「我來到了地球，我們準備陸續前來，我們選定地球作爲我們的移民區，如果不是有了意外，計劃已經實行了！」我聳了聳肩：「什麼意外？」

「大祭師」道：「兩顆小行星在空中相撞，發生了爆炸，這兩顆小行星都是含有大量氫原子的，爆炸之後，引起了附近星球的連鎖反應，形成了極大的輻射環，我們的飛船，無法通過這輻射環而到達地球，我成爲唯一到達地球的人。」

我沒有說什麼，但是手心卻在冒著冷汗。

有很多人否認偶然的因素，其實，人和天體萬物比較起來，實在是渺小，太渺小了，一些在太空中所發生的極其微小的小事，便足以影響整個人類的命運！

試想，如果不是在遙遠的太空之中，忽然有兩顆小行星相撞，而形成了一個巨大的輻射環，阻止了牛頭人的移民，那麼我們地球人如今是什麼樣子呢？我們在三千年之前，就成了奴隸了！我們將是「螞蟻」和「蜜蜂」，或者，我們早被完全消滅了！

「大祭師」繼續道：「我也沒有法子回去，但是我們的通訊還持續著，我奉命留在地球上，那時正是伯雷特王朝的時代，由於我超卓的能力，我立即被任命為整個王朝的大祭師。」

「地球人的愚昧，實在是令人難以想像的，但是我總算使他們做成了這三間石室，我一直保持著和我們自己的居住天體的連繫，我們在等待著那輻射環的消失，或設法消滅它，但直到如今為止，我們未曾做到這一點。」

我問道：「等了三千年之久？」

「大祭師」忽然又笑了起來：「時間觀念之可笑，又是你們地球人愚不可及的一點。」

我實在忍不住了，他肆意地攻擊地球人，他可以有這個權利，可是時間觀念有什麼好攻擊的，這是天生俱來的一種觀念！我抗聲道：「有什麼可笑呢？」

「大祭師」道：「當然好笑，你想想，如果你只有三個月壽命了，你會怎樣？」

「那……」我不知他為什麼忽然會提出了這樣一個問題來，但不論他是為了什麼，那問題的答案，是只有一個的，所以我道：「當然是十分惶恐不安。」

「如果知道自己只可以活三天呢？」

「更恐懼，更不安了。」

「哈哈！」「大祭師」笑了起來，「你說得對，人知道自己死期將至的時候，會恐懼、不安，萬念俱灰，沒有一個地球人可以避免死亡，也就是說，每一個地球人，都知道死是自己唯一的歸宿，但就是被時間觀念所迷惑著，所以每一個都不可避免要死的地球人，卻還在拼命爭奪權利，爲非作歹，相互傾軋，無所不用其極，這難道還不值得我笑麼？」

我大聲：「那麼你們呢？你們可以不死麼？」

「大祭師」一直在怪笑著，他並沒有回答我這一個問題。從他這時有點尷尬的笑聲中聽來，他似乎覺得在恣意地嘲笑了地球人之後，發覺他自己，實際也和地球人差不多少！

好一會，他才停止了笑聲，我不願再和他討論這種玄之又玄的問題，是以我又提醒他：「你正在說你自己的事情的，請你繼續說下去。」

「大祭師」的雙手鬆開了我的肩頭，他搖了搖頭：「說下去？好的，我一直等待著，我們星球的科學家也盡了一切努力，可是卻沒有法子消除這個龐大的輻射環，後來，我們的科學家想出了一個辦法，可以使我回去的。」

我又吃驚了起來，因爲這傢伙既然可以回去，那麼他的同類，也可以大量地湧來，地球豈不是又要遭到極大的劫數？

我不出聲，「大祭師」繼續道：「那是一個十分冒險的方法，我要將電腦的若干地方，加以改組，然後使它射出一種光芒來，這種光，有分解身體原始組成成份的力量，我想你不明白，那是說，將一個人的身子，分解爲幾十萬億的原子。」

我尖聲道：「那……那你就等於化爲烏有了。」

「是的，我化爲烏有了，但這只不過是暫時的現象，我身子所化成的萬千億原子，仍然受分解光的推動而前進，那是光的速度，在到達我們的星球之後，被分解的原子進行還原，仍然組成一個人體，我便可以不怕輻射帶的阻礙而回去。」

我仍然不出聲，在「大祭師」作那樣的敘述之際，我實在想不出有什麼可說的。

「我改進了電腦，並且也作了試驗，的確，那種光芒可以令得生物的身子分解爲原始組成部分——」

他講到這裏，我的心中陡地一動：「那種光……那種分解光如果照到了一個人手的時候，會發生什麼樣的結果？」

「照到了手，那當然是那個人的手消失了。」

「從此不見了麼？」

「當然不是，原子在空間的游離狀態存在著，可以令它還原的。」

「我不是這個意思，事實上，你所指的電腦，所放射出來的那種所謂分解光，至少曾令得三個地球人，成爲支離人，他們的情形是肢體可以離開身子，到另一個地方去活動！」

「大祭師」並沒有感到困惑，他立即道：「在電腦得到的電源不夠充分的情形下，就會產生這樣的情形，分解光達成了分解的任務，但是由於電腦源不足，並不能將之運送出去，迅速地又恢復了原狀，而且，神經系統是一種十分神秘的組成，分解光也不能割離它的力量，所以，一個人的手，在離開了身體之後，便可以在另一個地方活動了，而當人和手指接近到一定的距離時，由於原來原子組合的吸引力，手又會迅速地回到身子上去。」

「大祭師」所說的情形，正是鄧石的情形！

可憐的鄧石，他自以爲掌握了支離身子的本事，便可以爲所欲爲了，卻不料那種「本事」，原來是電力不足之下的一種反常情形！

我點了點頭：「這我明白了，那麼，你爲什麼仍未回到你自己的天體中去呢？」

「大祭師」的眼睛又變得深紅色，他又在發怒了，看來，他是一個十分暴躁易怒的傢伙，他悻然道：「我準備好了一切，我將伯雷特王請來，我和他有甚好的友誼，我想他一定會幫助我的。他從來也未曾到過我的居所，他一到了這裏，我便已看出他現出了極度的迷惑，但是我還是相信他會幫助我的。」

這是很容易瞭解的事，作爲現代人，我來到了這裏，也感到了極度的困惑，何況是一個三千年之前的古代人見到了這些！

「我自己先將自己痳醉，躺在那裏面，事先，我吩咐他應該按下那幾個掣。那麼，電源一接通之後，分解光便會將我分解，而以光的速度送出去，可是，他竟然沒有這樣做！」

「他可能只按下了一個掣，自電腦中產生出來的功能，恰好對我的全身組織和神經，產生了極度的抑制作用，是以令得我長期地處在冬眠狀態之中，而他卻取走了那具電腦，使我一直冬眠到你來到爲止！」

我開始明白「大祭師」爲什麼那樣詛咒人性的可鄙了，爲什麼他在一見我的時候，對我如此之不友善了，原來他受了騙。

本來，他可以回去，但結果，他卻「冬眠」了三千年之久！

那個法老王爲什麼忽然改變了主意了呢？我實在想不通，我只是想到，那「盒子」從此便落在那法老王的手中，三千年前的人，當然根本無法想像那「盒子」究竟是什麼東西的。

可能他將之當成飾物，傳了下去，傳到了一個法老王的手中，或者因爲雷擊，或者因爲其他的原因，那「盒子」忽然感應到了電源，於是使那個法老王的身子，成爲四分五裂——那個可憐的法老王，當然便是胡明教授發現的怪木乃伊！

然後，這盒子可能被視爲「不祥之物」而被拋棄，一直到了近代，才落在一個阿拉伯侏儒的手中，然後又轉到了鄧石的手上。

這一切，當然只是我的猜想而已，因爲和這隻「盒子」有關的人，曾經因爲這隻「盒子」而變成支離人的人，都已經死了。

因之，我的推測是不是正確，根本無法知道。

「大祭師」在我胡思亂想的時候，一直只是望著我，過了好一會，才道：「現在，你可以幫我的忙，我也必須你的幫忙。」

我的腦中實在是混亂之極，我只是道：「當然可以的，我既然令你自冬眠的狀態中醒過來，當然也樂意幫你的忙。」

「那只不過是偶然的，是不是？」

「大祭師」的話狡獪，明明是我令他從冬眠狀態中醒過來的，雖然是偶然的，難道他就可以因之而不感謝我了麼？

我並不和他爭辯，只是道：「那至少說明，我對你是一點惡意也沒有的。」

「大祭師」道：「那很好，你跟我來，我會指給你看，你應該調節哪一些掣鈕，你必須連續不斷地按下十六個掣鈕，如果你只按下一個就不再按下去，那麼，我就又要進入冬眠狀態了！」

「而在我進入冬眠狀態之後，如果繼續使用這『盒子』，就可以使我醒過來，就像你曾經做過的一樣。如今，你看仔細了！」

他一面說，一面便在控制板上操縱了起來，他教了我兩遍，我就已經記住了，但是他還唯恐我弄錯，不厭其煩地又教多了我兩遍，直到我可以毫不猶豫地將那十六個掣施行一遍為止。」

然後，我看到他拿了一隻金屬瓶來，含在口中，那金屬瓶發出了「嗤」地一聲響，不知噴進了一點什麼東西在他的口中。

他拋開了那金屬瓶，又問我道：「你使用這個方法使我回去，証明這個法子可以行得通，我相信不必很久，便可以再臨地球，那時，你將成爲地球上最具權勢的一個人。」

他的話，不但令我心跳，而且還使我的面色劇變。

而我在聽了他的話之後，所突然興起的那個念頭，卻又是絕對不能讓對方看出來，而露出破綻的。是以我連忙轉過頭去：「知道了，你可還是睡在那個玻璃盒子之中？讓我來操作！」

「大祭師」點了點頭，他跨進了那玻璃盒子躺了下去，我注視著他，看到他眼中的光芒，漸漸斂去，終於，他躺下去一動也不動了。

我知道，他已經昏迷過去了。

我明知他已經昏迷了過去，但是我的心卻跳得更是厲害，我十分難以說明我那時是感到歡喜，還是覺得自責，那是一種十分複雜的感情。

但是，在我混亂的思緒之中，有一句話卻是十分清晰地在我耳際響著。那是「大祭師」曾說過的一句話，他講過：「我可以分析一切東西，瞭解一切東西的成份，但是我無法瞭解人。」

是的，不論他來自什麼星球，也不管他所掌握的科學技能是多麼地超絕，他永遠不能瞭解一個人的心中，究竟真正地在想些什麼。

不要說另一個人不能徹底地瞭解一個人，就是一個人自己，要瞭解自己，那也絕不是容易的事情！譬如我自己，在十分鐘之前，我還是決定幫助「大祭師」的，但是「大祭師」最後的一番話，卻使我改變了我的主意。這是一種突如其來的決定，別說事先「大祭師」不知，是連我自己，在改變主意之前的一剎那都想不到的。

我看到「大祭師」躺下來之後，慢慢地向前走去，來到了控制板之前。我的手指在微微地發著抖，我用力地按下了第一個掣，那掛在半空中的「盒子」發出一陣「吱吱」聲來，約有三分鐘之久，聲音才停止。我在這時候，應該按下第二個掣了。

但是，我卻向後退了開來，我退到了玻璃棺材之前，看看「大祭師」。「大祭師」躺著，像我初發覺他的時候，完全一樣。我取下了那隻「盒子」。那樣做，是會使「大祭師」又處於「冬眠狀態」之中的。不錯，我的目的正是那樣，這便是我的新決定。

我本來是準備幫助他用「原子分解」的方法，回到他的天體上去的，但是當我聽得他說，他回去了不多久，他們便能大批地前來之際，我改變主意了。

雖然他已經答應過我，使我成為地球上最有權勢的人，但是這所謂「最有權勢的人」，卻是在他們這種牛頭人的統治之下的傀儡！

第十六部：絕處逢生

我寧願做一個自由自主的平民，而不願意做一個「最有權勢」的傀儡，所以我才有了這樣的新決定。

我將那盒子打了開來，將兩面所放的薄片拉開，但是我立即發覺，我無法將之撕毀或是拉斷。

或許是由於我那時的手在發著抖，因為我怕「大祭師」忽然之間會醒過來。「大祭師」要是知道他又受了一次騙，不但我要遭殃，不知有多少人要遭殃了！

我無法毀那盒子，只得又將之摺好，放在袋中，然後，我舉起了一張石凳，用力地砸向控制板，我又衝到鄰室，去砸毀那些科學設備，我破壞的結果，是使得「墳」中突然黑了下來。

我記得出路，摸索著，向外退了出去，終於，我又從那山縫中爬出來了。

當我爬出山縫的，正是傍晚時分，夕陽的光芒，將一片平漠的黃沙，染得成為一種異樣淒厲的紅色。但是不管怎樣淒厲，這時在我看來，卻又有一股說不出來的溫暖之感。

因為我又回到人境來了！

剛才，我在「大祭師」的「墳墓」中，我就感到自己不是在人境之中，我攀下了山，在我的行囊中取出了炸藥，那些炸藥，我本來是準備在進入古墓時遇到障礙之後才用的。

但事實上，我想像中的「古墓」根本不古，而且還超越了時代很多年，當然我用不到炸藥來開路，而這時，炸藥又給了我別的用處，我再度攀上山，將炸藥塞進石縫中，拉下了藥引，點著了它，我自己則已飛快的速度下了山，向前飛奔。

當我奔出了幾十步的時候，「轟」地一聲巨響，炸藥爆炸了！

我伏在地上，只覺得被爆炸激盪而起的沙粒像是驟雨一樣向我身上蓋來，將我整個身子都埋住了，我勉力掙扎著，才露出了一個頭來。

當我回頭看去的時候，我吁了一口氣。

那個石縫已然被爆炸下來的石塊填塞，絕不會有人知道這裏曾經有過一道山縫，可以通向三間神秘的石室中去。

當然，也不會有人知道，在那三間石室之中，還有一個來自其他天體的牛頭人在。那牛頭人曾經是古埃及一個王朝的「大祭師」，而且，他現在也未曾死，只不過是在冬眠狀態之中而已。

但是，上一次的「冬眠」，使他在石洞中過了三千年，這一次「冬眠」，他需要渡過的時間，只怕更加悠遠，極可能再也不會有人發現他了！

而且，就算有人發現他，也沒有什麼人可以令得他甦醒，因爲我將立即設法將那隻「盒子」毀去，雖然那是地球人再過幾千年也製不成的東西，但是我還是決定將它毀去。

當爆炸的聲浪完全消失，四周圍重又回復寂靜之後，我從沙中爬了起來。

也就在我爬起身子來之後，我看到大量的毒蠍，從峽谷之中爬了出來，那是成千成萬的，它們出了峽谷之後，散了開來，就像有一股洪泉，自峽谷之中湧了出來一樣，我深深地吸了一口氣，連忙將身向前奔去。

幸而我雙腿的運動要比毒蠍的六雙腳快得多，我盡量地向前奔著，開始的時候，我身上還帶著不少東西，但是毒蠍爬行的「沙沙」之聲，似乎一直在我的身後，我將身上的重負，一點一點地拋去，到後來只剩下了一壺水，幸而我看到了我的車子。

直到我看到了我的車子，我才有勇氣回頭看去，我的天，別以為我可以快過那些蠍子許多，他們就在我身後不到二十步處。

看到成千成萬的毒蠍子，像潮水也似地向前湧來，當真令人毛髮直豎，我三步併作兩步，跳進了車子之中，不等關上車門，我就去發動車子。

可是，當我踏下油門之際，我呆住了，車子是早已沒有汽油的！

而我實在已沒有力道再向前奔去了，我只得緊緊地關上了車門，絞上了車窗。

蠍子湧了過來，它們漫天蓋地的湧來，沒什麼東西可以阻擋它們的去路，它們爬上了車子，越過了車子，當它們爬過玻璃窗，而又滑跌下來的時候，我可以清楚地看到它們醜惡的身子，和那可以致人於死地的毒鉤，我緊緊地縮住了身子，由於車窗和車門全都緊緊地關著，所以不多久，我便覺得呼吸困難起來。

我不敢打開窗子，即使只是一條縫也不敢，我只是苦苦地忍著。

我並不是沒有希望的，因爲我看出大群的毒蠍，只是在向前闖著，而不是想在這裏停留。但蠍子實在太多了，什麼時候才過完呢？

感謝這時候不是白天，要不然我一定沒有法子在一輛密封的車子之中支持得如此之久的。毒蠍終於過盡了，我才將窗子打開了一道縫，湊在這道縫上，貪婪在吸著氣，但是我仍然不敢走出車子，一直到了天亮，肯定周圍已沒有任何毒蠍了，我才繼續向前步行而出。

我來的時候有車子代步，不覺得怎樣，但回去的時候只可以靠步行，真是辛苦，我在沙漠之中，一步一步地向前掙扎著。

幸而我雖然什麼都丟掉了，但是還保存著那壺水，我估計那壺水還可以使我在兩天之內，不致於死去，可以捱到宙得神廟。這時，我最大的隱憂，便是那一大群毒蠍子。若是再讓我遇到那些毒蠍的話，那麼我一定難以活命。

我的運氣總算不錯，雖然三十多小時在沙漠中的步行，令得我筋疲力盡，但是當我實在支撐不住而倒下來的時候，我卻並不是倒在沙漠上。

我倒在宙得神廟的石階上！

許多人圍了上來，七嘴八舌地談論著，我不去理會他們，只是躺著，直到一個警察前來，才將我扶了起來，送上了一輛車子，到了醫院之中。

精神很快便完全恢復，出乎我的意料之外，警方的人居然來看我，但是態度卻不十分友善，只是勸我快點離開。

由於他們是不友善，我當然未曾將自己的遭遇講給他們聽。

而當我出院之後，我的確也已經打算離開了，但是在離開之前，有一件事卻不能不做。

我要去看看胡明。

胡明是在另一所腦病醫院之中，我經過了好幾次的交涉，才獲准見他。但是，還是有幾個「醫院方面」的人，陪在我的身邊。

我實在不明白何以醫院方面如此緊張，胡明只不是一個可憐的犧牲者，他已喪失了一切知覺，只怕再壞心腸的人，也不會再加害他的了，何以醫院方面——應該說警方，因為我一看便看出那兩個陪我前往的「醫院」方面的人，是警方的便衣——還對他這樣緊張呢？

我在那兩人的陪同之下，走過了一條曲曲折折的走廊，然後，已進入環形的醫院建築的中心部分，那裏是一幅空地。

在空地中心，是一幢看來給人以孤零零的感覺的小房子，在小房子外面，有好幾個人在巡弋著。

到了這時候，我的疑心更甚了，我問道：「咦，胡明他怎麼了？」

「沒有怎樣，一點進展也沒有。」那兩人回答。

我向前一指：「那麼，你們爲什麼這樣緊張。」

那兩個人顯然不願意繼續討論這個問題，他們只是冷冷地道：「我們知道什麼應該做，什麼不應該做。」

對方的態度是如此地冷淡和傲然，我自然也不便再問下去。而這時，我也發現，在這幢房子之外的一些人，雖然都穿著醫院員工的制服，但是可以肯定的一點是：他們也絕不是醫院員工。

他們全是警方人員！

一直來到那幢房子的門口，正當我想跨進去的時候，那兩個人卻又阻止我：「不，先生，你不能進那屋子去。」

我氣得大叫了起來，道：「爲什麼？我是獲准去見胡明教授的。」

「對的，你獲准來見他，那是不必要進屋子去的，他的房間就在樓下，你可以隔著窗子見他。」——這便是那兩個人的回答。

而他們在講到「見」字的時候，特別加重語氣。我實在有怒不可遏的感覺，我大聲道：「所謂見他的意思，當然不是隔著窗口看看他，而是拜訪他的意思，你們不會不明白的。」

那兩人是軟皮蛇，他們伸出手來，表示無法可施時道：「那不干我們事，我們奉命，只准你隔著窗口看一看胡明。」

我雙手緊緊地握著拳，如果我的身邊只有那兩個傢伙的話，我一定已忍不住要動粗的了。但是這時，其餘的幾個人，卻一齊向我接近，他們總共有近十幾個人之多，我當然可以敵得過他們十個人，但是醫院的幫手，可能繼續湧來，我大鬧一場的結果，極可能是看不到胡明。

所以，我忍住了氣：「好的，那就麻煩你們帶我去，去『見』胡明。」

那兩人轉向左，我跟在他們的後面，走出了七八步，在一個窗口前面站定，他們才道：「他在裏面。」

我連忙踏前一步，向窗內望去，由於玻璃的反光，我要湊得十分近，幾乎鼻尖湊到了玻璃，才能夠看到裏面的情形。

而當我看到了裏面的情形之後，我大吃一驚，向後連退出了好幾步，方始站定，而且，我不由自主地大口地喘起氣來。

當我湊到窗口，盡力向內張望的時候，我幾乎看不到什麼，因為那房間的光線，實在十分黑暗，但是緊接著，一張浮腫的、慘白的、傻笑著的臉浮現了！

那張臉，突然從黑暗中出現，而且離得我如此之近，我們兩人的鼻尖相差，不會超過兩個釐米——只隔著一層玻璃！

和那樣可怖的一張臉，隔得如此之近，這是任何人都不免要大吃一驚的。

我陡地後退開去之後，那張臉仍然停在玻璃後面，在對著我傻笑，那是一種令人毛骨悚然的傻笑，我勉力定了定神，才轉過身來：「這……是胡明？」

那兩個人點了點頭：「是他。」

我再轉過頭去，那張臉仍然在玻璃後面，那就是黑黝的、樂天的、有學問的胡明？這實在是使人無法相信的一件事情。

但是當我凝視著那張可怖的臉三分鐘之後，我卻認出來了，雖然他改變了那麼多，但是他仍然是我的好朋友，胡明！

我轉過身，我的身子禁不住微微地發著抖，我向外大踏步地走去，一直到我走出了醫院之外，我的頭腦才略爲清醒了一些。

我吸了一口氣，站著不動，那兩個人一直跟在我的身邊，這時，其中的一個道：「因爲你的關係，先生，我們的六名優秀的專家變成了這樣子，先生，請快些離開去，如果你繼續留在這裏，只怕我們要遏制不住我們的情緒，有一些事要做出來了。」

我猛地一驚，這兩人果然是警方人員。可笑這裏的警方竟然將事情完全推到了我的身上，以爲我是罪魁禍首，這不是幾近滑稽麼？

但是，六名優秀的專家的損失，的確令他們感到切膚之痛，如果我不盡快地離開這裏，他們可能不僅是說說算數，而是真對我不利的！

我點了點頭：「其實我可以分辯的，但是我想也不必要了，我這就直赴機場了。」

我伸手召來了一輛車，跳了上去：「機場！」

車子向前疾駛了出去，我的腦中實在混亂得可以，我甚至不敢向車窗外望一下，怕的是胡明那張可怕的白癡的臉，會突然在窗外出現。當我想到這一點的時候，我突然一呆，叫道：「停車！」

街車司機停住了車，轉過頭來，以奇怪的眼光望著我，我的腦中這時，正想到了一個極其重要的問題，我剛捕捉到了一點頭緒，是以我絕不想有人來打亂我的思緒，我不等他開口，便又道：「繼續駛，但是慢些，別多問，照我的話去做。」

街車司機的面上，出現了駭然的神色來。因為我剛才是從著名的腦科醫院出來的，在那個醫院中，有著各種各樣的瘋子，他一定將我當作瘋子之一了，但那樣也好，可以省得他來煩我。

車子向前繼續駛去，果然十分慢。

我的思緒也漸漸地上了軌道。我那突然而來的念頭，是因為害怕胡明的臉突然在窗外出現而聯想起來的，我首先想到，在什麼樣的情形下，胡明的臉才會突然出現在車窗外呢？這個答案是：除非胡明是個支離人。

胡明如果是支離人的話，那麼他的頭部，可以脫離身子而自由活動，就有可能出現在車窗之外。

我所聯想到的是：如果胡明是支離人，那會有什麼樣的結果呢？

據「大祭師」說：鄧石的手離開了手腕，看來好像是他的手突然斷腕而去一樣，但事實上卻不是那樣，而是有著相當複雜的變化過程。那種光芒，照到了他的手，將他的手，在萬分之一秒（或許更短）的時間內，分解成為許多原子。

原子當然是目力所不能見的，於是，他的手便消失了。但是被分解了的原子，在一定的距離之外，又完全依原來的位置，組合而排列了起來，那就使他的手，在一定的距離之外出現。而人的神經系統的微弱電波，對自己在一定距離之外的肢體，仍保持著指揮的力量。

整個過程是那樣的！

那麼，如果胡明的頭部在那樣的過程之下，離開了他的身體，而又復原的話，應該出現什麼的結果呢？

「大祭師」曾說過，原子的復原排列，是完全依照原來的情形的。值得研究的便是「原來的情形」這一句話了。

胡明如今，因為受了藥物的刺激，他的腦神經受了嚴重的傷害，如果令他的頭部，所有的組織完全化為原子，再結合排列起來，「原來的情形」，是指他受藥物刺激之前的情形呢，還是之後？

如果是受藥物刺激之前的情形，那麼，胡明就可以完全復原了。就算不是，他也沒有損失。

我又想起了我和鄧石發生糾纏的多次情形，我曾經不止一次地弄傷過他的手，可是傷勢在他的手上，似乎痊癒得十分快。

那是不是因爲分解、重組的過程之後，就「恢復原來的情形」？那是受傷之前的情形！

當我想到這裏的時候，我立即又叫了起來：「停車，停車！」

那司機停下了車子，我這才發現，車子已經來到飛機場的入口處了。

那司機轉過頭來：「先生，不是到機場去麼？」

我搖頭道：「不去了，我改變主意了！」

那司機以一種十分異特的眼光望著我，突然怪叫一聲，打開車門，跳下車，沒命也似地逃走了。

我當然不會去和他多解釋什麼，我到了司機位上，駕著車子，掉過了頭，直向警局駛去，我到了警局門口，向警局內直衝了進去。

可是我剛一進警局的大門，就覺得氣氛十分不對頭，因爲幾個警員，和一個警官正以一種十分怪異的目光望定了我。

我勉強對他們一笑：「請讓我見——」

可是我還未講出我要見的人的名字，兩名警官便已氣勢洶洶地向我逼近來，大聲叫道：「滾出去，你快滾回去，滾出我們的國家去！」我簡直沒有再說話的餘地，我只有不斷地向後退著，直到我退出了大門，在他們身後的另一個警官，甚至已將槍拔出來了！

我連忙跳上了那輛街車，迅速地駛開，他們竟激動到如此地步，那確是我從來也未曾想到過的。我到警局來的目的，是因為我想到了經過人體原子的分解和重新組合之後，胡明是有可能復原的，而那隻盒子還在我的身上，只消通上七百伏特電流，就會生出那種分解光來，令得胡明有復原的希望的！

但是，警方人員卻本連聽也不願聽！

那也不要緊，看來我要自行設法將胡明從醫院之中弄出來了。

想起警方人員對胡明的病房，戒備森嚴的情形，我又不禁大皺眉頭，我曾經做過各種各樣的怪事，但是，將一個活生生的人「偷」出來，這樣的事情，卻還是破題兒第一遭！

我又考慮到了胡明現在的情形，就算將他「偷」出來了，要安置他，也不是一件容易事，不如我先準備好了一切再說。

我一面駛著車子，一面考慮著，終於，我下了車，在一家酒店中住了下來，好好地休息了一天。

我有一個現成的地方可以使用的，那便是鄧石的住所！

第二天，我趁夜溜進了醫院，警方的戒備已不像以前那樣嚴密，要將胡明帶出來，比我想像之中容易得多，我預先準備了兩套白色的制服，在偷了進去之後，我自己和胡明，都穿上了白制服，而我扶著胡明，堂而皇之從醫院之中，走了出來，來到了鄧石的那幢屋子之中。

我令胡明坐在一張椅上，然後將那「盒子」接上電流，光芒射出來，射中胡明的頭部。

我緊張得屏住了氣息，一切在萬分之一秒之間完成，光芒才一射出，胡明的頭便消失，接著，我聽到了他的叫聲：「老天，我的身子呢？」

在我來看，胡明是頭不見了，但是，在神智已完全恢復的胡明看來，消失的卻是他的身子，因為他的頭已到了三步開外。我連忙截斷電流，胡明的身子奔過去，他的頭又回到了身子上。

我成功了！

其餘的五個人，也是在那樣的情形下醫癒的，當胡明好端端地出現在警局的時候，警方人員完全改變了他們對我的態度。

事情可以說完結了，令我不明白的是，當日鄧石何以那樣的迫切地需要那片金屬片，或者，他也感到那「盒子」還有一些超人的力量的。但是他是如何知道有那塊金屬片存在的，我卻不得而知了。

噢，對了，還有那「盒子」，一座那麼完美的、龐大的，無可比擬的電腦，是一座地球人在幾世紀之後也不能設想的萬能新電子工廠，它怎樣了？

它，在我的歸程中，當輪船經過太平洋的時候，被我拋到海中去了，願它和「大祭師」一樣，別再有人發現它！

（完）

貝殼

序言

撰寫「貝殼」這個故事之際，正是狂熱的蒐集貝殼之時。蒐集貝殼的行為，後來到了最高峰，藏品達三千幾種，終於忽然之間，興趣消失，如同一場春夢。這是題外話。這篇小說的主題，是想表現一個人，若是沒有了自己，那麼，在他身上的一切名和利，都是虛空的，再大的名，再多的利，加起來，也不如自己。

這話，聽起來像是很玄，也不是三言兩語，或是一兩篇小說所能表達的，要靠一個人對人生的體驗，思索而摸出一種感覺來。

表達在「貝殼」這個故事中的想法，一直持續著，後來若干年後，又有以「自己為題材」的十個幻想短篇，再度發揮了一下，但也還是不夠，以後有機會，還是要再發揮的。

同樣是生命，一個富豪，不如一枚海螺快樂，你相信嗎？

我真的相信。

倪匡

第一部：超級巨富的失蹤

貝殼是十分惹人喜愛的東西。古時代，貝殼被用來當作貨幣（甚至到現在，某些地區的土人部落，仍然是以貝殼作爲貨幣使用）。而在文明社會中，一枚珍貴的貝殼，在貝殼愛好者的心目中，比鑽石更有價值。

貝殼是軟體動物在生長過程中逐漸形成的外殼，形狀、顏色，千奇百怪，匪夷所思，已發現的，大約有十一萬二千多種，是動物學中的一大熱門，僅次於昆蟲。有許多貝殼，普通得每天都可以看到，有許多貝殼，即使是海洋生物學的權威，也只能在圖片中見得到。一個陳列貝殼的展覽會，往往能夠吸引許多參觀者，貝殼的形狀實在太奇特美妙，就是主要的原因——在日本，稀有貝殼的展覽會，是報紙上重要的新聞之一。

自然，這個故事，和任何貝殼展覽會無關，甚至於和軟體動物的研究無關，這只是一個故事。

天氣良好，萬里無雲，能見度無限，從空中望下來，大海平靜得像是一整塊藍色的玉，看來像是固體，而不像是流動的液體。

一架小型飛機在海上飛行。那種小飛機，通常供人駕來遊玩，它飛不高，也不能飛得十分快速，只能坐兩個人。

飛機在海面上來回飛著，任務是在海面上尋找一艘遊艇。

身邊那個人，拿著望遠鏡，向海面上觀察著。這個人，就是我所熟悉的小郭——我仍然稱呼他為小郭，因為我認識他許多年了，雖然他現在已經是一個鼎鼎大名的私家偵探。

據小郭事後的回憶，他說，這件事，一開始，就有點很不平常，雖然以後事情的發展，更不平常，但是事情的開始是很突兀的。

星期日，照例是假期，小郭的偵探事務所中，只留下一個職員，因為他這種職業，是說不定是甚麼時候有顧客找上門來的。

事情就發生在星期日的中午，小郭正在讚美他新婚太太烹調出來的美味可口的菜餚，而且在計劃著如何享受一個天氣溫和、陽光普照的下午之際，電話鈴響了起來，小郭拿起了電話，一聽到事務所留守職員的聲音，他就不禁直皺眉。

他曾吩咐過，沒有要緊的事情，千萬別打擾他的假期，小郭本來也不是那樣重視假期的人，但是他最近結了婚，一個人在結婚之後，原來的生活方式，多少要有一點改變的了。「郭社長，」那職員的聲音，很無可奈何：「有一位太太堅持要見你。我是說，她非見你不可，請你回事務所來，我……無法應付她。」

小郭有點不耐煩：「問問她有甚麼事！」

「她不肯說，」職員回答：「她一定要見了你才肯說，看她的樣子，像是有很重要的事。」

小郭放下了電話，嘆了一口氣，這樣的顧客，他也不是第一次遇見了，好像天要塌下來那麼嚴重，而且，寧願付出高幾倍的費用，指定要他親自出馬。

小郭逢遇到有這樣顧客的時候，雖然無可奈何，但是心中也有一份驕傲，他究竟是一個出了名的偵探了，要不然，怎麼會有那麼多人，將自己的疑難問題，只託付他，而不托給別人？

小郭轉過頭來，向他的太太作了一個抱歉的微笑，道：「我去看看就來，你在家等我的電話！」

他太太諒解地點著頭，小郭在二十分鐘之後，來到了他的事務所，也見到了那位太太。

據小郭事後回憶說，他見到了那位太太，第一眼的印象是：那不是一個人，簡直是一座山。她足有一百五十公斤重（或者更甚），坐在一張單人沙發上，將那張單人沙發塞得滿滿的。

她滿面怒容，一看到了小郭，第一句話，就將小郭嚇了一跳，她叫道：「你就是郭先生？郭先生，你去將我丈夫抓回來！」

小郭呆了一呆：「你一定弄錯了，我只是一個私家偵探，沒有權利抓人的！」

那位太太的聲音更大：「我授權給你！」小郭有點不知如何應付才好，但是他已經決定，不稀罕這個顧客了，是以他的語氣變得很冷漠，更現出了一臉不歡迎的神色來：「據我所知，你也沒有權利抓任何人！」

那位太太發起急來，雙手按著沙發的扶手，吃力地站了起來：「他是我的丈夫！」

小郭本來想告訴那位太太，女人要抓住丈夫的心，是另外有一套辦法的。等到要用到私家偵探的時候，事情早已完了。

但是，小郭向那滿面肥肉抖動的太太望了一眼，他覺得自己實在不必多費甚麼唇舌，所以他根本沒有開口，只在想著如何才能將她打發走。

就在這時候，那位太太又開口了，她道：「你知道我的丈夫是誰？」

小郭皺著眉：「是誰？」

那位太太挺了挺胸，大聲道：「萬良生！」

小郭呆了一呆，望著那位太太，不作聲。

（當小郭事後，和我講起這段經過時，我聽到他講到那位太太，是萬良生太太時，也呆了半晌。）

過了足有半分鐘之久，小郭才緩緩地吁了一口氣：「原來是萬太太，萬先生他……怎麼了？」

小郭並不認識萬良生，可是在這個大城市中，卻沒有人不知道萬良生的名字，萬良生是本地的一個——用甚麼字眼形容他好呢？還是借用一個最現成的名詞來形容他的財勢吧，他可以說是本地的一個土皇帝。

萬良生有數不盡的財產，他的財產包括好幾間銀行在內，他的事業，幾乎遍及每一個行業，使他實際上成爲本地無形的統治者。

在現代社會中，當然不會有甚麼實際的「土皇帝」存在，但是萬良生掌握著如此多的財產，在經濟上而言，他可以說是本地的最高統治者！

所以，當小郭問出了「萬先生怎麼了」這句話之際，他已經改變主意了，他決意接受萬太太的委託，這是一個使他的聲譽提高到更高地位的好機會！

萬太太有點氣喘，她顯然不耐久立，又坐了下來：「他是昨天下午出海的，到現在還沒有回來，而且，我知道，紅蘭也在遊艇上！」

小郭又吸了一口氣，萬良生是一個人人都知道的人物，紅蘭一樣也是。紅蘭是一個紅得發紫的電影名星，她略含嬌嗔，眼睛像是會說話的照片，到處可見，爲紅蘭瘋狂的人不知多少，她是一個真正的尤物，自然，也只有萬良生這樣的大亨，才能和紅蘭的名字，聯在一起。

小郭已經有點頭緒了，他也明白爲甚麼萬太太一開口，就說要將萬良生「抓回來」，他道：「萬太太，你的意思是，要我找點他和紅蘭在一起，有甚麼行動的證據，是不是？」

萬大太氣吁吁地道：「現在，我要你將他抓……找回來。昨天下午他出海去，到今天還不回來，我實在不能忍受。你要將他……找回來！」

這其實並不是一樁很困難的任務，萬良生的那艘遊艇，十分著名，是世界上最豪華的十艘遊艇之一，「快樂號」遊艇，艇身金黃色，不論在甚麼地方，都是最矚目的一艘船。

萬太太一面說著，一面已打開了皮包，取出了一大疊鈔票來，重重放在沙發旁邊的几上。

小郭有點不自在，萬太太又道：「今天下午，你一定要將他找回來，帶他來見我！」

小郭搓著手：「萬太太，我必須向你說明，我可以找到萬先生，但是，他是不是肯回到你的身邊來，我可不敢擔保。」

萬太太「哼」地一聲：「他敢！」

小郭忍住了笑：「我見到了他，一定會傳達你的話，事實上——」

小郭略頓了一頓，又道：「事實上，就算我不去找他，他也一定快回來了，他有那麼多事要處理，不可能今天晚上之前不回來的！」

萬太太大聲道：「我要你去找他，他以為在船上，出了海，我就找不到他了，我一定要你找到他！」

小郭沒有再說甚麼，這是一樁很輕鬆的差事，酬勞又出乎意料之外的多，他何必拒絕呢？他送走了萬太太，打電話去接洽飛機。他租了一架小型的水上飛機。

同時，他也吩咐那位職員，向有關部門，查問「快樂號」昨天下午駛出海港的報告。

兩件事都進行得很順利，有關方面的資料顯示：快樂號昨天下午二時，報告出發，向西南方向行駛，以後就沒有聯絡——通常的情形，如果不是有意外發生，是不會再作聯絡的。

小郭知道「快樂號」的性能十分好，可以作長程航行，但是，帶著一個美麗動人的女明星，是沒有理由作長程航行的，只要找一個靜僻一點的海灣泊船就行了。小郭也不明白有紅蘭這樣動人的女人陪在身旁，萬良生還會有甚麼心緒去欣賞海上的風景。

小郭到達機場，和機師見了面，登機起飛，向西南方的海面飛去。

天氣實在好，小郭估計，至多只要半小時，就可以發現「快樂號」了。

小郭的估計不錯，大約在半小時後，也就看到了「快樂號」。也正如他的估計一樣，「快樂號」泊在一個小島的背面的一個海灣上。

自空中看下來，整艘「快樂號」，簡直像是黃金鑄成的一樣，閃著金黃色的光芒。

那海灘很隱蔽，兩面是高聳的岩石，浪頭打在岩石上，濺起極高的浪花，但是在兩邊岩石之間，卻是一個新月形的小沙灘，沙細而白，除了一艘「快樂號」之外，沒有別的船隻。

一發現了「快樂號」，小郭欠了欠身子：「我們在它的附近降落！」

水上飛機打著轉，降低高度，金黃色的「快樂號」越來越看得清楚了，在望遠鏡中看來，甲板上，一張籐桌上，半杯喝剩的酒都可以看得清清楚楚，小郭甚至可以認得出，那是一杯綠色的「蚱蜢」。

可是卻沒有人出現在甲板上，萬良生如果是帶著紅蘭出來幽會的，那麼，船上可能只有他和紅蘭兩個人。但不論他們這時在作甚麼，小郭想，飛機的聲音，總應該將他們驚動了。

水上飛機在飛得已接近水面的時候，小郭放下了望遠鏡，水上飛機濺起一陣水花，開始在水面滑行，然後，在離「快樂號」不到二十公尺處，停了下來。

在飛機停下來之後，小郭曾看了看手錶，那是下午二時，一個天氣極好的星期天的下午二時。在那樣的天氣之中，照說是不會有甚麼意外的事發生的。

小郭的心中，已經在盤算著如何向萬良生開口，萬良生是一個大亨，而且他正在和一個美人幽會，有人來驚擾他，他自然會發脾氣的。

小郭探出頭去，艇的甲板上仍然沒有人，在這樣的近距離，只要大聲講話，遊艇上的人，是一定可以聽得到的，是以小郭大聲叫道：「萬先生！萬先生！」

可是他叫了十七八聲，艇上卻一點反應也沒有，仍然沒有人出來？

駕駛員笑道：「郭先生，他們可能在遊艇的臥室中，你知道，像那樣的遊艇，臥室一定有著完善的隔音設備，聽不到你叫喚的！」

小郭攤了攤手：「那怎麼辦？飛機上有橡皮艇？」

駕駛員指著架上一邊東西：「有，不過下去的時候要小心些。」

機門打開，小郭將橡皮艇取下來，推向機門外，拉開了充氣栓，橡皮艇發出「嗤嗤」的聲響，迅速膨脹，小郭小心地將它拋進海中，又沿著機門，攀了下去，躍進了橡皮艇中，不到五分鐘，他已划到了「快樂號」的旁邊。

爲了禮貌，他在登上「快樂號」之前，又大聲叫道：「有人麼？萬先生，你在不在？」船上仍然沒有人應聲，小郭抓住擦得晶光鋥亮的扶手，登上了「快樂號」。

從「快樂號」甲板上的情形看來，船上一定是有人的，小郭又叫了幾下，仍然沒有人應他，他站著船中心的走廊，來到了第一扇門前，敲門，沒有人應，他推開了那扇門。

那是一個佈置得極其舒適的客廳，一套小巧的絲絨沙發，看到了這套沙發，小郭不禁笑了起來，萬良生一定很恨他的太太，要不然，他不會在遊艇中置上這樣的一套沙發，這套沙發，根本無法容納萬太太那航空母艦一樣龐大的身子！

客廳中沒有人，在客廳附設的酒吧中，小郭注意到，有一瓶酒，酒瓶翻倒，瓶中的酒已流出了一大半，一陣酒香，撲鼻而來。

小郭走去，將酒瓶扶正，順手打開冰桶的蓋子來看了一看。

據小郭事後的回憶說，他也不知道何以要順手打開冰桶來看，或許是他偵探的習慣，這是唯一的解釋了。

當時，他看到那隻銀質的冰桶內，並沒有冰，只是小半桶水。

這種冰桶能夠保持冰塊近十小時不溶化，小郭當時看到冰桶中只有水而沒有冰，就覺得有點奇怪，因爲這證明至少有七八小時沒有人用這個冰桶中的冰了。

小郭走出了這個艙，又來到了另一個艙中，那是一個臥艙，一切都很整齊，不像有人睡過。然後，他一面高聲叫著，又打開了另一個艙門。

那自然是主艙了，那簡直是一間十分寬敞的臥室，而且顯然有人住過，不過也是空的。

小郭漸漸覺得有點不對勁，因爲船上看來一個人也沒有。

十五分鐘之後，小郭已經肯定了這一點：「快樂號」上沒有人！

他回到了甲板上，看了看掛在舷旁的小艇，兩艘小艇全在，表示並沒有人駕著小艇出去。

小郭站在甲板上，望著沙灘，沙灘上一個人也沒有，這是一個遠離海岸的荒島，普通遊艇不會到那麼遠的小島來。

小郭感到事情越來越不對勁了，他離開了「快樂號」，上了橡皮艇。

或許是由於他的神色很蒼白，那叫徐諒的駕駛員也吃了一驚：「怎麼樣？」

小郭道：「沒有人，船上沒有人！」

徐諒道：「或者是到島上遊玩去了。」

據小郭事後回憶，他說他那時，只覺得心直向下沈，他望著那個光禿禿的小島，明知道萬良生和紅蘭兩人，不可能在島上，但是，除了在島上之外，他們還會在甚麼地方呢？

小郭提議道：「我和你一起到島上去找找他們。」

徐諒點著頭，他們又登上橡皮艇，直划到沙灘上踏上了沙灘。

一上沙灘，小郭就看到了一條大毛巾，這條大毛巾，當然是到過沙灘的人留下來的，當小郭俯身，拾起這條大毛巾的時候，發現毛巾上，還繡著「快樂號」的標誌，同時，毛巾中有一件東西，落了下來。小郭又拾起那東西來，那是一枚奇形怪狀的貝殼。

那枚貝殼是潔白的，接近透明，殼很薄，由於它的樣子實在太奇特了，所以很難形容。貝殼是裹在毛巾中的，那也很容易解釋，沙灘上的人，假設是萬良生或紅蘭，看到了這枚貝殼，喜歡它的奇形怪狀，就拾了起來，裹在毛巾中。

但是，毛巾爲甚麼會留在沙灘上呢？

當小郭接著那枚貝殼在發怔的時候，徐諒已經爬上了這個荒島的最高點，小郭大聲問道：「有人麼？」

徐諒四面看看，也大聲回答道：「沒有人！」

小郭順手將那枚貝殼，放進了衣袋中，大聲道：「他們不可能到別地方去的。」

徐諒迅速地攀了下來：「郭先生，如果你這樣看法的話，那我們要報警了！」

小郭在發現船上沒有人之後，就已然有了這個念頭，這時，他嘆了一聲，點了點頭。

徐諒先划著橡皮艇回飛機去，小郭仍然留在沙灘上，海水湧上來又退回去，沙細潔而白，真是一個渡假的理想地方。

可是，大亨萬良主和紅星紅蘭呢？

二十分鐘後，小徐又划著橡皮艇到小島上來，四十分鐘後，三架警方的直昇機，首先降落在小島上，第一個自直昇機上跳下來的，是我們的老朋友，傑克上校。

再詳細記述當時發生的情形，是沒有意義的，但有幾點，卻不可不說。

第一：根據小郭的報告，警方認爲失蹤的至少是兩個人——萬良生和紅蘭，那是萬太太的情報，但是當天晚上，便發現紅蘭根本一點事也沒有。周末，紅蘭參加一個舞會；星期日，她睡到下午才起來，當她聽到收音機報告她和萬良生一起神秘失蹤的消息之後，大發嬌嗔，一定要警方道歉，因爲她和萬良生，只是社交上的朋友，決不可能親密到孤男寡女，同處一艘遊艇之上云云。

第二：警方又立即發現，萬良生是自己一個人駕著遊艇出海的，失蹤的只是他一個人。

第三：從溶化的冰，甲板上剩留的食物來推斷，萬良生離開「快樂號」，是小郭到達之前十小時的事情，也就是說，在淩晨二時至四時之間。

第四：遊艇上沒有絲毫搏鬥的現象，只是有一瓶酒，曾經傾瀉。

這真是有史以來最轟動的新聞了。

小郭、徐諒立時成了新聞人物，紅蘭也趁機大出風頭，萬太太山一樣的照片，被刊登在報紙的第一版上，日夜不停的搜索，進行了三日三夜。

等到我正式知道這件事的詳細經過時，已經是七天之後了。在一個不斷有著各種各樣新奇新聞的大城市之中，一樁新聞，能夠連續佔據報紙第一版頭條三天以上的，已然算是極其轟動的了。

可是，萬良生離奇失蹤一事，一直到第七天，還是第一版頭條新聞，除了照例報導搜索沒有結果之外，還有各種各樣的傳說和猜測，套一句電影廣告的術語，就是：「昂然進入第七天」，而且，看來還要一直轟動下去，因爲萬良生是一個如此重要的大亨！

第七天下午二時，我一直只是在報上獲知這件離奇失蹤事件的經過，直到那天下午二時，小郭才對我說起了事情的詳細經過。

小郭說得很詳細，足足說了一個多鐘頭，我也很用心地聽著。

小郭在講完了之後，雙手一攤：「總之，萬良生就是那麼無緣無故失蹤了。」

我呆了片刻，才道：「警方沒有找出他有失蹤的原因？譬如說經濟上的原因，可能牽涉到桃色新聞上的事，或者其他的原因？」

小郭搖頭道：「沒有，警方邀請我參加他們的工作，我知道一切經過，他是絕沒有理由失蹤的。」

我道：「當然，我們可以不必考慮他是被綁票了，如果是的話，一定有人開始和他的家人接觸了。」

小郭苦笑著：「我和警方至少接到了上百個電話，說他們知道萬良生的下落，但這些電話，全是假的，目的想騙一些錢而已。」

我又問道：「萬太太的反應怎樣？」

小郭搖著頭道：「這位太太，來找我的時候，好像很恨他的丈夫，但是現在卻傷心得不得了，不過她是一個很能幹的女人，這幾天，萬良生的事業中，千頭萬緒的事，全是她在處理。」

我站了起來，來回走了幾步：「小郭，你和警方好像都忽略了一個問題，『快樂號』是一艘大遊艇，萬良生又是享受慣的人，他為甚麼要一個人駕船出海，我看這是整件事的關鍵。」

小郭望著我，沒有出聲。

我有點責備的意思：「你難道連想也沒有想過這個問題？」小郭不斷地眨著眼，他顯然是真的沒有想到這個問題。而且，他對我的指責，好像也很不服氣，他道：「那有甚麼關係，他總是失蹤了。」

我搖了搖頭：「小郭，虧你還是一個出名的偵探，事情既然已經發生了，就要研究一切可疑的、不合邏輯的事情，而在整件事情中，最可疑的就是：萬良生為甚麼要一個人出海！」

小郭揮著手：「或許這是他的習慣，或許他要一個人清靜一下，或許——」

我不等他再說下去，就大喝一聲：「不要再或許了，去查——萬良生一定不是第一次乘搭『快樂號』遊艇，去查他為甚麼要一個人出海！」

小郭望了我半晌，點了點頭。

我看他那種垂頭喪氣的樣子，心中倒有點不忍：「現在警方的結論怎樣？」

小郭道：「警方的最後推測，說可能萬良生在游泳的時候，遇上了海中的巨型生物，例如大海蛇，或是體長超過十呎的大烏賊，所以遭了不幸，你知道，這種事是常常有的，澳洲前任總理，就是在海上失蹤的。」

我點著頭：「有這個可能——」

講到這裏，我忽然想了起來，我道：「小郭，你是第一個到達那個小島的沙灘的人，你說在沙灘上有一條大毛巾，那條大毛巾——」

小郭不等我講完，已搶著道：「那條毛巾，是『快樂號』上的，這一點，已經不用懷疑，好幾個人可以證明！」

我道：「我不是問那條毛巾，我是問，那毛巾中的那枚貝殼！」

小郭皺著眉：「沙灘上總是有貝殼的，那有甚麼可注意的？」

我嘆了一聲：「你怎麼啦？你不是說，那枚貝殼，是裹在毛巾之中，你拿起毛巾來的時候，它才落下來的麼？」

小郭又眨著眼，好像仍然不明白我那樣說，究竟有甚麼用意。

我道：「沙灘上的貝殼，是不會自己走到毛巾中去的，貝殼在毛巾中，這就證明，有人將它拾了起來，放進毛巾內去的。」

小郭無可奈何地笑了一笑：「是又怎麼樣？」

我道：「從這一點引伸出去，可以推測著當時，萬良生是在海灘上，他拾起了一枚貝殼，放在毛巾之中，可知他那時並不準備去游泳；要去游泳的人，是會用到毛巾，而不會用毛巾去裹一枚貝殼的，那麼，警方現在的結論就不成立了！」

小郭反駁我道：「或者他是準備下水之前，拾了貝殼，除下了披在身上的毛巾，將貝殼放在毛巾之中，再下水去的呢！」

我笑了起來道：「也有這個可能，可是萬良生為甚麼要去拾這枚貝殼呢？他是一個貝殼收集者麼？」

小郭搖了搖頭：「他不是一個貝殼搜集者，但是，這是一枚形狀十分奇特的貝殼，任何人見了它，都會被它吸引的。」

我心中還有話想說，我想說，像萬良生那樣，整天在錢眼裏翻觔斗的人，只怕是不會有這種閒情逸趣，去注意一枚形狀奇特的貝殼。但是我卻沒有說出來，因為那屬於心理分析的範疇，不是偵探的事了。

我拍了拍小郭的肩頭：「去查他為甚麼一個人出海，我相信這是事情的關鍵！」

小郭告辭離去，我又細細將事情想了一遍。

我覺得最值得注意的，就是萬良生為甚麼要一個人出海。

第二天下午，小郭又來了，我還是沒有開口，他就道：「你的重要關鍵，不成立了。」

我大聲道：「怎麼不成立？」

小郭笑道：「我們查清楚了，萬良生之所以出海，名義上是休息，但實際上，是帶著各種各樣的女人，瞞著他太太去走私。」

我道：「那麼，至少要有一個女人！」

小郭道：「不錯，原來那女人，應該是大名鼎鼎的紅蘭，可是紅蘭臨時失約，據船上的水手說，萬良生等了很久，才命令解纜，他自己駛出去的——你不致於又要我去查紅蘭為甚麼要失約吧！」

我呆了半晌，才道：「我只想知道，你們怎麼肯定萬良生那天，是約了紅蘭！」

小郭道：「萬良生是離開他的辦公室之後，直接到碼頭去的——他的司機證明了這一點。而他在離開辦公室時，曾吩咐女秘書，要是紅蘭打電話來，就告訴她，他已經到碼頭去了，叫她立刻就去。」

我半晌不說話，當然，小郭的調查所得，的確使我失望，但是我的想法，仍然和小郭不同，我並不以為萬良生一個人出海是一件偶然的事。

紅蘭為甚麼會失約，這自然是一件值得研究的事，不過我不會再叫小郭調查的了，因為看來小郭很同意警方的推測：萬良生是在游泳的時候，遭到了意外。

但是我還問了小郭：「那麼，你可以肯定，萬良生是一個人出海的了！」

小郭道：「許多人可以證明這一點。碼頭上的水手，和一些人，都目擊萬良生離去，的確只有他一個人——」

小郭講到這裏，略頓了一頓，又道：「當然，如果有甚麼人在海上和他會合的話，那我們是無法知道的，不過這個可能不大。」

我翻著報紙：「警方已經放棄搜索了？」

小郭道：「今天是最後一天，當然也不會有甚麼結果，再搜索下去，也沒有意思！」

我點頭道：「是，依照普通的手法去找萬良生，是沒有意義的了！」

第二部：接手調查失蹤案

小郭望著我，望了我半晌，才道：「你的意思是要如何尋找他？」

我搖著頭：「我也說不上來，因為這件事，我所知的一切，全是間接的，我無法在間接獲知的事實中，得到任何推斷。」

小郭沒有再說甚麼，又和我閒談了一會，就告辭而去。

第二天，報上的頭條新聞是警方宣佈放棄繼續搜尋，而萬良生的太太，則憤怒指責警方的無能和敷衍塞責。我在一開始，已用「土皇帝」這個字眼來形容過萬良生，有好幾張報紙，是受萬良生控制的，對警方的抨擊，更是不遺餘力。

天地良心，在這樣的一件失蹤案上，抨擊警方，是很沒有理由的。

一個人駕著遊艇出海，在大洋的荒島之中，實在是任何事情都可以發生的，警方又有甚麼辦法在毫無線索之下將萬良生找出來？

當天，我看完了報紙，心中想，警方既然已放棄了搜尋，雖然這件事，還有很多可疑之點，但是事情既然和我無關，我也不必再追究下去了。

所以，我也準備不再去想那件事，我照著我的習慣，將有關萬良生失蹤的所有報導和記載，歸納起來。

因爲這是一件離奇的事情，而我對所有離奇的事都有濃厚的興趣。一些事，在看來已經結束了之後，又往往會有出人意表的發展，到那時候，以前的記載，就成爲十分有用的資料了。

我正在整理著資料，聽到門鈴大作，白素一早就出去了，所以我只好自己下去開門，門打開，門口站著一個穿著制服的司機。

那司機一看到了我，就脫下了帽子來：「請問衛斯理先生在不在？」

我道：「我就是！」

司機忙遞給了我一張名片，我接過來一看，只見那張名片，可說是精緻之極，是淺黃色的樹紋紙。上面的字，是銀片貼上去的「何艷容」三個字。

不論從名片的形式來看，或是從這三個字來看，這位何豔容，當然是一個女人。

可是我卻根本不認識任何一個叫作何艷容的女人！

我正在驚愕間，那位司機已然道：「我主人請衛先生去見見她。」

我抬起頭來：「對不起，我並不認識你的主人。她是——」

司機立時接口道：「她是萬太太，萬良生太太！」

在那一剎間，想起小郭形容的萬太太的樣子，和這張名片的精緻相對比，我幾乎笑了出來。

司機又道：「請衛先生立時就去，車子就在外面。」

我彈了彈手中的名片：「請你回去告訴萬太太，如果她有甚麼事要見我，根據習慣的禮貌，應該是她到我這裏來！」

司機好像有點聽不懂我的話，張大眼睛望著我，我又將話再說了一遍，他才諾諾連聲，很恭敬地向我鞠躬，然後退了出去。

我看著他駕車離去，我想，萬良生太太來找我，有甚麼事情呢？是不是她以爲警方找不到萬良生，所以來委託我？

我坐了一會，繼續到樓上去整理資料，約莫大半小時之後，門鈴又響了。

我再下來開門，門才一打開，我不禁嚇了一跳。

小郭形容萬良生太太的樣子，已經是使人吃驚的了，但是當我真正看到這位何艷容女士時，我才知道小郭形容一個人的本事，實在差得很。

我一打開門，就看到萬良生太太堵在門口，那扇門，至少有四呎寬，可是萬太太當門一站，對不起，兩旁絕不能再容甚麼人通過了！

她個子也不矮，怕有五呎六七吋高，可是和她的橫闊體型相比較，這種高度，也算不了甚麼。

她揚起一隻手，指著我，手背上的肥肉拱起，以致她的手看來是一個圓球體。她的手指上，戴著許多枚大粒的鑽戒。

她指著我：「你就是衛斯理？你要我來見你，我來了！」

我只好道：「請進來。」

萬太太走了進來，她的行動倒一點也不遲鈍，相反地，走得很快，到了一張沙發之前，就坐了下來。

在那短短的半分鐘之間，我不禁替萬良生覺得可憐。萬良生幾乎有了世界上的一切，但是那有甚麼用呢？只要有一個這樣的妻子，就算擁有世界上的一切，那也等於零。

我絕不是著眼於何豔容女士的體型，事實上，有許多和她一樣體型的女人，十分可愛。但是，萬太太的那種霸道，想佔有一切，將一切全部當著可以供她在腳底下踐踏的那種神態，真叫人沒法子忍受。難怪小郭說第一次見到她時，她要小郭去「抓」她的丈夫了！

我在她對面坐了下來，她道：「聽說你是那個姓郭的私家偵探的師父！」

我略呆了一呆：「我從來也沒有收過徒弟！」

萬太太昂著頭：「好幾個人那麼說！」

我解釋道：「或者，那是以前，小郭是我的手下，幫我做過一些事。」

萬太太道：「那就行了，他找不到萬良生，飯桶警察也找不到，你替我把他找出來。」

我沒有搭腔，因爲我知道，她還有許多話要說，這種類型的人，在她要說的話未曾講完之前，不論你說甚麼，都是白說的。

果然，萬太太伸拳，在沙發旁的茶几上，重重地擊了一下：「他躲起來了，絕不是甚麼神秘失蹤，這豬玀，他一定又和甚麼狐狸精躲起來了！」

我怔了一怔，在所有有關萬良生失蹤的揣測中，都沒有這樣的揣測，但是，現在這個說法，卻是萬良生太太提出來的，是不是有一定根據呢？

我仍然沒有說甚麼，萬太太吼叫著：「替我找他出來，我要給他顏色看！」

我沈著聲，問道：「萬太太，請問你這樣說，可有甚麼根據？」

萬太太瞪著眼（她臉上的肥肉打摺，可是「杏」眼圓睜時，仍然十分可怖）：「我這樣說就夠了，要甚麼證據？」

我道：「當然要有，你說他和另外女人躲起來了，那麼，他就一定要在事先準備一筆錢，他可有調動大筆現金跡象？」

萬太太「哈哈」大笑了起來：「和你們這種人講話真吃力，他要甚麼錢？只要他不將瑞士銀行存款的戶口號碼忘記，到哪裏他都可以有化不完的錢！」

我心中怒火陡升，幾乎要翻臉了，但是我卻竭力按捺著自己的怒火，冷冷地道：「和你這種沒有知識的人講話更吃力，你沒有絲毫根據，就說他是自己躲起來了，記得你曾向郭先生說，萬先生是和紅蘭在遊艇上，結果，紅蘭根本沒有上過船。」

萬太太的眼睛瞪得更大，她氣吼吼地道：「少廢話，我要你快找他出來！」

我冷然地道：「我不找，你去託別人吧！」

萬太太得意地笑著，道：「我有錢！」

我笑了起來：「誰都知道你有錢，你不必見人就大叫大嚷，可是，我不稀罕你的錢，你再有錢，又有甚麼辦法？」這位何艷容女士愣住了，她一直瞪著我，瞪了好久，突然霍地站了起來。

我真怕她忽然之間發起蠻來，但是我卻猜錯了，她站了起來之後，並沒有甚麼特異的動作，她只是望著我，然後才道：「你說我沒有知識，你錯了，我有兩個博士的頭銜，再見！」

她傲然轉過身，大踏步向門口走去，到了門口站定，我略等了一等，走過去將門打開，讓開，好讓她走出去，她一步跨出了門，忽然站定，背對著我：「如果可以將剛才的一切全忘記的話，我們可以從頭談談。」

我想不到她會有這樣的提議，以她那樣的人，講出這種話來，可說是極不容易的了！

我略呆了一呆：「可以的，但是只有一點，我只接受你的委託，尋找失了蹤的萬良生先生，卻不接受你主觀的任何猜測！」

萬太太轉過身來：「那有甚麼關係？只要將他找出來就可以了！」

我道：「自然不同，我有我自己的見解，有我自己的找人方法！」

萬太太道：「好，那就一言為定了，你要多少報酬？」

我不禁搖了搖頭：「暫時別提報酬，我需要的，只是工作上的方便。」

萬太太道：「甚麼樣的方便？」

我道：「例如那艘『快樂號』遊艇，要供我使用，我要從那個荒島開始，追尋萬良生先生失蹤的原因。」萬太太立時道：「那太容易了，不過，你是白費心機，還不如到南美洲或者瑞士去找他的好，他躲起來了，這豬玀！」

我盡量使自己平心靜氣：「我會從這一方面著手調查，只要有事實證明的話，就算他躲到剛果去了，我也會把他找回來。」

萬太太又望了我片刻，才道：「我會吩咐他們給你一切便利，你甚麼時候開始？」

我道：「我認為我已經開始了！」

萬太太對我這個回答，感到十分滿意，她不住點著頭，走向前去，車子駛過來，甚至那輛車子，也是特別訂製的巨型房車——我一點也沒有誇張，以萬太太的身形來說，沒有任何車子，可以使她進出自如。

萬太太離去之後，我心中十分亂，尋找萬良生的責任，忽然之間，會落到了我的身上，這是我無論如何料想不到的事情。

我本來以一個旁觀者的身份注視著這件事的發展，忽然之間旁觀者變成置身其中，差別太大了！

人。

我想了一會，覺得這件事，還是先和小郭商量一下，因為他畢竟是和這件事最早有關係的人。

所以，我打了一個電話給小郭，小郭聽到萬良生太太曾來找我，他的聲音，顯得很沮喪。

當我提及萬太太認為萬良生可能是為了逃避他的太太而躲了起來之際，小郭道：「不可能的，我已向各方面調查過了，除非萬良生是游泳到南美洲去的。」

小郭既然那麼說，我自然相信他的調查工作，是做得十分周密的。這一個可能，已不必考慮了。

我道：「那麼，你可有興趣，陪我一起搭乘『快樂號』，再到那個荒島去？」

小郭猶豫了一下：「那荒島我已經去了十幾次了，再去有甚麼意思？」

我道：「搭『快樂號』去，或者不同。」

小郭道：「好，我們在碼頭見！」

我放下了電話，留下了一張紙條給白素，二十分鐘後，我到了碼頭。

一到碼頭，我就看到了「快樂號」，而「快樂號」上的水手，顯然也已得到了通知，立時有人駕著小艇過來，道：「是衛先生？」

我道：「是，我要用『快樂號』。」

那人忙道：「一切都準備好了，你可以駕著它到任何地方去！」

我搖頭道：「我不要親自駕駛，船上一共有多少人？連你在內。」

那人忙道：「四個。」

我道：「我還有一位朋友，我們一共是六個人出海，到那個荒島去。」

我正在說話間，小郭也到了。

我並沒有注意那人的神情，轉過身去，向小郭揮手，直到我轉回身來，我才發現那人的神情很古怪，像是有甚麼話要說而不敢說，而且，船上的另外三個人，站在那人的身後，也有同樣的神情。

我略呆了一呆：「你們想說甚麼？萬太太不是已經通知你們了麼？」

那人支支吾吾：「是，萬太太通知過我們，你可以隨你喜歡，使用『快樂號』的。」

我道：「是啊，那又有甚麼不妥了？」

那人又支吾了片刻，才道：「可是，萬太太卻未曾說，你會要我們和你一起出海！」

我呆了一呆，開始逐一打量那四個人。那四個人分明全是老於海上工作的人，這一點，從他們黝黑的皮膚，可以得到證明。

老於海上工作的人，決不會視駕駛「快樂號」這樣設備豪華的一艘遊艇出海爲苦差的。可是，如今看這四個人的神態，他們的心意，卻再明白也沒有了，他們不願意跟我出海到那荒島去。

不單我看出了這一點，連小郭也看出了這一點來了，他先我開口：「為甚麼？你們看來好像不願意出海去？」

那人道：「這……這……事實上，這幾天來，我們一直是睡在岸上的。」

我還未曾聽出那人這樣說是甚麼意思，另一個年紀比較輕的水手已經道：「這艘船上，有古——」

他的話還沒有講完，那人已大聲叱道：「別胡說，我們只表示不願去就行了！」

我又呆了一呆，這四個人的態度神秘。我和小郭互望了一眼，那年輕水手的話沒有說完，就給人喝斷了，但是，他的話不必說完，我也可以知道他說些甚麼了，他是要說，這艘船上有古怪！

船上有甚麼古怪，以致令得四個習慣於海上生活的水手，竟不敢在船上過夜？

當時，我心中十分疑惑，但是我絕未將這四人的神秘態度和萬良生的失蹤事件連在一起想，由於大海是如此之不可測，歷來就有許多無稽和神怪莫測的傳說，使海上生活的人，特別多忌憚，也特別多迷信，這一點是可以諒解的。

但是，無論如何，船上究竟有甚麼古怪，我必須弄清楚。

我指著那年輕的水手：「你剛才想說甚麼？是不是船上有些古怪？」

那年輕水手經我指著他一問，神情更是十分慌張，他漲紅了臉，慌慌張張地搖著手：「沒……沒有甚麼，我只不過隨便說說。」

小郭厲聲道：「你決不是隨便說說的，你們四個人一定全知道船上有古怪，快說出來！」

我對小郭的這種態度，實在不敢苟同，是以他的話才說完，我就伸手將他推開了半步：「如果你們不想和我一起到那荒島去，我也不堅持，可是為了調查萬先生的失蹤，我必須到那荒島去，而且一定要乘搭『快樂號』去，我想，你們也不想我有甚麼意外，如果船上有甚麼不妥，請你們告訴我！」

那四個水手，互相望著，他們的神情，都很古怪，更增加了神秘的氣氛。

過了足有半分鐘之久，還是那年經的水手，最先開口，他並不是望著我，而是望著他的三個同伴：「就和衛先生說一說，又有甚麼關係？」

一個年紀最長的嘆了一聲：「本來是沒有關係的，可是事情太無稽了！」

那年輕的水手道：「可是，不單我一個人聽見，我們四個人全聽見的！」

我再次呆了一呆，他們聽到了甚麼？在這船上，還有甚麼秘密在？我實在太亟於知道他們究竟在船上聽到些甚麼了，是以我忙問道：「你們聽到了甚麼？」

那年經水手的臉，漲得更紅：「我們……我們……聽到萬先生在唱歌！」

在那剎間，我竭力忍住了，才能使自己不發出笑聲來，可是小郭卻忍不住了，他「哈哈」大笑：「唱歌？萬先生在唱歌？」

那首先和我說話的水手，立時瞪了年輕的水手一眼：「我叫你不要對任何人說！你偏偏不肯聽，這種事，講出來，沒有人會相信！」

我忙道：「那也不見得，我或者會相信，不過我還有點不明白，萬先生唱歌？這是甚麼意思？能不能請你詳細說一說？」

本來，「聽到萬先生唱歌」，這句話的語意，是再也明白不過的了。但是，要知道萬良生是那樣的一個大亨，他給人的印象，是富有、強大、發號施令、擁有一切，能夠憑他的一念，使許多許多人幸福或倒楣，像這樣的一個大人物，和「唱歌」，實在是很難發生任何聯繫，所以我才不明白。

那年輕的水手道：「萬先生在心情愉快的時候，時常會哼幾句歌，流行歌曲，我們以前侍候他的時候，是經常聽到他唱的。」

我點了點頭：「你是說，在萬先生失蹤之後，你們仍然在船上聽到他在唱歌？」

四個水手的臉色，在那剎間，變得十分蒼白，但是他們卻一起點著頭。

我也感到事情的確「古怪」，但是當時，我的第一個解釋便是，那是他們的幻覺，可是不論怎樣，我也希望知道進一步詳細的情形。

我道：「是誰最先聽到的，甚麼時候聽到的？」

那年輕的水手道：「我最先聽到，那是『快樂號』駛回碼頭來的第一個晚上。」

那年輕水手說到這裏，神態更明顯出奇地緊張，他不住地搓著手，而且，我可以看到，他的手心在不斷地冒著汗。

他道：「在『快樂號』不出海的時候，我們照例睡在船上，那天晚上，我們收拾好了，也都睡了，我想起還沒有餵魚——」

我打斷了他的話頭：「餵魚，餵甚麼魚——」

小郭代他回答了我的問題：「船上養著很大的一缸海水熱帶魚，他一定是說餵那缸魚！」

我向那年輕水手望去，那年輕水手忙道：「是的，就是那一缸魚。」

我道：「你起來在餵魚的時候，聽到了萬先生的歌聲？」

年輕水手道：「不，是在我餵了魚離開，回到艙中的時候聽到的，萬先生在唱歌，我是說，我聽到了萬先生的歌聲！」

我呆了半晌，那年輕水手道：「當時，我嚇了一大跳，以爲萬先生還在船上，我還大聲叫了一下，他們三人，都聽到我叫喚聲的！」

我立時又向那三個水手望去。

這時候，我的心中緊張之極，我以爲，我要用「快樂號」出海去，到那荒島，可以找到一些萬良生失蹤的線索。

可是我再也未曾料到，我還未曾上船，便已在那四個水手的口中，聽到了如此神秘莫測的事。

我不顧小郭在一旁擺出一副不屑的姿態，我又問道：「當時，他們三人怎樣？」

第三部：神秘歌聲

那年輕水手道：「我大聲叫著，他們三個人都出來了，問我是不是在發神經？我說我聽到了萬先生的唱歌聲，他們全當我神經病，我也沒有說甚麼，可是第二天晚上，炳哥和勤叔全聽到了！」

他說著，指著另外兩個水手。

那兩個水手，神色蒼白地點著頭：「是，我們都聽到的。」

另一個則道：「我是在第三晚才聽到的，從那一晚起，我們就不敢在船上住了，只是在日間，四個人一起，才敢到船上去打理一下。」

我皺著眉：「歌聲是從甚麼地方傳出來的，你們難道沒有聽到，萬先生可能還在船上，因此仔細地去找一找他？」

四個水手一起苦笑著，道：「我們當然想到過，可是我們對『快樂號』十分熟悉，實在沒有可能有人躲在船上而不被我們發現。」

我再問道：「那麼，歌聲究竟從何處傳出來？」

我已經看出，小郭臉上的神情，證明他的忍耐，已經到了最大限度，果然，他立時大聲道：「聲音好像自四面八方傳來，捉摸不定！」

那四個水手立時現出十分驚訝的神色來，齊聲道：「郭先生，你怎麼知道？你也聽到過？」

小郭得意地「哈哈」大笑了起來：「我怎麼不知道？這根本是你們的幻覺，在幻覺之中，所有的聲音，全是那樣的！」

四個水手現出十分尷尬的神色來，小郭催我道：「他們不肯上船，我們是不是改變計劃？」

我道：「當然不改變，萬良生一個人都可以駕船出海，我們兩個人，爲甚麼不行？」

我向那四個水手道：「你們可以留在岸上，船上還有甚麼別的古怪事情？」

四人一起搖頭，表示沒有別的事。我的想法和小郭雖然有點不同，但是所謂萬良生的唱歌聲。只是他們四人的幻覺，這一點，我倒也同意！

看著他們四人的神色如此緊張，我用輕鬆的語氣道：「現在是白天，請你們帶我到船上去走一遭，你們總不致於不敢吧？」

我們一起走下碼頭的石級，上了小艇，駛到了「快樂號」的旁邊。

到了「快樂號」的身邊，才知道那真正是一艘非凡的遊艇。

這艘船的一切結構，毫無疑問全是最新型的，金光閃閃，整艘船，就像是黃金琢成的一樣。

如果說，我來到了它的身邊，就覺得它是一艘了不起的船的話，那麼，在我登上了「快樂號」之後，簡直就認爲它是世界上最舒服的一艘船了。

它一共有五個艙房，每一個房間，都採用懸掛平衡系統。也就是說，在巨大的風浪中，不論船身傾側得多麼厲害，在房間中的人，都可能絕沒有感覺，因爲房艙是懸掛著的。

這五間房艙之中，包括了駕駛艙、客廳、飯廳和臥室在內。

駕駛艙中，有著船上發動機的出品廠家的一塊銅牌，上面刻著的幾行字，證明這船上的三副強力引擎，幾乎無懈可擊。機器在任何情形之下，都有可能發生意料不到的故障，但是，只要在一般的保養情形之下，這三副引擎，決不會同時損壞。

這也就是說，就算在最壞的情形下，兩副引擎壞了，另一副引擎，仍然可以維持正常的速度航行。而當它三副引擎一起開動的時候，普通的海岸巡邏艇，無論如何追不上它。

而它的駕駛過程，卻又簡化得如同駕駛汽車一樣簡單，幾乎任何人只要一學就可以學會。

船艙中的一切裝飾，自然不必細表，我也看到了那缸海水魚，這一大缸海水魚，也令我大開眼界，它被放置在客廳中、幾乎佔了整幅牆那麼大，裏面有各種各樣的佈置，宛若將海底搬了上來。

我看到許多以前只有在圖片上才見到過的，色彩極其豔麗的魚，也看到了小的章魚，活的海葵和珊瑚，以及許多活的軟體動物。

我看到其中有一枚奇形怪狀的螺，正在一塊岩石上，緩緩移動著。這個海螺的形狀，真是奇特極了，使我忍不住看了又看。小郭站在我的身邊，指著那奇形怪狀的螺：「這就是在毛巾中的那枚貝殼。」

我呆了一呆：「小郭，你一直只說那是一枚貝殼，沒有說那是一枚螺。」

小郭說：「那有甚麼不同？」

我不禁笑了起來：「當然不同，貝殼只是貝殼，而螺卻是有生命的。」

小郭聳了聳肩，自然，看他的神情，他仍然認為兩者之間，並沒有甚麼不同，他道：「當我拾起它的時候，我也不知道它是不是有生命，後來，我到了船上，就順手將之拋進了缸中，誰知道它是活的！」

我再仔細審視那枚螺，它移動得很緩慢，殼質好像很薄，潔白可愛。這種形狀古怪，顏色淺白的螺，大多數是深海生活的種類。我自己也難以解釋我對這隻我還叫不出它名字來的螺，如此注意，或許是因為它曾出現在萬良生的毛巾之中的緣故！

那四個水手，帶著我們，在全船走了一遍，然後，他們上了岸。

我和小郭在駕駛艙中，由我看著海圖，他負責駕駛，我們先用無線電話，向有關方面報告了出海的情形，「快樂號」就漸漸離開了碼頭，半小時之後，它已經在一望無際的海洋之中了。

在艙中，穩得就像是坐在自己的家中一樣，小郭嘆了一聲：「萬良生真可以說擁有世界上的一切了，真懂得享受。」

我笑道：「他的太太，十分可怕，但是我也不相信，那會構成他帶著另一個女人藏匿起來的原因。事實上，像他那樣的大亨，只要略伸伸手，就不知會有多少出名的美女投懷送抱了，他怎會再去守著一個女人！」

小郭道：「那也難說得很，你不記得傑克・倫敦的小說中的人物，『毒日頭』不是放棄了一切，去和一個女孩子談戀愛了麼？」

我伸了一個懶腰，道：「那究竟只是小說！」

「快樂號」在駛出了大海之後，真令人心曠神怡，小郭一個人已是可以應付駕駛，我離開了駕駛艙，在甲板上坐了一會。

當我坐在甲板上的時候，我想起小郭說，當他第一次從水上飛機上，用望遠鏡看到「快樂號」的時候，看到桌上放著一杯「蚱蜢」。

「蚱蜢」是一種雞尾酒，原料是碧綠的薄荷酒以及杜松子酒，這種甜膩的酒，通常是女人喝的，要是小郭沒有看錯的話，這倒是一件很值得注意的事。我連忙起身，走回駕駛艙，向小郭問了這個問題。

小郭立時道：「我怎麼會弄錯？或許萬良生不敢喝烈酒，所以才喝這種酒！」

我轉身走進了客廳，在一角，是一個酒吧，酒櫥中的酒真多。萬良生看來懂得享受，在酒櫥中的全是第一流的好酒。

來到了酒吧之前，我再想起，小郭說，有一瓶酒曾倒瀉了，照說，在平衡艙中，是不會有傾側的現象的，一瓶酒跌倒，而又沒有及時扶起，一定有意外發生，才會有這樣的情形。

自然，我決無法想像得到，當時發生了甚麼情形，看看瓶上的年份，都是葡萄大收年份釀製的七星級佳釀。香檳酒之上，是紅酒和白酒，再上，是威士忌，混合的和純的，名牌琳瑯滿目。

酒櫥最高的一格，是白蘭地，其中有兩瓶，陳舊得連瓶上的招紙都殘缺不全了，可能是在拍賣百年以上陳釀時，以高價買來的。

然而，沒有杜松子酒，也沒有薄荷酒。

我呆了一呆，走進酒吧去，打開旁邊的幾個小櫃和一個冰箱，裏面也沒有這兩種酒。沒有杜松子酒，就不能調製雞尾酒，而沒有薄荷酒，自然更不會有「蚱蜢」！

而且，我在酒吧中，找不到調製雞尾酒用的任何器具。像萬良生這樣講究享受的人，自然不會在喝雞尾酒時，隨便將兩種酒倒在一隻酒杯中就算數的。

我在酒吧中呆立了好一會，心中紊亂得很，我越來越覺得，在甲板的桌子上，出現了一杯「蚱蜢」，是不可能的事情。

但是，小郭又說得千真萬確！

我又回到了駕駛艙，當我再向他提起那杯酒來的時候，他的神情，多少有點古怪了。我將客廳酒吧中的情形，對他說了一遍，他道：「那麼，一隻雞尾酒的杯子中，有著碧綠的液體，你以為那是甚麼？」

我道：「小郭，那可能是任何東西，你看到的酒，還有多少！」小郭道：「大約小半杯！」

我知道問來是沒有結果的，但是我還是要問，我道：「這小半杯酒呢？」

小郭搖頭道：「誰知道，當然是倒掉了！」

我嘆了一聲：「怎麼沒有人想到，這小半杯酒，可能是一個極大的關鍵？」

小郭又再搖頭道：「別說沒有人想到，就算是現在，我也認為你完全是在無事找事做。」

看來，小郭和我之間，意見相差太遠，我真有點後悔邀請他一起出來！

或許他現在已是一個大偵探了，我不應該再用以前的態度對付他，那會引起他的反感。但是有話如果不說，那不是我的性格，是以我還是道：「小郭，你在這件事上所以失敗，就是因為你對於應該注意的事，根本沒有加以注意的緣故。」

小郭呆了半晌，望著駕駛艙的窗外，然後，徐徐地道：「也許是，我自始至終，都將這件事，當作一件正常的失蹤案來處理，而沒有將之和別的神秘不可思議的事，連在一起。」

我站了起來，拍了拍他的肩頭：「那你就錯了，萬良生失蹤，本身就是一件神秘之極的事！」

小郭喃喃地道：「或許——」

他在講了兩個字之後，略頓了一頓，然後，伸手指著前面：「看，就是這個島。」

我向前看了一看，立時又俯下身，將眼湊在望遠鏡上。那真是一個小得可憐的荒島，兀立在大洋之中，靜僻得不能再靜。

像萬良生那樣的人，就算是和別的女人幽會，在大都市中，也有的是地方，他偏偏會揀這樣的地方，也的確有點不可思議。

在「快樂號」漸漸接近那個小島的時候，速度減慢，十分鐘之後，船停了下來，離那一小片沙灘只不過十來碼遠近，海水清可見底，游魚歷歷可數，我們一起到了甲板上。

小郭問道：「到了，你準備如何開始偵查？」

我望著那片沙灘，海水不斷湧上去，噴著潔白的泡沫，又退回來，我道：「先上去看看。照說，在這樣的情形下，不會有甚麼意外發生的。」

小郭道：「那很難說，海中可以有任何古怪的事情，足以令得一個人，在忽然之間，變得無影無蹤，像萬良生那樣！」

我並不打算游泳，所以放下了一艘小艇，和小郭一起踏上了沙灘，小郭在沙灘上走了幾步，用腳踏著一處地方，道：「毛巾在這裏，當時，我拾起毛巾，那枚貝殼——那隻螺就跌了出來。」

我輕輕地踏著細而潔白的沙。思緒仍然很亂，不過，那隻螺，是人拾起來，放在毛巾中的，這一點，應該不會有甚麼疑問了。

我又望著海面，海面極之平靜，萬良生在這個沙灘上時，情形一定也是一樣，因爲在這十幾天來，天氣一直都那麼好，幾乎沒有任何變化。

我倒真希望這時，突然有一條海蛇，或是甚麼海怪，竄上沙灘來，那麼，萬良生失蹤之迷，自然也可以立時解決了！

可是，沙灘上卻平靜得出奇，平靜得任何意外，都不可想像！

然後，我一個人開始跋涉全島，小郭留在沙灘上，一小時後，我又回到了沙灘，一點收穫也沒有。

我道：「要明白萬良生到這裏之後，有些甚麼活動，應該問以前曾和他一起出海的女人。」

小郭苦笑了一下：「我碰了三次釘子！」

我笑道：「你去找過她們？」

小郭道：「自然，我有確鑿的證據，找到三個女人，曾和萬良生單獨出海，可是當我在她們面前提及這件事時，她們的態度，全是一樣的，其中的一個，還聲言要控告我破壞名譽！」

我聽了之後，呆了半晌，小郭望著我，他是一個聰明人，聰明人在看著一個人的時候，總喜歡揣測對方的心意，是以小郭望了我一會之後，看到我不說話，他就道：「你準備放棄了，是不是？」

我搖了搖頭：「不，正好相反，我在想，我應該從頭開始。」

小郭像是受了冤枉一樣地叫了起來：「從頭開始？那是甚麼意思？這件事，已經有了結論！」

我仍然搖著頭：「我不認爲有任何結論，我們對於萬良生的一切，知道得太少，你是從一開始就參加調查工作的，可是你就說不出，萬良生駕著遊艇出海之後，通常做些甚麼事！」

小郭的神情有點惱怒：「駕遊艇出海，遊艇中除了他之外，還有一個漂亮女人，還有甚麼事可做？」

我冷冷地道：「可是這一次，遊艇上只有他一個人，而且，他神秘失蹤了！」

小郭攤著手：「好了，我們不必爲這些小問題而爭論——」

他講到這裏，頓了一頓，才又道：「總之，這件事，我放棄了，那胖女人既然又委托了你，我——」

他又搖了搖頭，我不禁笑了起來：「小郭，你做人不夠坦白，既然你早已對這件事沒有興趣了，何必跟我出海來？」

小郭道：「是你叫我出來的啊！」

我道：「那你也可以拒絕，我從來不勉強別人做他不願做的事，你可以坦然告訴我，你對這件事情，已同意了警方的結論！」

小郭呆了片刻，才道：「好的，我同意了警方的結論，現在，我要回去了！」

我望著平靜的海水，緩緩地道：「好的，我們先回去，然後我單獨再來！」

小郭沒再說甚麼，我從他的神情上，看出他對我好像有一份歉意，我拍了拍他的肩頭：「你不必感到對我有甚麼抱歉，這件事，可能追查下去，一點結果也沒有，或許你是對的！」

小郭苦笑了一下，我們兩人都沒有再說甚麼，由小郭駕駛著遊艇，我因為打定了主意，在船一近碼頭之後，我立即單獨再來，在那荒島旁邊過夜，像萬良生神秘失蹤之前一樣，所以我需要休息，因為夜來究竟會有甚麼事發生，是誰也不能預料的。

我到了客廳中，在柔軟的沙發躺了下來，將燈火調節得十分暗淡，閉上了眼睛。

我完全不感到自己是在一艘船上，但是思潮起伏，卻使我睡不著。

我睜著眼躺著，不可避免地，我會看到那隻巨大的海水魚缸，我看到一條顏色極其鮮豔的鸚嘴鰻，自一大塊珊瑚之後，蜿蜒游了出來，對著一條躺在海葵上的小丑魚，好像很有興趣。

我又看到一條石頭魚在抖動著身子，本來牠的身子是半埋在沙中的，一抖動，沙就揚了起來，牠醜陋的身子，大半現了出來。

我漸漸覺得疲倦，每一個人，有一個想不通的問題橫亙在心頭的時候，是特別容易感到疲倦的，我闔上了眼睛，快朦朧睡著了。

也就在這時候，我聽到了有人唱歌的聲音。

那是極其拙劣的歌聲，聲音像是有人捏住了喉嚨逼出來一樣，唱的是流行歌曲，我心中在想：小郭怎麼那麼好興致？這樣的歌，還是不要唱了吧！

我心中想在叫小郭不要再唱，如果我那時，是在清醒狀態之下，我一定已經大聲叫出來了。可是那時，我在半朦朧狀態之中，所以我只是心中在想，並沒有講出聲來，我只是更進一步，步入睡鄉。

然而，也就在這時候，我陡地想了起來，我在上船之前，那四個水手告訴過我，他們在船上，聽到過萬良生唱歌！

當我一想到這一點的時候，我的睡意，陡地消失，幾乎在十分之一秒鐘之間，我睜大眼，直起身，坐了起來。

不管小郭在事後，用怎樣嘲弄的眼光望著我，但是我可以發誓，即使在我坐起身子的剎那間，我仍然可以聽到那種難聽的歌聲的一個尾音。

當時，我睜大了眼，在客廳中沒有人，當然沒有人，因爲小郭在駕駛艙中，而船上只有我們兩個人。

在最初的幾秒鐘之中，我實在分不清那歌聲是我自己的夢，還是真的有那種聲音。但是我自己肯定了真的有那種歌聲，而不是我的幻覺，因爲那種難聽的歌聲，我以前絕未聽過。

雖然，我曾聽到那四個水手說起聽到「萬良生唱歌」這回事，那足以構成我在夢中聽到歌聲，但是何以我聽到的聲音，是如此之難聽，如此之不堪入耳呢？

我呆坐了半晌，再也沒有聽到任何和歌聲相類的聲音，才站了起來，到了駕駛艙中。

這時，我的神情，多少有點古怪，是以我一進駕駛艙，當小郭向我望來之際，他立時就問：「怎麼啦，發生了甚麼事？」

我道：「剛才，大約是三五分鐘之前，你有沒有聽到有人唱歌？」

小郭道：「有。」

我的神經登時緊張了起來，可是小郭立時道：「我剛才在聽收音機，收音機中，在播送法蘭辛那屈拉的白色聖誕，你指的是這個？」

我搖頭道：「不是，我指的是一個根本不會唱歌的人，在唱流行曲！」

小郭的神情，是同情和嘲弄參半的，他道：「你不見得是聽了萬良生的唱歌聲吧！」

我苦笑了一下，並沒有立即回答他這個問題，他又道：「你剛才在幹甚麼？」

我有點無可奈何的道：「我在睡覺，快睡著了！」

他的話，意思實在再明白也沒有了，他既然指我已經睡著了，那麼，他也一定以為，我所謂聽到歌聲，一定是在做夢了！

我來回踱了幾步：「小郭，你聽到過萬良生的聲音沒有？」

小郭望了我片刻，道：「聽到過，我和警方人員，一起聽過一卷錄音帶，是記錄萬良生主持一個董事會議時候的發言。」

我立時道：「你能形容他的聲音？」

小郭道：「當然可以，他的聲音，就像是雄鴨子的叫聲，好像被人握住了喉嚨，又像是喉嚨處永遠有一口痰哽著一樣，聽來極不舒服，真奇怪，這種聲音的人，居然也能成為富豪！」

小郭一路說，我的心一路跳著，小郭形容得十分好，我在睡意矇矓之中，聽到的歌聲，正是那樣子的聲音！

我從來也未曾聽過萬良生的聲音，如果說，我會在幻覺中聽到歌聲，那自然是可以解釋的，但是，如果說我在幻覺中聽到萬良生的聲音，那是不可解釋的。

由此可以證明，我是真正聽到了萬良生在唱歌——和那四個水手一樣！

但是，接著，有更不可解釋的問題來了，我何以會聽到萬良生的唱歌聲？萬良生明明不在船上，他已經失蹤了，我由何而聽到他的歌聲？

小郭在形容了萬良生的歌聲之後，一直在等我的答覆，但是我卻甚麼也沒有說。

因爲我知道，我就算說了，他也不會相信的，那又何必多費唇舌？

我轉過身，到了甲板上，緩緩地踱著步，那四個水手並不是神經過敏，因爲我也聽到了萬良生在唱歌，那真是不可解釋的，他的歌聲從何而來？

我一直在想著，等到船靠了碼頭，小郭上了岸，在岸上，那四個水手一起奔了過來，我向他們招著手，他們一起來到碼頭邊。

小郭明知道我要和四個水手說話，可是他對這件事情，既然沒有興趣了，所以，他並不停留，逕自登上車子，疾馳而去。

我對著那四個水手，略想了一想：「你們說，曾聽到萬先生唱歌，他唱的是甚麼？」

那四個水手互望著，神情很尷尬，我忙道：「不必有顧忌，只管說！」

一個最年輕的水手道：「是流行歌曲，歌詞是你欠了我的愛情甚麼的。」

我不由自主，捏緊了拳頭：「這首歌的調子怎樣，你能哼幾句我聽聽？」

那水手神情古怪地哼了幾句，哼完之後，又道：「這是一首很流行的的歌，幾乎連小孩子都會的。」

我沒有再說甚麼，在聽了那水手哼出了這個調子之後，我心中更產生了一種異樣的感覺，因爲我聽到的，正是這個調子。

現在，已經有好幾個證明，可以確證我聽到過萬良生的歌聲。

但是，萬良生人已經失蹤了，他的歌聲，何以還能使人聽到？我呆呆地站在船邊上，那年輕水手又補充了一句，道：「衛先生，我們真是聽到的！」

我點頭道：「我決不是說你們在撒謊，因為——」

我略頓了一頓，才道：「因為我也聽到了！」

那四個水手，都現出極其駭然的神色來，你望我，我望你，我道：「真的，我聽到了，就在我快要睡著的時候，聲音很清楚！」

年老的一個水手，十分誠懇地道：「衛先生，我勸你算了，別再留在這艘船上，這船上……有古怪！」

我點頭道：「我知道有古怪，這也正是我要留在船上的原因。」

那年老的水手道：「何必？萬先生出了事，你何必和……和……和……」

他說不出萬良生這時的代名詞來，我接了上去，道：「你的意思是，我何必去和鬼打交道？」

那水手連連點頭，我立時又問道：「你認為萬先生已經死了？」

那水手停了片刻，才道：「當然是死了，不然，那麼多天了，他為甚麼不回來？」

這時，四個水手臉上的神情，都是極其驚駭的，我道：「你們不必怕，就算萬良生已經死了，他變成了鬼，一定也是一個快樂的鬼。」

四個水手異口同聲地反問：「快樂的鬼？」

我笑道：「當然是，你們不是說，萬先生在快樂的時候，才會哼歌曲的麼？現在，我們不斷聽到他的歌聲，他不是很快樂麼？」

雖然我說來很輕鬆，但是我的話，卻絕未消除這四個水手的緊張，我又和他們說了幾句話，才回到了船艙中，駕著船又離開了岸。

等到「快樂號」再度泊在那個荒島的海灣中時，已是斜陽西下了。夕陽的餘暉，映在海面上，泛起一片金光，景色美麗之極，我停好了船，坐在甲板上。對於眼前的美景，卻無心情欣賞。

我心中正在想，想的是我自己對那四個水手說的話。我們（我和那四個水手）假定萬良主已經死了，死了之後有鬼，我稱之爲「快樂的鬼」。關於「鬼」，我有我獨特的假設，在以前好幾個故事中，都曾經提到過，現在不妨再來重覆一遍。

我的假設是：人在活著的時候，腦部活動，不斷發射出微弱的電波——腦電波。這種腦電波，有時可能成爲游離狀態而存在，不因爲一個人的生命是否已經結束而消失。當這種游離電波和另一個活人的腦部活動發生作用時，那另一個人就看到了「鬼」。

第四部：兩個陌生人

這種情形，勉強可以用電視所發射和接收來作譬喻。電視發射之後，我們通過電視接收機，可以看得到。而電視發射，是一種電波，這種電波有時也會以游離狀態而存在於空氣中，因此，有幾項紀錄，記載著一些怪事，例如英國的電視觀眾，忽然收到了一些十分模糊的畫面，覺得不可思議，而在經過調查之後，證明了那是一年之前法國電視發射台的節目之類。

那也就是說，游離電波忽然和電視接收機發生了關係，使一個已「死」了的電視節目，變成了「鬼」節目。

我曾經將我的這個假設，和很多人討論過，有的直斥爲荒謬，有的認爲，至少在理論上，這是成立的。

但是現在的情形，卻連我的假設，也無法解釋。

因爲我是「聽」到聲音，而不是「看」到了萬良生在唱歌。如果說聲波也能以游離狀態存在許多時候，那連我這個想像力離奇古怪的人，也無法接受，因爲科學早已證明，聲波是一種震盪，在一定的時間，震盪擴展，聲音自然也消失了。

要保存聲音，自然有很多方法，但是卻沒有一種方法可以使聲音留在空氣之中的。

而我又的確聽到了萬良生的歌聲。

那麼，事實上，只有三個可能：

（一）萬良生在船上躲著，在唱歌；

（二）萬良生的歌聲，經由錄音機記錄下來，再不斷的播送出來；

（三）萬良生已失蹤了，但是他的歌聲卻留了下來。

第（一）、（二）兩項可能，根本是不必考慮的了，因爲萬良生絕不在船上，而且，船上也沒有人在操縱錄音機。所以，只剩下第三個可能，而第三個可能，實在是最最不可能的事！

我只好苦笑，因爲我仔細思考，毫無結果，而天色已經漸漸黑了下來。

我走進廚房，廚房中有豐富的食物，我弄熱了食物之後，匆匆吃著，然後，我著亮了船上的所有的燈，但是，天色已完全黑了。

一個人，在大海中，那麼靜，即使我是一個對任何神秘的事物，都有著濃厚的興趣的人，在那樣的情形下，也多少有一點寒意。

而更使我難以明白的是，像萬良生這樣身份的人，他何以會不在城市中享受繁華，而獨自一個人，在荒島旁邊過夜！

我在燈火通明的船上，走來走去，當我經過那隻大魚缸的時候，我忽然想起，那年輕的水手，曾託我餵魚的，於是我又回到廚房中，找到了那水手所說的一隻膠桶，桶內有許多小蝦。

我提著桶，拿著一隻網，來到了那缸魚的旁邊，將小蝦網起來，放入缸中。

缸內的大魚小魚，一起過來搶食，有的魚吞下了蝦還要吞，有的魚咬著蝦，立刻躲了起來，小丑魚咬著蝦，立時送給海葵，寧讓海葵去吃，所有的魚都活動起來，很是好看。

我看了一會，轉過身，又回到廚房去，就在我快要到達廚房的時候，我又聽到萬良生的歌聲！

一點也不錯，那是萬良生的歌聲，是小郭形容他的聲音，是那水手唱給我聽的歌詞和調子，和上一次，我在睡意矇矓中聽到的一樣！而現在，我是百分之一百清醒著的！

我只聽了一句——歌聲自我的身後傳來——就立時轉過身。

而且，因為那情形實在太令人吃驚，是以在轉身時，發出了一下呼叫聲。

就在我那一下呼叫聲發出之際，歌聲也靜寂了！

我呆了一呆，先是再想聽清楚，歌聲是從甚麼地方傳出來的，可是，船上已變得寂靜無聲，我大聲問：「誰在唱歌？」

當然，我得不到回答，於是，我將聲音提得更高：「萬先生，你在船上？」

仍然沒有回答，我緊張得甚至忘了放下膠桶，仍然提著它，一步一步，向前走著，我每經過一扇門，就將那扇門打開來，同時大聲道：「萬先生，你可以出來了，不必再躲著！」

廚房在船尾部分，我在廚房的門口聽到萬良生的歌聲。聽到之後，我就一直向前走著，見門就開，可是我一直來到船首，卻仍然未曾看到有任何人！

船上本來就沒有人，這並不足爲奇，奇的是我千真萬確，聽到那一句歌聲！

我到了船頭，又轉回身來，呆呆地站著，一時之間，不知如何才好。

過了很久，我才又緩緩地走回來，又走一遍，才回到了客廳，在沙發上坐了下來，老實說，我心中亂得需要一杯酒。我老實不客氣地開了一瓶佳釀，倒了半杯，一口喝了下去，又倒了半杯，才再坐了下來。很靜，只有浪花拍在船身上的聲音，我真想再聽到萬良生的歌聲，而且，我肯定這一次再給我聽到的話，那麼，我一定不會如此驚惶失措！

可是我聽不到，我一直等著，等到了午夜，還是沒有任何特別的聲響，我挨在沙發上睡著了。等到我睡醒，已是陽光普照，是第二天上午了！

我在船上渡過了一晚，除了那一句歌聲之外，平靜得出奇，沒有海盜，沒有水怪，沒有大烏賊，也沒有鯊魚，如果萬良生在這裏渡過的一夜，也是同樣平靜的話，他沒有失蹤的理由！

我到了甲板上，伸了一個懶腰，水潮退了很多，我可以跳到沙灘上去，而不必用小艇，在沙灘上，潮濕的沙粒中，許多小螃蟹一看到我走過來，紛紛爬進了沙灘上的小洞之中。

有幾塊因爲潮水退而露出在水面的大石上，黏著很多貝殼，我順手拉下了一個來，便順手拋了開去。

我看來，好像在朝陽之下散步，可是我的心情，卻絕不輕鬆。

因爲我心中的疑惑，仍然沒有答案，我攀上了一塊平整的大石上，站在石上，向前望去。

這時，我看到另一艘遊艇，正以相當高的速度，在向這個荒島駛來。那艘遊艇是白色的，和在陽光下閃著金色的「快樂號」截然不同，由於隔得還遠，我自然看不清船上有些甚麼人。

可是，那艘船，顯然是以這個荒島爲目標，而疾駛過來，這就惹起我的注意，我心中閃過了很多念頭：來的是甚麼人？

我心中的疑問，很快就有答案，因爲船漸漸近了，我看到兩個男人，站在船頭，在用望遠鏡觀察著，其中的一個，觀察的目標竟然是我。

他們穿著白色的運動衣，白色的短褲，看來很有點像運動家。

站在岩石上，被人用望遠鏡來看，那自然不是一件很有趣的事，所以我揮著手，表示我也看到他們了。

果然，我一揮手，那兩個人都放下了望遠鏡來，也向我揮著手。

不多久，那艘船，就來到了「快樂號」的旁邊，停了下來，那兩個人自然跳了下來，落在潮濕的沙灘上，這時，他們與我相距，只不過二十來步！

我剛想跳下石頭來，只聽得其中一個，忽然大聲叫道：「喂，你怎麼改變主意了？」

我陡地一呆，那人大聲叫出來的這句話，實在是一句很普通的話，可是，這個人爲甚麼要對我說這樣的話呢？我根本不認識他，而這句話，只有在熟人之間才用得上。

我呆了呆之後，心中的第一個念頭便是：那人認錯了人！

我第二個念頭是：他們決不可能認錯人的，因爲「快樂號」是如此之獨一無二。

那時，這兩個人已來到了離我只有三五碼之處，我已經可以將他們看得淸淸楚楚了！

他們身高六呎左右，是兩個十分壯健的大漢，臉上都帶著笑容，他們的容貌很普通，看來一點也不討人厭，但也不會給人以深刻的印象。

我自石上躍下：「兩位，你們認錯了人吧？」

我們相隔得既已如此之近，我說他們認錯人，他們一定該直認的了。可是，那兩人卻現出了十分驚愕的神情來，望定了我。

他們望了我幾秒鐘，其中一個才道：「我們認錯了人？哦，真對不起！」

這人這樣講法，更是令人莫名其妙！

他剛才對我大叫，問我爲甚麼「改變主意」，現在和我距離如此之近，明明可以知道他自己認錯了人，可是在經我指出之後，他反而像是不相信我的話！

這種情形，只證明了一點，雖然他們來到了離我如此之近的地方，但是他們仍然認不出我是甚麼人來。然而，那怎麼會呢？他們應該看得出，我對他們來說，是一個十分陌生的臉孔！

我呆了一呆，才道：「你們認爲我是甚麼人？」

那兩個人互望了一眼，在那一剎間，或許是由於我的心理作用，也或許是事實，我覺得這兩個人的眼中，閃耀著一種十分神秘的光芒。

他們的言語也是很閃爍的，他們並沒有直接回答我的問題，其中的一個道：「你們看來差不多！」另一個則立時接著道：「這裏很清靜，是不是？」

我聽得出，那另一個人，忽然提到這裏「很清靜」的目的，是想將我的問題岔開去。

而從第一個說話的人的話聽來，我和他們所錯認的人，樣子一定很像，因爲他說「你們看來差不多」。

他們兩人各說一句話，立時轉過身，向外走去，我當然不肯就此甘休，我自那塊大石上，跳了下來：「等一等！」

那兩人站定，望著我，我道：「你們認錯了人不稀奇，可是只有一艘船停著，你們應該認得出，我的船是與眾不同的！」

我的問題，可以說已經是很不客氣了，事實上，人家認錯了人，已經說了對不起，我也不應該再向人家追問甚麼的了。

但是，這兩個人的態度，十分古怪，我總覺得要追問個水落石出才好。

當我在那樣說的時候，我已經準備他們兩個人發怒。可是出乎我意料之外，他們非但沒有發怒，反倒笑了起來。

那最先和我說話的一個，一面笑著，一面道：「就是你的船，使我們有了錯覺，他的船，和你的船一樣！」

這一句話，不由得令我的心頭「怦怦」亂跳，我心跳，當然不是因爲害怕，而是因爲興奮、緊張，和極度的疑惑。

如果我的船，只是一艘普通的遊艇，那麼，這個人的話，是可以成立的，因爲，普通中小型的遊艇，在外型上，都是差不多的！

但這時，停泊在海灘旁的卻是「快樂號」，這艘金光閃閃的遊艇，可以說是世界上的獨一無二的，他們決不應該認錯。

唯一可以解釋的，他們將我錯認成了萬良生。然而那更不可思議了，我和萬良生，可以說沒有甚麼地方是相同的，如果硬要找出一個相同之處來，那麼，只有一點相同，那便是，我和萬良生全是黃種人，如此而已，單只有這一點相同，決不會導致他們認錯人，除非，另外有一個人，和我很相似，曾經使用「快樂號」以及在這裏和兩個人相見過。那麼，這個人，和萬良生的失蹤案，是不是有關係呢？

當我想到這一點時，我肯定已經捕捉到一點東西了。

自然，這時我還不能說我捕捉到的是甚麼，但是那可能是整件神秘失蹤案中的關鍵！

我一面心念電轉，一面又問道：「兩位，你的意思是，曾在這小島上，遇到過一個人，這個人的船和我那艘船一樣？」

我一面說，一面伸手，指著在陽光下，金光閃耀的「快樂號」。

那兩個人像是沒有甚麼機心，他們隨口回答道：「根本就是這一艘！」

我又踏前了兩步，也許是我那時的神色，十分緊張，所以，當我來得離他們更近的時候，那兩個人，都以訝異的目光望著我。

我沈聲道：「兩位，這件事十分重要，請你們切實回答我，你們遇到的那人，是甚麼樣子，詳詳細細形容給我聽，因爲這個人，可能是一件十分重要案件中的主要人物！」

那兩個人望著我，等我說完，又互望了一眼，其中的一個才道：「那個人和你差不多，不然我們也不會認錯人了。」他又問另一個人道：「是不是？」

另一個人點頭道：「是！」

我吸了一口氣道：「你們遇到這個人，是在甚麼時候，甚麼樣的情形之下？」

那兩個人皺起了眉，看他們的情形，像是不願意回答我的這個問題。

果然，他們兩個人中的一個道：「我們一定要回答你這個問題麼？」

我大聲道：「一定要，那太重要了！」

那兩個人一起聳聳肩，像是不明白這件事有甚麼重要性一樣。

而在這時候，我心中疑惑，也到了極點！

這幾天，幾乎全世界的通訊社，都報導過大富豪萬良生神秘失蹤的事件。除非這兩個人根本不看報紙、不聽收音機、不看電視，否則，他們萬無不知萬良生失蹤之理。而他們如果知道萬良生失蹤事件，當然也應該知道這件事的嚴重性，也應該認出「快樂號」來。

可是，看他們的情形，卻像是甚麼也不知道。

這世界上，當真有不看報紙、不聽收音機、不看電視的人？

我一面在疑惑著，一面又連催了幾次，那兩人中的一個才道：「記不起在幾天前了，也是早上，那人在沙灘上曬太陽，我們遇到他的。」

我疾聲道：「大約多少天？」

那兩人笑了起來：「問倒我們了，我們真不記得有多少天了，為甚麼那麼重要？」

我的思緒，亂到了極點，思潮起伏，根據小郭所說，他是首先發現「快樂號」的，時間是在下午——自然是萬良生失蹤當天的下午，萬良生可能是在那一天清晨到下午這一段時間中失蹤。

自那天起，這荒島上和荒島附近，就佈滿了軍警的搜索人員，那兩個人自然不會是在那天之後，才在這個沙灘上遇到有人在曬太陽的。

那麼，他們遇到有人在沙灘上曬太陽的那一天，可能就是萬良生失蹤的那一天，他們遇到的人，最可能就是萬良生！

然而，萬良生和我不像，我已經說過，我們之間，唯一相同之處，只不過全是黃種人而已。

而那兩個人，又全然不知道發生了甚麼事，這更是絕不可能的事！

我覺得有向他們兩人從頭說起的必要，是以我道：「是的，很重要。一個人失蹤了，這個人，就是這艘船的主人。他是一個極重要的人物，他失蹤了，你們是不是曾見過他？或者見到他被別的甚麼人，用暴力侵犯？」

那兩個人用心聽我說著，等我說完，他們又一起笑了起來！

我的話有甚麼可笑的？我想不出來，但是他們兩人的確在笑著，而且，他們的笑，決不是做作出來的，我不禁有些氣惱：「別笑，你知道警方動用了多大的力量來找這個失蹤的重要人物？」

那兩人止住笑聲，但是神情依然很輕鬆。

我已經盡量將事情說得十分嚴重的了，可是我顯然失敗，這兩個人，一點不覺得有甚麼嚴重之處，其中的一個，伸手在我的肩頭上，輕輕拍了一下：「朋友，別緊張，他現在很好！」

另一個人也道：「別去打擾他，由得他自己喜歡吧，他有權利選擇自己喜歡的日子。」

這兩個人的話，令我完全呆住了！

因爲聽他們的說法，他們像是完全知道萬良生失蹤的內幕！

我不知有多少問題要問他們，但是我揀了一個最直接的問題，我大聲道：「他到甚麼地方去了？」

那兩個人望著平靜的海面，在他們的眼中，又出現那種神秘的光芒來，他們異口同聲地道：「誰知道，只有他自己知道！」

我覺得我要採取行動了，這兩個人，顯然知道很多有關萬良生失蹤的內幕。

我雖然還不能肯定，這兩個人有沒有甚麼犯罪行徑，但是他們那種神秘、閃爍的言詞，總叫人覺得他們對萬良生的失蹤要負責任。

我陡地伸手，抓住了他們中一個人胸前的衣服：「聽著，說出來，萬良生在甚麼地方，你現在不說，等到警方人員到了，你一樣要說的！」

那人被我抓住了衣服，就大聲叫了起來：「喂，你幹甚麼？」

他一面叫，一面伸手來推我。

當我出手抓住那兩個人的一個的衣服之際，我已經打定了主意，他們一共有兩個人，我要對付他們。就必須先打倒其中的一個！

所以，當那人伸手向我推來之際，我一伸手，抓住了那人的手腕，身子一轉，手臂一扭，只聽得那人怪叫一聲，整個人已被我摔了起來，結結實實，跌在沙灘上。

我估計那被我摔在沙灘上的人，在兩分鐘之內，起不了身，是以我立時又衝向另一個，我雙手疾伸，抓住了他的肩頭。那人大叫了起來：「喂，你是人還是猩猩？」

在那樣的情形下，那人發出了這樣的一個問題來，令我也不禁很欣賞他的幽默。但是我的動作，卻並沒有因此而減慢十分之一秒！

我雙手揚起，一起向他的頭際，砍了下去，「拍拍」兩聲響，那人中了我的兩掌，眼睛向上翻著，身子搖晃著，倒了下去！

我再回頭看那個被我摔倒在沙灘上的人，他顯然也昏了過去。

我拍了拍手，頗以自己的行動快捷而自豪。我在想著：我應該怎樣呢？

這兩個人，一定和萬良生失蹤有關，雖然他們的話，還有許多不可理解之處，例如他們竟認為萬良主和我很相似之類。

但是，這兩個人，一定知道萬良生的下落，我有必要將他們交給警方！

要將他們交給警方，有兩個辦法，一個辦法是將他們兩人，弄上「快樂號」，我加快速度，駛「快樂號」回去。另一個辦法是，我和警方聯絡，請警方人員，立時搭直昇機趕來。

當然後一個辦法可靠些，因為他們有兩個人，我在押他們回去的時候，他們可能會反抗！

我後退著，向後退去，一面仍然注視著這兩個人，他們仍然昏在沙灘上。

我返到了海邊，轉身，跳上了「快樂號」。立時奔進了駕駛艙，開始無線電聯絡，和警方的無線電聯絡，很需要費一番功夫，我無法確切說出我究竟費了多少時間，大約是兩分鐘，或者三分鐘，正當我開始呼喚的時候，我聽得艙門口有腳步聲，我立時轉過頭來，只見那兩個人已來到艙門口了。

我立時起身，神情緊張，瞪著那兩個人，那兩人略為張望了一下，像是若無其事一樣，走了進來，其中一個向我道：「喂，你怎麼和他不一樣？為甚麼要這樣對付我們？」

我大聲道：「站著別動，我已通知了警方，他們快來了！」

那兩人的神情更訝異，一個道：「為甚麼？我們做錯了甚麼事？」

我冷笑著：「別裝模作樣了，你們令得萬良生失蹤，至少，你們知道他去了何處！」

那兩個人的態度，卻一直如此輕鬆，和我的緊張，恰好相反，他們道：「真的，他現在在甚麼地方，我們完全不知道，但他如果改變了主意的話，一定會出現的，你焦急甚麼？」

這人的話，說得更肯定了，我慢慢向前逼近去。

他們兩人的態度，雖然很輕鬆，可是一看到我向前逼近去，他們就立時後退。

但雖然他們退得很快，他們的那種神態，總是十分古怪的，我很難以形容，勉強要形容的話，就是他們一點也不認真，好像我和他們在玩捉迷藏一樣，一面向外迅速退去，一面還在笑著。

我立時又追了上去，他們兩人一直退到船舷邊，我以為他們已經無路可退了，他們一個轉身，縱身跳進了海中，我奔到船首，看著他們向前游去，我也縱身跳了下去，我自問游泳的速度，不算是世界冠軍的水準，要在水中，追逐普通人，也是沒有問題的。

是以，當我在水中，用力向前划著的時候，我對於再捉到他們兩人，還是充滿信心的。

可是，這兩個人在水中的動作，卻快得出奇，當我游出了不多遠，抬起頭來向前看時，只見那兩人，已經登上了他們駕來的船。那時候，我和他們之間的距離，足有四五十公尺！

那實在是不可能的，當我跳下水，開始追逐他們的時候，我和他們相距很近，就算他們游得和我一樣快，我們之間的距離，應該不變，可是現在，他們多游了近五十公尺！

我追不上他們了，而且，我發現自己的處境，極其危險，因爲我還在水中，而他們兩個已經上了船，其中的一個已奔進了艙中，他們的船，已在移動，如果他們駕著船，向我疾衝過來的話，我是根本無法躲避的！

我這時唯一的辦法，就是向海水深處潛去！

我連忙翻了一個身，潛向海底，一面仰頭向上看著，我看到海面之上，生出了一蓬白色的水花，那艘船，在向遠處駛去。

當我又浮上海面的時候，那兩個人的船，只剩下一個小白點，立即就看不見了。

我在海面上浮了一回，再向前游著，回到了「快樂號」上。

我心中亂到了極點，當我在甲板上坐下來的時候，我甚至提不起勁來抹去臉上的水珠。

我遇到的這兩個人是甚麼人？他們的話，實在太神秘，太不可思議了。他們是不是曾遇到過萬良生？他們是不是知道萬良生的下落？

一連串的問題，在我腦中擁擠著，而當腦中有那麼多的問題，卻又無法獲得答案之際，那實在是十分苦惱的一件事情。我的思緒，一時之間無法平靜下來，直到過了好久才再想起，那兩個人的神秘之處實在太多，例如，我離岸上船，只不過兩分鐘的時間，他們分明是被我擊昏過去的，如何會突然出現在駕駛艙口？

第五部：一枚深水螺

我又回想著當時我游泳去追他們的情形，照他們的游泳速度來說，只怕連世界游泳冠軍，都要自嘆不如！

再加上他們雖然始終未曾說出，他們曾遇到的是甚麼人，只說那人和我相似，我自問一點也不像萬良生，然而，聽他們的話，那人確然像是萬良生！

當我想起這許多疑點的時候，我是身在警局的高級人員——傑克上校的辦公室之中。

當天，我在那荒島上，一直等到黃昏，希望再能見到那兩個人，但當我發現我就算再等下去，也是白等之際，我就駕船回來。

在回程中，我和傑克上校取得了聯絡，向他大約報告了我遇見那兩個神秘人物的經過。是以我一上岸，一輛警方的車子，便將我直送到了警局，進了傑克上校的辦公室，小郭也被上校請來了。

於是，我再將經過的情形，詳細的敘述一遍，當然，我在敘述的時候，也將再想到了的幾個疑點，一起提了出來，以作共同研究。

小郭和傑克上校兩人，都一聲不出，聽我講著，等我講完，又提出了我的疑點，令我惱怒的是，傑克上校，竟然打了一個呵欠。

我有點憤然：「上校，你應該動員一切力量，去找那兩個人！」

上校冷冷地道：「如你所說，他們游泳的速度，都如此之快，怎麼還找得到他們？」

我怒意在上升：「甚麼意思，你根本不相信我所講的話？」

傑克上校搖著手：「別發怒，事實上，我就算相信你所講的每一個字，我也無法採取行動！」

我吼叫道：「爲甚麼？」

傑克上校道：「那兩個神秘人物，他們遇到的人，和你相似——這是你自己說的——而萬良生，你自己看，和你像麼？」他一面說一面推過了一張萬良生的放大照片來。

我根本不必再看萬良生的照片，早已知道我和他不像！

傑克上校又道：「照這兩個神秘人物所說，他們知道一個人的下落。那個人和你相似，而我們又未曾接到這樣人物失蹤的報告，你說，叫我如何採取行動？」

我無法反駁傑克上校的話，因爲在事實上，他的話很有理由，無從反駁。

傑克上校也看出了我的尷尬相，他又道：「而且，那兩個神秘人物的船，船名叫甚麼?你連這一點都講不出來，我們怎麼查？」

當時，我的確沒有注意到他們的那艘船的名字，那自然是我的疏忽。

傑克上校的神態更得意了，他再道：「照你所說，這艘船，在離開的時候，是向西南方向駛去的，速度極高，是不是？」

直到這時候，我才講出一個子來：「是！」

傑克「嘿嘿」地笑了起來，將桌面上的一份文件，向我推了過來，道：「在接到你的初步報告之後，我已經下令調查，這是有關部門給我的答覆，請你看。」

我望了望他，再看那份文件，在那份文件上，有著一幅海圖，標著經緯度。我立時在這份海圖上，找到了那個荒島。

傑克上校在提醒我：「請你看西南方！」

我看海圖的西南方向，上面成弧形，畫著許多大小不同的船隻。這些船隻，距離那荒島，大約是四五浬左右，我道：「甚麼意思！」

傑克道：「海軍正在那裏，進行大規模的演習，這艘船如果向西南方駛去，一定會被發現，可是事實上卻沒有人見過。」

我呆了半晌，傑克上校「哈哈」大笑了起來，我懊喪地道：「有甚麼好笑？」

傑克上校道：「根據我的判斷，你所遇到的那兩個神秘人物，只不過是兩個在演習中負責執行巡邏任務，而又富於幽默感的兩個海軍人員，衛斯理，他們和你開了一個不大不小的玩笑！」

我的臉迅速漲紅起來，我知道傑克上校的推測是錯誤的！

可是，我卻又想不出甚麼話來反駁他！

我用力拍著桌子：「如果真是有那樣兩個海軍人員的話，你去將他們找出來！」

傑克攤著手：「何必？誰會像你那麼認真，一些玩笑也開不起？」

我狠狠地瞪著上校，又轉頭去望小郭，小郭雖然自始至終沒有說過一句話，但是一望便知，他站在傑克上校那一邊。他之所以不說話，只不過是因爲他不想得罪我而已。

我吸了一口氣：「好，既然如此，那就算了，以後，我不會再來麻煩你們了！」

傑克上校道：「不要緊，我們歡迎有任何線索，萬良生畢竟是一個重要人物！」

我「哼」了一聲，轉身走了出去，懷著一肚子悶氣，回到了家中。白素開門給我，第一句話就道：「萬太太打了兩次電話來找你，她說，她要知道，你進行得怎樣，是不是有了結果。」

我不加思索，就道：「你打電話去告訴她，我已經有了新的線索，但是還不確切，我要繼續使用『快樂號』，叫她別心急。」

白素也看出我的神情很沮喪，所以她不再說甚麼，去打電話。

萬太太的聲音，響得我離電話有幾步還都聽到，我沒有聽下去，走進了書房。

在警局的時候，我本來是還想和傑克上校提一提，我曾聽到萬良生唱歌一事的，但是我終於沒有提，要是說了的話，除了增加傑克上校對我嘲笑之外，還會有甚麼特別的結果？

但是，事實上，我的確聽到萬良生唱歌，我必須相信自己的聽覺。

但是那必須肯定萬良生當時是在我的附近。可是事實上，萬良生不在。

我想得有點頭痛，以致白素在我的身後站了很久也不知道，直到我轉過身來，她才溫柔地道：「你又遇到了甚麼怪事？」

我嘆了一口氣，將在那個小島上，遇到了那兩個神秘人物的事，詳細和白素講了一遍，最後道：「傑克上校的結論是，那兩個人，是和我開玩笑的海軍人員。」

白素皺著眉，道：「也有這個可能，但是，他們一上來的時候，好像是認識你的。」

我回想著當時的情形：「是的，他們之中有一個人，隔老遠就向我叫道：『你改變了主意？』沒有人會對一個陌生人說這樣話的。可是當我提醒他們的時候，他們還像是不相信。」

白素顯然留心聽著我的敘述，她立時接口道：「他們中的一個說：你們看來都差不多！」

我點頭：「是的，這句話也完全不可理解。」

白素道：「這句話倒可以理解，那兩個人，一定不是東方人？」

我聽得白素那樣說法，不禁呆了一呆。

那兩個人是東方人還是西方人，連我在內，也說不上來，而且，我從來也未曾注意到這一個問題，因為我覺得那沒有甚麼關係。

當然，我還清楚地記得這兩個人的樣子，可是現在叫我來判斷這兩個人是甚麼地方的人，我也說不上來。他們的英語極其流利，但是他們的膚色，卻是古銅色的，真要下斷語的話，我會說他們是中亞細亞一帶的人，但是，那又有甚麼關係呢？

我將自己看法說了出來，白素道：「當然有關係，我們是中國人，如果有一個日本人迎面走來的話，我們很容易就分得出，那是一個日本人，可是叫一個歐洲人去區別日本人和中國人，就很困難，在他們看來，中國人和日本人是一樣的，正像在我們看來，法國人和荷蘭人，沒有甚麼分別一樣。」

我笑了起來：「你的解釋聽來很精妙，但是事實上，是混淆是非的，要知道，那兩個人並不是將我誤認為日本人，而是將我誤認為另一個人，事實上，那另一個人和我是毫無相同之處的。」

白素道：「你認為他們將你認作了甚麼人？」

我道：「當然是萬良生！」白素望定了我，皺著眉，看她的樣子，像是想在我的臉上，找出我和萬良生相似的地方來。然而，她卻失敗了！

她緩緩地搖著頭：「你的確不像萬良生，一點也不像。」

我道：「就是因為這樣，所以，那兩個人是沒有理由認錯人的。」

白素揚了揚眉：「那麼，只有一個可能，那兩個人並不是將你錯認為萬良生，而是將你錯認為另一個人了，這個人是和你相似的。」

我呆了片刻：「從整件事情來看，好像不應該另外有一個人存在。」

白素道：「為甚麼不可能？或許萬良生為了某種秘密的原因，要和那人在海上相會，他雖然是一個人出海的，但是那荒島卻是每一個人都可以去的地方！」

我又嘆了一聲，這一件事，本來已經夠複雜的了，現在，好像另外有一個人物的可能性，越來越高，那豈不是更複雜了？

我呆了片刻：「剛才，萬太太在電話裏說了些甚麼？」

白素道：「她倒很客氣，聽到我說你有了新的線索，她就大罵萬良生，說是如果找到了他，一定要給他一點厲害看看。」

我聽了，不禁苦笑了起來：「萬良生如果真是為了逃避他的妻子而失蹤的，那麼，他一定不會自行出現！」

白素沒有再說甚麼，過了片刻，她才問道：「你準備甚麼時候再出海？」

我苦笑著：「出海有用麼？」

白素道：「當然有用，你第一次出海，不是已經有了很大的收穫了麼？至少你見到了那兩個神秘人物，如果可以再見到他們的話，事情就能水落石出！」

白素的話，我倒是同意的，可是，有甚麼辦法，可以再見到那兩個人？

在經過了上次的追逐之後，那兩個人，可能再也不會出現了！

我的神情仍然很沮喪，白素自然看出了這一點，是以忙道：「再去一次，我們一起去！」

我笑了起來：「你以爲去渡假？」

白素有點生氣了，她睜大眼睛：「別神氣，你以爲是和你一起去，一點也不能幫你的忙？上一次如果有我在，那兩個人就可能走不了！」

我不準備和她爭辯，只是道：「那也好，總比我一個人再去呆等的好。」

白素道：「甚麼時候？我是說，我們立即啓程！」

我伸了一個懶腰，這件事，由於毫無進展，悶得有點使人提不起精神來。

就在我伸懶腰的時候，白素伸手將我拉了起來，大聲道：「走吧！」

看來，她對這件事的興趣，像是比我還高，我又伸了一個懶腰，簡直是被她一直催出門去的。

當我們又在「快樂號」上，快駛近那荒島的時候，已經是夕陽西下了。

我一直在駕駛艙中，白素在那段時間中，走遍了整艘船，當她回到駕駛艙來的時候，她道：「你有沒有注意那缸海水魚？」

我道：「當然注意過，我還餵過牠們！」

白素道：「缸裏有很多貝類動物，其中有一隻，你注意到沒有？」

我知道她所說的，一定就是小郭在沙灘的毛巾中找到，放進缸去的那一隻。是以我點了點頭：「那隻螺的樣子很特別。」

白素卻皺起了眉，道：「你對貝類動物的認識不深，所以不覺得奇怪？」

我覺得自尊是受了傷害，大聲道：「那隻螺，不過樣子奇怪一些而已，事實上，貝類動物的樣子更古怪也有！」

白素道：「值得注意的，並不是它的樣子，你知道這枚螺，叫甚麼名字？」

白素這一問，真是問倒我了，我當然叫不出這枚古裏古怪的螺的名字來。我只是道：「螺的名字，各地都不同，哪裏有確切的名字？」

白素笑了笑：「有的，這枚形狀怪異的螺，叫作『細腰肩棘螺』。」

我不服氣地翻著眼：「那又怎樣？」

白素道：「這種螺，並不多見。」

我立時道：「不多見，並不代表沒有。」

白素皺了皺眉，她仍然道：「貝類生物在海洋中生活，層次鮮明，每一種貝類，幾乎都有固定的深淺層，很少越界，而這種螺，是深水螺，小郭說他在沙灘上拾到，有點不可思議。」

我呆了一呆，的確，我未曾想到過這一個問題，而這確然是一個大問題，我忙道：「或者，是浪潮將牠捲上沙灘來的。」

白素道：「有可能，但如果是這樣的話，那麼海的深處，就一定有過巨大的變化，不然，這種深水螺類，是不會出現在沙灘上的。」

我又呆了片刻，白素繼續在發揮她對貝類學的知識：「細腰肩棘螺是和珊瑚共棲的，然而那海水魚缸中，只有活的海葵，並沒有活的珊瑚，照說，這螺不能在這缸中生活那麼久，但是，牠卻生活了很多天。」

從小郭將那隻螺拋進缸中起到現在，的確已經有很多天了！

我翻著眼，因爲我仍然看不出，這枚形狀古怪，名稱古怪的螺，和整件事，究竟有著甚麼關係。

白素有點焦急：「難道你一點沒有興趣？在生物學上，這是很反常的一種現象！」

我嘆了一口氣：「我承認，但我們並不是爲了研究軟體動物而出海來的，我們的目的，是找尋一個神祕失蹤的人！」

白素立時道：「不錯，可是，你不認爲，那枚細腰肩棘螺，出現在應該屬於萬良生的毛巾之中，是一件值得研究的事，是一個重大的線索？」

我望了她半晌：「我實在不明白，你想要說些甚麼，你不妨說得具體一些。」

白素道：「好的，這種螺，在記載上，說得很明白，牠生活在一百公尺到兩百公尺的深海中，不會自己到沙灘上來，尤其當牠還是活的時候。」

我攤著手：「我仍然不明白。」

白素提高了聲音：「事情很明顯，在那個荒島附近的海域中，海水內，一定曾有過甚麼我們不可測的變化，導致一枚深海的貝類生物，到了沙灘上，也導致萬良生的失蹤！」

我呆了半晌：「照你這樣的說法，和警方的推測，倒十分相似，警方也說，萬良生可能是被海中的甚麼怪物吞噬了的。」

白素立時道：「我沒有提及甚麼海中的怪物，只是提到海水中有變化！」

我笑了起來：「那有甚麼不同？」

對於她的意見，未曾受到我的尊重這一點，白素很生氣，她用手指，戮著我的額頭：「你怎麼還不明白，我們要潛水，潛到海水中去探索真相，而不是像你那樣，在船上等，在沙灘上等！」

我沒有再說甚麼——那並不代表我已經同意了白素的說法。

事實上，我還是不同意白素的看法，只不過我不想和她繼續爭論下去而已。

因爲我曾在那荒島的沙灘旁，過了一夜，我可以確知，海水中其實並沒有甚麼變化。在海底如果有所變化，那麼在海面上，一定是可以察覺出來的。而那一帶海面，卻如此之平靜，那怎能說海底有變化呢？

至於那一枚形狀古怪的螺，牠爲何會出現在沙灘上，當然值得研究，但是我認爲，那和萬良生的失蹤，決不發生直接的關係。

可是白素卻不肯就此放棄她的意見，她又道：「船上有潛水設備的，是不是？」

我點頭道：「應有盡有。」

白素道：「那就好，船一停妥之後，我們就開始潛水，或者，我一個人潛水。」

她那樣說法，自然是因爲看到我不怎麼起勁之故。

我反倒笑了起來：「何必，我們一起潛水，有甚麼不好？好久沒有享受這樣的情調了！」

白素瞪了我一眼，沒有再說甚麼。

在「快樂號」接近小島，停下來之前的那段時間內，白素變得很忙碌，她將「快樂號」上的潛水用具，一起搬到了甲板上，詳細檢查它們的性能。

當我停好了船，也來到甲板土時，看到了那些用具，也不禁嘆了一聲。

有錢，畢竟是好的，萬良生決不可能是一個潛水運動的狂熱者，但是在「快樂號」上，潛水用具之完備，卻令人嘆爲觀止，其中有海水推進器，那還不出奇，最奇的是有一具海底步行的潛水服裝，真不知萬良生買了來，有甚麼用處。

白素一看到我到了甲板上，便道：「怎麼樣，我們現在就開始？你看，這裏有氧氣供應的頭罩，頭罩內還有無線電對講機設備。」

我笑道：「那真好，在海底我們也可以說話！」

白素將一部分用具，推到我的腳前，我們開始換上橡皮衣，然後，放下海底推進器，一起下了水，在船旁，還未全身下水之際，相互替對方旋好頭盔，試了試無線電對講機。

在那樣完善的設備之下，潛水實在是一件賞心樂事，我們一起進入水中，手拉著推進器的環，在海水中前進著。

開始的時候，海水很淺，很明澈，等到逐漸向前去的時候，海水變得深了，我們著亮了推進器尖端的燈，看了看深度，已經是一百二十公尺了。

我道：「你準備潛到甚麼深度？」

白素道：「先在這一帶看看。」

於是，我們減慢速度，就在這一帶，緩緩轉動著。我們這時，離海底大約五六公尺，推進器的旋葉，將海底潔白的海沙捲了起來。

在燈光的照耀下，海底的一切，全都看得很清楚。海底是一個極其奇妙的世界，我想不必多費筆墨來形容了，這一帶的海底，有著不少岩石，岩石上生滿了各種生物，有的是珊瑚，有的是海綿，在一大叢海葵上，顏色鮮豔的小丑魚在追逐著。

我們也看到了很多貝類生物，可是卻未曾見到有一枚細腰肩棘螺。這種螺，本來就不是常見的生物，找不到也不足爲奇。

我們在這一帶的海底，足足轉了半小時，我才道：「看來，沒有甚麼發現！」

白素接近一塊岩石，伸手在石上，取下了一隻正在石上爬行著的虎斑寶貝，又順手將牠拋了開去，她嘆了一聲：「奇怪，我們應該可以找到幾隻細腰肩棘螺的。」

我立時道：「就算找到了又怎麼樣？」

白素不回答我的問題，又操縱著推進器，向前駛去，我看到前面，是一大堆岩石，那堆岩石很高，約莫有二十公尺。在岩石的底部，好像有幾個黝黑的岩洞，而白素正是向著其中一個較大的岩洞而去。

我唯恐她會遇到危險，是以忙跟在後面，在我們快接近岩洞的時候，有兩隻足有一公尺長的章魚，自洞中迅速游了出來。

同時，我們也看到，岩洞的附近，生著很多海綿。

潛水者都知道，在海中遇到海綿，並不是一件愉快的事，有很多種海綿，會分泌出具有惡臭的膠狀物質來，給這種東西沾上身子，氣味可能歷久不散！

但是這時，我和白素，卻一起向那塊海綿靠近，因爲我們都看到，有三隻細腰肩棘螺，正在海綿之上，緩緩爬行著。

白素比我先趕到一步，立時伸手，取到了一隻，我也取到了另一隻。

螺一到了我們的手中，身體就縮進了殼中，這種螺，有很薄的橘紅色的蓋，這時也緊縮在貝殼的裏面。

白素手中拿著螺，轉過頭來望著我，道：「你說，在離沙灘相當遠，又那麼深的海底的螺，有甚麼理由，會出現在沙灘上？」

我道：「那可難說得很，有很多理由，可以使他們出現在沙灘上，牠們究竟是會移動的生物！」

白素「哼」地一聲：「我不相信，我要到那洞裏面去看看！」

那個洞，這時離我們很近，白素一面說著，一面已將推進器的一端，對準了岩洞，燈光射進岩洞去，那岩洞的洞口，大小只能容一個人進去，可是燈光射進去之後，看來卻十分深邃。

我連表示自己意見的時間都沒有，白素已經控制著推進器，向著岩洞駛去了，我只好跟在她的後面。

當我們進了那岩洞，發現裏面很寬大，可是在前進了不多久之後，前面就出現了一條狹窄的通道。

那個岩洞，看來並沒有甚麼特別，在有岩石的海底，可以說隨時可見。

但是，當我們到了那種窄縫前面的時候，卻看到了一個極其奇怪的現象，那便是，在窄縫中，不斷有巨大的氣泡冒出來。

那種巨大的氣泡，一從窄縫的頂端冒出來之後，便向上升去，積聚在岩洞的頂部。也直到這時，我們循著冒出來的氣泡，抬頭向上望去，才發現了一個更奇特的現象。

那許多氣泡，升到了岩洞頂之後，便合併了起來，成為一個更大的氣泡，也就是說，那岩洞的頂部，離頂上的岩石，有很大空間，是完全沒有海水的一個大氣室。

一看到了這種情形，我和白素兩人，都呆了一呆，白素立時道：「裏面有著甚麼？」

我道：「可能是海底的沼氣！」

白素向上升去，我也跟著上升，不一會，我們兩人的頭部，都已離開了水，而在那氣室之中了。當然，我們仍然戴著頭盔，氣室中的氣體，和空氣沒有甚麼分別，無色，我們也無法知道它是不是有特殊的氣味。

當然，我們也不會傻到除下頭盔來，去呼吸一下這種氣體。

自那個陜窄的石縫中，氣泡仍不斷地冒出來，氣室正在漸漸擴大，我道：「看來，這種氣體，會溢出岩洞，升上海面！」

白素道：「太奇怪了，我們要去根究這種氣體的來源，看看究竟是甚麼道理。」

我們又一起沈了下來，那窄縫實在太窄了，根本無法容推進器通過，人倒可以勉強擠進去的。

於是，我們將推進器留在窄縫之外，我在前，白素在後，提著提燈，一起游了進去。

在我們游進去的時候，還不斷可以碰到巨大的氣泡迎面而來，一碰到我們的身子，就散成無數小氣泡，向外溜了出去。

那道窄縫相當長，當我們游到了盡頭，前面全是岩石，完全沒有去路。只有在岩石中，有一些是可以容手指伸進去的縫，在那些縫中，一個一個氣泡在擠出來，成為大氣泡向外面浮去。

如果不是我們已然確知那是氣泡的話，這時看著那些氣泡從石縫中擠出來，倒像是甚麼星球怪物一樣。

前面已經沒有了去路，雖然在那些窄縫中，竟然會有那麼巨大的氣泡不住擠了出來，這件事也可怪得很，但是我和白素，當然無法從那麼狹窄的縫中擠進去的。

我們只是盡量地靠近岩石，用燈向內照著，想看看石縫中究竟有些甚麼，但是卻甚麼也看不到。

在這樣的情形下，我們自然失望得很，我道：「我看我們該出去了！」

白素還不肯就走，沿著那些狹窄的縫，在游上游下，又看了好幾分鐘，才道：「是的，找不到甚麼，我們該出去了！」

她游到了我的身邊，我們一起向外游去，回到了岩洞之中。

才一游出來，我就呆了一呆，我們是提著燈進去的，在出來的時候，因為我知道，我們有兩具推進器，留在岩洞之中，在推進器上，是有著燈的，所以才一出來，就立時熄了燈。

可是才一熄燈，眼前竟是一片漆黑！

這是大出乎我意料之外的事情，是以我不由自主，發出了「啊」地一聲響。

白素是跟在我後面的，她雖然還不知道外面有了甚麼變化，但是她是聽到了我的驚呼聲的，她忙道：「怎麼了，有甚麼事？」

我在發出了一下驚呼聲之後，立時又著亮了燈，而且，繼續向前游去，那時，白素也游了出來，我將手中的提燈，在岩洞中四面照著。

這時，白素雖然仍未曾得到我的回答，但是，她也可以知道我為甚麼發出驚呼聲來的了，因為她自己，也同樣發出了一下驚呼聲！

我們留在岩洞之中的那兩具推進器，不見了！

剎那之間，我們實在不知說甚麼才好，那實在是令我們震驚之極的事，兩具推進器，留在岩洞中，是絕沒有理由失蹤的。

可是現在，它們的確不見了！

白素游近我的身邊，握住了我的手，她的聲音，聽來極其緊張，她問道：「發生了甚麼事？」

我勉力鎮定心神，道：「兩具推進器不見了，看來，好像有人進來過！」

白素道：「不可能的，就是有人進來過，也不會和我們開這樣的玩笑！」

我起先，還不明白，白素所說的「開玩笑」是甚麼意思，但是，我立即明白了！

我們離開了「快樂號」之後，一直在海底，靠推進器在潛行。推進器的速度相當快，我們潛行了約莫一小時，現在，如果沒有了推進器，我們要游回去的話，那至少化上了六小時的時間！

如果這是一個「玩笑」的話，那麼，玩笑實在太大了！

我在呆了一呆之後，立時道：「我們先游出去再說，或許還可以追得上。」我和白素一起向外游去，到了岩洞之外，海底看來，極其平靜，像是甚麼事也沒有發生過。但是，我和白素都知道，一定曾有事發生過，因爲我們不見了兩具推進器！

在岩洞外又盤旋了片刻，一無發現，我們只好向上升去，直到升出了水面。

天色漆黑，星月微光，映在平靜的海面上，泛出一片閃耀的銀光來，景色、情調，都是上乘的，是我們卻只好啼笑皆非。

四面望去，看不到一點陸地的影子！

我先旋開了頭盔，白素也跟著除了頭盔，我們互望著，白素低聲道：「是我不好，想出潛水的主意來。」

我道：「別說傻話，現在，我們唯一可做的，是拋開一切東西，游回去！」

白素道：「我們得游多久？」

我苦笑了一下：「如果沒有甚麼意外的話，那麼，大約是六小時到八小時！」

白素抿著嘴，沒有說甚麼。

我們拋下了頭盔，拋下了氧氣筒，同時，在心中祈禱著，在這段時間之中。海上千萬不要起甚麼風浪，要不然，繼萬良生失蹤之後，就是我們失蹤了！

我在開始向前游去的時候，並不低估白素長途游泳的能力，但是她可能很久沒有經歷這樣的險境了，是以我特別叮囑她：「你要緊跟著我，我們在開始的時候，不必游得太快！」

白素低聲道：「我知道。」

她在講了三個字之後，略頓了一頓，才又道：「但是，如果我支撐不住了，你千萬則理我，自顧自游向前去，才有希望回去！」

我有點惱怒：「你說這樣的話，該打！」

白素仰著頭望著我，在她的臉上，沾滿了水珠，也不知這是海水，還是淚水。

我們不再說甚麼，向前游去，我確知方向是不會錯的，因為我可以藉天上的星星來辨別方向，問題是我們甚麼時候可以游得到而已！

一小時過去了，我們仍然在汪洋大海之中。

第六部：生存和掙扎

我也很久沒有如此劇烈的不斷運動經驗了，是以在一小時之後，我首先停下來，只是在水面浮著，白素一直跟在我的身邊。

在我停止游泳時，我發現水流的方向，正是我們要游出的方向，這一點，對我們有利。但是，海中的水流方向是最不可測的，現在的水流，是可以幫助我游回那荒島去，但可能就會有另一股水流，將我們越衝越遠。

我們飄浮在水面，沒有任何東西可以幫助我們在水中浮起來，是以雖然我們並不向前游，一樣要化費氣力來維持不致下沉。

在那樣的情形下，我們能夠支撐多久，實在是無法預知的，海水十分冷，我回頭去看白素，她整個臉都是煞白的，白得可怕。

我在水中，緊握著她的手：「你一定要支撐下去，掙扎到目的地！」

白素青白色的嘴唇顫動著：「還要掙扎多久？」

我舐了舐嘴唇，海水的鹹味，使我感到一陣抽搐，我無法回答白素的這個問題，白素顯然也沒有期待著我回答她。

她略停了一停，又道：「人自一出生，就一直在掙扎，爲了要生存，幾乎是每　分鐘不停地在掙扎著，但是不論人的求生意志是如何強烈，也不論人的掙扎是如何努力，人總是要死的，是不是？」

白素的聲音，十分低微，可是我卻可以聽得清清楚楚，她的話，令我感到了一股極度的寒意。

沒在海水之中，本來已經夠冷的了，但這時，我所感到的那種寒冷，卻是從內心之中，直透出來的，那是因爲我在白素的話中，感到一種極度不吉的預兆。

以我們現在的處境而論，我們必須有極大的信心，和堅強的意志，再依靠體力，才能夠繼續生存下去，而堅強的意志，在三者之間，又最最重要。

可是，聽白素那樣說法，她好像是已感到了極度的疲倦，不想再堅持下去了！

我知道，在這樣的情形下，還是不要多說甚麼的好，是以我忙道：「我們該再向前游去了！」

白素卻道：「等一等，我們可能永遠游不回那荒島去，那麼，何不現在就這樣飄在海面上！」

我大聲道：「這是甚麼話，難道我們等死？」

我很少如此疾言厲色地對待白素，但是在如今這樣的情形下，我不得不如此。因爲我明白，在瀕於絕望的環境下，人的意志，會受到環境的影響，那種影響，會產生一種催眠的力量，使人產生一種念頭，那念頭便是：不如放棄掙扎，比勉強支撐下去好得多！

這種念頭如果一經產生，那麼唯一的、可怕的結果便是死亡！

白素嘆了一聲：「我並沒有死亡的經驗。但是我想，每一個人在死亡之前，一定都十分痛悔。」

白素仍然自顧自地說話，我剛才的一聲大喝。她似乎根本沒有聽進去！而在她慘白的臉上，也現出一種十分惘然的神色來。

在那一剎間，我已經準備拉著她的頭髮，好使她在那種半催眠的狀態之中清醒過來。

可是白素的雙眼，卻仍然是十分澄澈的，她立即又道：「你為甚麼不問我，人在死前，痛悔甚麼？」

我拉住了她的頭髮，但是並沒有用力，我盡量使我的聲音提高，以致我的聲音，聽來變得異樣的尖銳刺耳：「我沒有空在如今這樣的情形下，和你討論這個問題，我們快向前游去！」

白素卻仍然自顧自地道：「每一個人，在他臨死之前，一定會想：我這一生，究竟有甚麼意思呢？經過了那樣痛苦和快樂相比較，究竟還剩下多少快樂，我為甚麼要在如許的痛苦中求生存，而不早早結束生命？我——」

我不等白素再向下講去，我用力把她在水中推向前，她的身子一側，我又忙追上去，這令得我反而喝下了幾口海水。

我一隻手扶住了她，一隻手划著水，用力向前游著，這時候，我的腦中亂到了極點，我那隻划動著的手臂，早已超過了我體力所負擔，但是，手臂仍然機械地划動著，我也無法知道我自己究竟是不是在海中行進，還是只不過留在原地打轉，我無法理會這些，我只知道，我要拼命地維持這一動作。

我強烈地感覺到，如果我一停止動作，我就會受到白素那一番話的感染。

那一番話，具有極強的感染力。

儘管自古至今，不住有人歌頌人生的可愛，但是，事實上，人生是痛苦的，痛苦到了絕大多數人，根本麻木到了不敢去接觸這個問題，不敢去想一這個問題，只是那樣一天一天地活下去，直到生命結束。

也許白素所說的是對的，每一個人在臨死之前，都在後悔：死亡終於來臨了，爲甚麼要在經歷了如許的痛苦之後，才讓死亡結束生命？

這是一種極其可怕的假設，這個假設，如果在每一個還活著的人的腦中成立，那會形成甚麼樣的結果，不堪設想。

我和白素，這時在海中掙扎，可能不論我們如何努力，結果總難逃一死，這樣的情形，自然和普通的平穩的人生不同，但是，又何嘗不是人生的濃縮？

一個人的一生，不論在外表上看來是多麼平淡，但是他總是經歷了驚濤駭浪的一生，每一個人都有數不盡的希望，爲這些希望，努力地掙扎著、忍受著，然而，有多少人是希望得到了實現的？人所得到的是希望的幻滅，是在忍受了掙扎的痛苦之後，再忍受希望幻滅的痛苦。而就算一個希望實現了，另一個希望，又會接著產生！

我一隻手臂挾著白素，一隻手臂仍然在不斷地揮動著，可是這時，我心中所想的，卻和我的動作，恰恰相反，我也開始感到，人生要完全沒有痛苦，就得完全沒有慾望。但是，那是不可能的事，因爲人與生俱來的本能，就是求生的慾望！

突然之間，我開始莫名其妙地大叫起來，連我自己也不知道爲甚麼要大叫，那完全是無意識的，或許我要藉著大叫，來抵抗我自己所想到的那種念頭。

我一直在大叫著——並沒有停止我的動作，我也完全未曾留意白素的反應，甚至於忘記了自己是浸在汪洋大海之中。

我已經進入了一種可怕的狂亂狀態之中，我完全不知道在我的四周圍，曾發生了一些甚麼事，直到一股強光，突然照在我的臉上！

我驟然驚醒，這才聽到了白素的叫聲，白素在叫道：「一艘船，一艘船發現了我們！」

我看不到甚麼船，因爲那股強光，恰好照在我的臉上，但是我知道白素的話是對的，一定是有一艘船發現了我們，除了這個可能以外，海面上不會有別的東西，發出那麼強烈的光芒來。

接著，我就聽到了另一個人的叫聲：「快接住救生圈！」

在強光的照耀下，一隻相當大的救生圈飛了過來，落在我們的面前。

我先推著白素，使她抓住了救生圈，自己也游了過去，救生圈有一根繩子連著，我們迅速地被拖近一艘船，強光也熄滅了，我和白素被兩個人分別拉上了那艘船的甲板。

我們躺在甲板上，幾乎一動也不能動，全身軟得像棉花，甲板上很暗，我只看到有兩個人，站在我們的面前，可是卻看不清他們的樣子。

過了一會，其中的一個走進艙中，立時又走了出來，手中拿著兩隻杯子，俯下身，先扶起我，將杯子湊到我的唇邊，我急促地喘著氣，拿住了杯子，我也不知杯子中的是甚麼，一口氣就喝了下去。

杯子好像是酒，酒味很濃，令我嗆咳了好一會。同時，我也聽到了白素的嗆咳聲，我向白素看去，她已在掙扎著站了起來。我也站了起來，這時，我已經看清那艘船上，將我們自海中拖起來的是甚麼人了！

而我的驚訝，也是難以形容的。

這兩個人，就是我一度在那荒島的沙灘上遇到過，被傑克上校認為是「兩個富於幽默感的海軍」的那兩個人！

白素扶住了艙壁，她先開口：「謝謝你們，要不是遇到你們，我們一定完了！」

那兩個人齊聲道：「不算甚麼，你們需要休息，請進船艙去！」

他們兩人，一個扶著我，一個扶著白素，走進了船艙，船艙中是有燈光的，在燈光之下，我更肯定，我絕沒有認錯人！

可是那兩個人，卻像是並不認識我，他們對我完全沒有曾見過面的表示。

這使我想起，我有一次見到他們時，他們曾將我誤認為另一個人，而現在，他們又像是不認得我，這證明這兩個人認人的本領，實在太差了！

但是，我同時又想到，我一見他們，雖然在甲板上，光線並不充足的情形下，就可以認出他們是甚麼人來，他們難道真的記性差到這種程度，對我一點沒有印象？

那麼，這兩個人是故意裝著不認得我？可是，他們故意裝著不認識我，又有甚麼作用呢？

我一面脫下濕衣服，用乾毛巾擦著身子，一面拼命地思索著，可是我卻一點也沒有頭緒。

白素已進了浴室，那兩個人也早已退了出去，過了不多久，白素穿著一套不倫不類的衣服。走了出來，她的臉色已紅潤了許多。我一見到她，立時低聲道：「小心，這兩個人，很有點古怪。」

白素呆了一呆，在如今這樣的情形下，我的話，的確是不容易理解的，白素在一怔之後，也立時道：「你在說甚麼，他們才救了我們！」

我將聲音壓得更低：「是的，可是他們故意裝著不認識我，事實上，我和他們，曾在荒島中見過面。而且你想想，現在是甚麼時候了？他們何以會在這種時候，駕著船在大海上游蕩？」

白素張大了口：「這兩個人，就是你說過的在荒島上遇見過的人？」

我點了點頭，白素也蹙起了眉：「奇怪，如果是他們的話，他們應該認識你的，我們該怎麼辦？」

我低聲道：「見機行事！」

我一面說著，一面也在房艙的衣櫥中，取出了一套衣服來。那套衣服，和白素身上所穿的一樣，只能用「不倫不類」四個字來形容，它是和頭套進去的，看來像是一件當中不開襟的和服。

穿好了衣服之後，我打開了艙門，揚聲叫了兩聲，那兩個人自另一個房艙中走了出來，我道：「多謝你們救了我們，能不能送我回去？」

那兩個人沿著艇舷，向前走來，道：「你們是甚麼地方來的？」

我道：「如果你們有海圖的話，我可以指給你們看，我們來自一個小荒島，我們的船，就停在那裏！」

那兩個人的神情，看來很爽朗，我一直在觀察他們的神情，看不出他們有絲毫作偽的神情，他們好像是真的不認得我了！其中的一個，用快樂的聲音道：「我知道你指的是甚麼小島了，有一艘金色的船，經常停在那裏！」

我加動語氣，同時直盯著那人：「是的，那艘就是我的船！」

那兩個人忽然笑了起來，刹那之間，看他們的神情，像是已記起我是甚麼人來了，他們像是突然之間，變得和我熟絡了許多。

其中的一個，甚至伸出手來，在我的肩頭上，重重拍了一下：「你終於改變主意了！」

我陡地一呆，在那刹間，我的心情，可以說是既緊張，又疑惑。

又是這句話！

第一次我遇到這兩個人，他們隔老遠就說過這句話，意思是一樣的，只不過語氣稍有不同，那時，他們說：「你怎麼改變主意了？」

當時我完全不知道他們那樣說，是甚麼意思，就像是現在，我一樣不知道他們那樣說是甚麼意思一樣。白素是聽我敘述過第一次遇到那兩個人時的全部經歷的，是以她這時，一聽得那人這樣說法，她也立時奇怪地張大了口，不知說甚麼才好。

而我在回頭看了白素一眼之後，立時想再次提醒那兩人，他們又一次認錯了人。

可是，我還沒有開口，那另一個已然道：「怎麼啦，你不是說已經受夠了，決不會再改變主意，可知要改變生命的方式，不是容易的事！」

這一句話，最令我震動的那一句「改變生命的方式」這句話。這可以說是一句莫名其妙的話，我相信沒有人在聽到了這句話之後，能夠不經解釋，就明白它的含意的。但是，那人在說出這句不可理解的話之際，卻十分流利，像是那是一件很普通的事一樣。

我覺出白素來到了我的身後，又碰了碰我。

我明白她的意思，本來，我已經想出口指出他們認錯人了，但是現在，我改變了主意。這兩個人兩次都認錯了人，那是一件不怎麼可能的事，除非我和那個人，真的十分相似。但看來那兩個人的確是認錯了，不像是在做作。

所以，我的新主意是：不提醒他們認錯了人，而和他們胡謅下去。

那麼，我至少可以多少知道這一點，他們究竟將我錯認了哪一個人！

我立時裝出無可奈何的神情來，順著他們的口氣：「是啊，那的確不是一件容易的事！」

那兩個人坐了下來，很有興趣地望著我，我和白素使了一個眼色，我們也坐了下來，那兩個人中的一個又道：「你覺得不滿意？」

我不知道該如何回答才好，我只是含糊地道：「不，不，可以說滿意的。」

那兩個人中的一個，向前俯了俯身子，他的神情和聲音都很神秘，他道：「萬先生，如果你覺得不滿意的話，我們可以改變爲另一種方式！」

那人說了些甚麼，老實說，我根本沒有聽清楚，別說他的話，就算是用心聽，也不容易理解，就算不是的話，我也一樣的聽不清楚的。

他一開始講話時的稱呼，已經足令我震動了，他稱呼了我一聲「萬先生」！這兩個人，第一次認錯人的時候，我就以爲他們是將我誤當作了萬良生。但是由於我和萬良生毫無相似之處，是以我才假設了其中還有一個「某君」。可是現在，那人稱呼我爲「萬先生」，那麼，這個假設「某君」，可以說是根本不存在的，那兩個人，是錯將我當成了萬良生！

一時之間，我只是呆呆地望著他們，不知道該如何回答才好。而白素的神情，也十分緊張，她伸過手來，握住了我的手，她的手是冰涼的。

或許是我的神情太古怪了，是以令得那兩個人也呆了一呆，剛才那個稱我爲萬良生的人，笑了一下：「是不是你這一次的經歷，很不愉快？」

事情到了這一地步，老實說，我也沒有這個耐性再胡謅下去，看來非攤牌不可了！現在是在船上，如果一攤了牌，他們兩個人，就算想走，也是走不了的。我預料我們之間，會有一場劇鬥，是以我先向白素使了一個眼色，然後，才一字一頓地道：「兩位，你們以爲我是甚麼人？」

這句話一出口，那兩個人陡地震動了一下，只見他們互望了一眼，其中一個，白衣服的口袋之中，取出了一張照片來。

我一眼就望到，那是萬良生臉部特寫照片，而任何人只要有這種照片在手，和眼前的我相對照。就可以發現我和萬良生。絕不可能是一個人，因爲我和他，根本一點也不像！

可是，這兩個人，取出了萬良生的照片，卻望了望我，又望了望照片，再望了望我，其中的一個才指著照片上萬良生的鼻子，道：「是，我們認錯了人，你看，這一部份，他好像高一點？」

另一個又指著照片上的萬良生的眉毛，道：「還有，這一部份，他比較粗而濃！」

那一個又指著萬良生的下頦：「這裏的線條，也有多少不同！」

看他們的情形，聽他們的對話，完全像是兩個貝殼分類學家，在分別「鋸齒巴非蛤」與「和藹巴非蛤」之間的不同一樣！

我的耐性再好，這時也忍耐不住了，我大聲道：「我和他完全不同，你們應該一下子就看得出來！」

那兩個人像是並不知道他們這時行動言語的荒誕無稽，他們中的一個道：「真對不起，看來都差不多。」

這一句話，我也不是第一次聽到了，我霍地站了起來，直截了當，開門見山地問道：「萬良生哪裏去了？」

那兩個人陡地呆了一呆，其中一個道：「萬良生？」

我向前走出了一步：「就是你手中照片上的那個人，他到哪裏去了？」

那兩個人互望了一眼，其中的一個，皺起了眉：「那我們真沒有法子知道了，海洋是那麼遼闊，誰知道他在甚麼地方？」

我倏地伸出了手，在那同時，白素也陡地站了起來。我一伸出手，就抓住了那人的肩頭，我抓得十分用力，緊抓著他的肩頭。

同時，我又大聲喝道：「你們別再裝模作樣了，你們知道萬良生在哪裏，我正是來找他的！」

我說著，已抓住了他的手腕，在那樣的情形下，他是全然沒有反抗的餘地的了！

我心中正在想著，我已經制住了他們中的一個，再制另一個，就容易得多了。

可是，正當我準備將那人的手背扭到背後之際，他們兩個人，卻一起大聲叫了起來：「喂，這算是甚麼？甚麼意思？」

他們兩人一起叫著，那個被我抓住的人，竟突然掙了一掙。

那一掙的力道十分大，撞得我的身子，立時向後，跌退了出去。

而那兩人，也行得極快，他們不約而同地，一起向艙門奔去，企圖奪門而出！

我怎麼再肯讓他們溜走？我身子直躍了起來，在半空之中，身子陡地打橫，一腳踢了出去。那一腳，正踢在其中一個人的背後。

那人捱了我的一腳，身子向前疾衝而出，撞在另一個人的身上，他們兩個人，一起發出了一下極其古怪的呼叫聲來。

我唯恐他們反擊，是以在一腳踢中之後，立時站穩下來。而當我落下來之後，我才知道，我那一腳的力道，竟然如此之甚！

那兩個人相繼跌出了艙門，而艙門之外是船舷，他們不但跌出了艙門，而且跌過了船舷，直跌進了海水之中！

第七部：兩個不像真人的人

我和白素，同時向外衝去，我聽到他們兩人，跌進海水中的聲音，我也來得及看到他們跌落水中時，濺起來的水花。

我立時大聲叫道：「上來，你們沒有機會逃走的！」

這兩個人，的確是沒有機會逃走的，船在汪洋大海之中，天氣又黑又冷。離最近的陸地，也要游上近二十小時，我和白素剛嘗過這種滋味，知道任何人無法掙扎到最近的陸地。

可是，海水濺起之後又回復了平靜，那兩個傢伙，卻沒有再浮上來。

白素和我，一起站在船舷旁，望著閃耀著微弱光芒的黑暗的海水，白素失聲道：「他們兩個人，可能不會游泳！」

我忙道：「我和他們曾在水中追逐過，他們游得和魚一樣快！」

我轉過身去，奔進駕駛艙，在駕駛艙中，找到了燈掣，我不理會那些燈掣是控制甚麼燈的，我將它們完全著亮，結果，在船頭和船尾，都有強烈的燈光，照射向海面，那種強光，就是當我在海上飄流時，幾乎絕望的時候，突然照在我身上的。

在整艘船的三十公尺之內，由於燈光的照射，海面上的一切，都可以看得清清楚楚。

但是，當我又自駕駛艙走出來之後，白素向我搖了搖頭。

這表示，那兩個人，並沒有浮上水面來。

我又大聲嚷叫著，自然，我知道，這兩個人要是匿伏在水中的話，他們可能根本聽不到我的聲音，但是我還是要叫他們游向船來。

因為這段時間，已然有將近三分鐘了，他們不可能在水中匿伏那麼久，他們一定已然游了開去，游出了燈光照射範圍之外。

我大聲叫道：「你們快回來，只要能夠找回萬良生，我決不向警方舉報你們！」

可是，不論我如何說，海面一樣那麼平靜，一點回音都沒有！

她略停了一停，又道：「他們在海上，將我們救了起來，可是——」

她的話並沒有說完，可是我聽得出，她話中含著對我的譴責，我立時道：「這兩個人，明明和萬良生的失蹤有關，你要我怎樣做？」

白素道：「你可以不必動手腳，他們顯然不準備和你打架。」

我道：「但是我一定要制住他們，向他們逼問萬良生的下落！」

白素的口唇動了動，低聲道：「不管怎樣，如果這兩個人死了，我感到內疚！」

我冷笑著，道：「你放心，這兩個人決不會在那麼短的時間淹死的，內疚的是他們，所以他們才不敢游近船來，他們令得萬良生失了蹤！」

由於不停的呼叫，我的聲音，聽來已十分嘶啞，白素嘆了一聲：「或許我們回去，他們又會回來的！」

我心中對那兩個傢伙的頑固，著實很氣憤，悶哼了一聲，轉身進了船艙，氣憤地坐了下來。

白素跟了進來，我們全不說話，海上又靜，我們幾乎可以聽到相互間的呼吸聲。

過了足足有十分鐘之久，那兩個人仍然沒有上船，我腦中十分亂，我在回想著剛才的情形，突然，道：「你是不是感到，我那一腳的力道，似乎不應該大到可以將他們兩個人一起踢下海去？」

白素咬著口唇，過了一會，才緩緩點了點頭。

我道：「他們是跳海逃走的？」

這一次，白素卻搖著頭：「世上不會有那樣的蠢人，任何人都知道在如今這樣的情形下，是不能由海上逃走的！」

我用力擊了一掌，擊在椅旁的幾上：「世上就是有那樣的蠢人，誰都可以一眼就看得出，我和萬良生截然不同，可是他們還要拿了萬良生的照片，和我慢慢地對照研究！」

白素望定了我：「是的，奇怪，可是我看他們決不是故意做作的，他們是真的分不出你和萬良生之間的不同。」

我道：「當然是真的分不出，你想想，他們見過我兩次，現在，他們雖然知道我不是萬良生，但是決計仍然不知道我和他們，曾在荒島相遇過。」

白素吸了一口氣：「是啊，爲甚麼，你不覺得那很古怪麼？」

我沒有出聲，當然，這種情形很古怪，我同意，而且，這種古怪的情形，是不可解釋的。

白素又道：「我又覺得，他們和萬良生的失蹤，雖然有關，可是其間，決沒有暴力的成份在內！」

我搖頭道：「你何以如此肯定？」

白素道：「他們兩次將你誤認爲萬良生，都說了一句話，你記得麼？他們說：你改變主意了？」

我皺著眉，他們兩次都這樣說過，如果他們說的「改變主意」，是指他們又見到了萬良生，即萬良生重新出現的話，那麼，在邏輯上而論，萬良生的失蹤，自然也是萬良生自己的主意了。白素之肯定萬良生失蹤一事中，並沒有暴力的成份，自然也是根據這一點推斷而說的。

我呆了片刻才道：「是，如果他們真是將我錯當了萬良生，但是，他們也可能故意認錯人，特意兩次說這樣的話，來爲他們自己開脫。」白素搖頭道：「還是那一句話，世上不會有那麼蠢的蠢人！」

這時候，離那兩個傢伙落水，只怕已超過半小時了，我站了起來：「總之，這兩個人古怪得很，我們在船上找找看，可能會有點發現！」

白素道：「好，就從這個艙開始。」

我們上這艘船的時候雖然短，但是已約略知道了一下這艘船上的情形。

這艘遊艇上有四個艙：兩個房艙，一個駕駛艙，和一個作爲起居室的大艙——就是我們現在所在的那個。

我和白素開始尋找，這個艙中的陳設，相當簡單和普遍，可是不到半分鐘之後，當我拉開了一個壁櫥的門時，我不禁陡地吸了一口氣。

在那個壁櫥之中，斜放著兩具推進器，推進器上，有著「快樂號」的標誌，而且，它們還是濕的！

那就是我們在海底岩洞之中，突然失去的那兩具推進器！我知道白素的情緒，因爲那兩個傢伙曾救起我們，所以當我將他們踢下海去的時候，她感到內疚。

但現在，甚麼問題都解決了，在這裏發現了那兩具推進器，我們狼狽得要在海上飄流，幾乎送命，這兩個人是罪魁禍首！

我立時大聲叫道：「你來看，這是甚麼！」

白素轉過身來，「啊」地一聲，道：「原來是他們偷走的。」

我道：「哼，簡直是想謀殺我們！」

白素道：「可能他們取走這兩具推進器的時候，根本不知道我們在洞的深處，如果他們有心要害我們，又何必將我們救起來？」

白素的話很有道理，總之，那兩個人的行事之奇，真有點不可思議！

我們繼續尋找，在這個船艙中，並沒有甚麼發現，我們又來到了另一間房艙，這兩個人，顯然是一起睡在這個艙中的。

那既然是他們的臥室，我們也找得特別留心，可是一樣沒有甚麼發現。

我們的「沒有發現」，可能是一個大發現，只不過一時之間，我們想不通其中的道理而已。我說沒有發現，是真正的甚麼也沒有發現，所有的櫥中、抽屜中，全是空的，甚麼也沒有！

這兩個人，竟達一點日常用品也沒有，真不明白他們是怎麼生活的！

我們又找了另一個房艙，那房艙我們曾經逗留過，除了衣櫥中有幾份如今我們穿著的不倫不類的衣服之外，甚麼也都沒有。

然後，我們回到了駕駛艙，經過那麼多時間，東方已現出魚肚白色來了。

我熄了所有強光照射燈，坐在駕駛艙的控制臺之前發怔，我曾遇過許多怪事，但全是石破天驚的，從來也沒有一件，表面上看來如此平淡，但深想起來，卻如此之怪的事！

白素在駕駛艙中，踱來踱去，她忽然停了下來：「這下面有一個暗艙！」

我頭也不回，道：「自然，那是機艙！」

白素俯身，拉起了一塊方形的木板，道：「你來看看，不是機艙，咦，有兩個人！」

我一聽得白素說「有兩個人」，整個人直跳了起來，連忙走向前去，在那個方洞口，俯下身來，果然，艙中有兩個人，臉向上躺著。

光線自上面照下去，暗艙的光線不很強烈，可是我和白素都看出來，那兩個一動不動躺在下面的兩個人，就是剛才被我踢下海去的兩個！

我不禁無名火起，立時一聲大喝：「快上來！」那兩個人仍然躺著不動。我站在上面，可以看得很清楚，那兩個傢伙躺著，睜大著眼睛，可是他們卻像是未曾聽到我的呼喝聲一樣！

我將聲音提得更高，又大喝了一聲，那兩個人仍然一動也不動，當我變得怒不可遏之際，白素忽然道：「你看看，他們……好像……好像……」

白素連說了兩下「好像」，可是究竟好像甚麼，她卻沒有說出來。

而我在那時，也完全可以知道白素爲甚麼說不出究竟的原因是甚麼。

因爲那是一件很難形容的事，我也開始感到，躺在艙底下的那兩個人，很是怪異。那兩個人，明明就是被我踢下海去的那兩個，可是這時，他們看來，好像……好像不是人。

當然他們是人，我的意思是說，他們看來，不像是有生命的人，然而，又不是死人，這便是爲甚麼白素說不出究竟的原因！

我吸了一口氣，抬頭望了望白素道：「怎麼，你覺得這兩個人怎樣？」

白素道：「他們看來……好像不是人！」

我已然縱身，從移開的那塊板上，向下面落下去，當我的身子沈下去之際，白素俯下身，她的神情是極其焦切、關注的，她道：「小心些，我覺得事情太怪。」

我手一鬆，已然落了下去：「放心，我看不出有甚麼危機！」

的確，沒有甚麼危機。我已經腳踏在船底之上，下面那個密艙的空間不大，除了有兩個人躺著之外，還有幾隻方形的箱子。

而當我落了下來之後，那兩個人仍然一動不動地躺著，我俯身去看他們，說他們不是人，他們實在是人，然而要說他們是人，他們卻又絲毫沒有生氣。

他們的臉容，和被我踢下海去的那兩個，是一模一樣的，我用手去觸摸其中一個的臉。當我的手指，碰到那一個人的臉時，我嚇了一大跳。

我在未曾落下來的時候，已經有「不是人，但又不是死人」的感覺。這種感覺，聽來好像很奇妙，但說穿了，實在也很簡單，那便是我料定，那是兩個製造得維妙維肖的假人！

可是這時，當我的手指，碰到了其中一個的臉部之際，我卻嚇了一大跳！

憑觸覺，我完全可以肯定，那人不是假人，我所碰到的，完全是人的肌肉，溫暖、有彈性，皮膚粗糙，那是真正的人！

但是，真正的人，何以躺著一動也不動，對我已來到了他們的身邊，一點反應也沒有？

我陡地縮回手來，後退了一步，同時，我的神情，一定也古怪得可以。是以，在上面的白素忙問道：「怎麼了？」

我並沒有抬頭，仍然緊盯著那兩個人：「他們是真人！」

白素顯然也嚇了一跳，我聽到她發出了一下類似呻吟的聲音來。我又走前一步，這一次，我走向前去之後，扶起了其中的一個來。

當我扶起那個人之後，我所有的感官的感覺都告訴我：那是一個人，一個真正的人，並不是如我想像那樣的一個假人。

我抱起了那個人，將他的身子向上遞，直到白素在上面，可以拉到那個人的雙臂，將那人從密艙中，拉了上去，我才攀了出去。

上面船艙中的光線強烈得多，我一攀上去，就取出了一柄小刀來，那是一柄很小的小刀，極其鋒利，那是我隨身所帶的小物件之一。

白素一看到我取出了那柄小刀來，就嚇了一跳：「你想怎樣？」

我並沒有回答她的話，只是用這柄小刀鋒利的刀口，在那人的衣袖上，疾劃了一下。

我劃那一下的力度，雖然不大，但是已將那人上衣的衣袖，自手腕一直劃到了肩頭。

我伸手在那人的手腕上按了按，隱隱可以感到脈搏的跳動。

我的心怦怦跳著，又用小刀，在那人的手臂上，輕輕劃了一下，那一下，在那人的手臂上，劃出了一道口子，鮮血立時滲了出來。

白素的聲音聽來很尖銳，她叫道：「住手，你想證明甚麼？」

我站起身子來，仍然望著那人。的確，我想證明甚麼呢？我自己也說不上來。

過了好一會，我才道：「白素，這……是一個人？」

白素道：「當然是！」

我苦笑了一下，道：「他……他們……就是被我踢下海去的那兩個人？」

對於這一個問題，白素也不禁猶豫了，從容貌來看，毫無疑問，他們就是那兩個人。可是，那兩個人跌進了海中之後，就再也不出現過，他們是甚麼時候，從海上爬上來的？

而且，就算他們在我們未覺察的時間內，上了船，他們又怎會有機會進入密艙？

而且，他們躺在艙底下，一動也不動，究竟是爲了甚麼？再加上，何以他們兩人身上，一滴水珠也沒有，根本不像是從海中爬出來？

這一連串神秘莫測的疑問，令得白素對我這個簡單的問題，也無法作肯定的答覆。

白素只是苦笑著，喃喃地道：「你看，他的手臂還在流血，一定有甚麼怪事發生在他們身上，才使得他們變成那樣的。」

我想說，這兩個人不是人，人在昏迷不醒的時候，我也見過，完全不是現在這個樣子的。但是，我只是那樣想，並沒有講出來。

我之所以有那樣想法，完全是基於我的直覺，而找不出任何根據來的。任何人看到了眼前這個人的情形，都會以爲這個人是一個昏迷不醒的人，沒有人會懷疑他不是人，因爲他不但皮膚溫暖，有脈搏，而且還在流血！

然而，我卻有懷疑，懷疑這是一個假人！

我的腦中亂到了極點，因爲我何以會懷疑這是一個假人，我一點也說不上來，而且，我也無法去捕捉我這一點假設是由何而來的。

我聽得白素嘆了一口氣：「我以爲，要盡快將這兩個人送到醫院去！」

我木然地點了點頭。白素提議是對的，應該將這兩個人，盡快送到醫院去，可是我又立時想到，這兩個人如果根本是假人，將假人送進醫院，這不是很滑稽的事情麼？

我的心緒，由於過度的紊亂，因之在情緒上，已經呈現一種自我控制的失常狀態，當我一想到這一點的時候，我竟忍不住「哈哈」大笑了起來。

白素有點惱怒：「有甚麼好笑！」

我指著那個人：「我們會以爲那是兩個假人？將假人送到醫院去，不是很好笑麼？」

白素大聲道：「他在流血，只有真正的人，才會流血！」

我嚥下了一口唾沫：「可是，你見過一個人，睜著眼，像是甚麼也沒有發生，但是卻流著血的麼？」

白素呆了一呆，說不出話來。

那人手臂在流著血，流出的血，已經相當多，可是他的神情，一直沒有變，還是那樣，睜大了眼睛，一動也不動地躺著。

白素俯下身，扯下了那人的衣袖，將那人手臂上，在流血的傷口，紮了起來：「不管怎樣，我們一定要快點回去！」

她一面說著，一面指著駕駛台，我對她這個意見，倒是同意的，現在，我和她，好像已墮入了一個迷幻的、不真實的境界之中，在這個境界之中，一切好像全是不真實的，我們的情緒變得不正常和難以控制，我們的思考能力，也變得十分遲滯。

要打破這種情形，唯一的方法，就是回到真實的境界中去。

那也就是說，回到有眾多人的社會中去，和眾多人接觸，讓眾多的人來和我們同時看著這個流血的人，讓他們和我們有同樣的遭遇。

我發動了引擎，船向前駛去，我的腦中仍然極紊亂，但總算還可以保持足夠的鎮定，來駕駛船隻。我估計在一小時之後，我可以到達那個荒島，那時，我可以先登上「快樂號」，和警方聯絡了。

海面上十分黑，那艘船的性能很好，我和白素兩個人，誰也不說話，因爲在這樣迷離的境界中，我們都不知說甚麼才好。

直到二十分鐘之後，我才聽得白素叫了一句：「他……還在流血！」

我回頭向那個躺在艙板上的人看了一眼，他手臂上的傷口，白素已經替他紮了起來，但是，包紮傷口的布，已經被血滲透了，一片鮮紅色。血還在不斷地滲出來，絲毫沒有停止的意思。

白素吸了一口氣：「這樣下去，他會因爲失血過多而死！」

我望了那人的臉一會：「我看不必擔心會有這種事發生，你看他的臉色！」

那人的臉色，看來仍然很紅潤，他已經流了不少血，可是單看臉色，絕看不出來，而且，他還是一樣睜大著眼，一動也不動地躺著。

白素苦笑了一下，找了一條帶子，抬起那人的手臂，在那人手臂的臂彎部分，緊緊紮了起來。

同時，她在喃喃地道：「世上不會有能流血的假人！」

我已經轉過頭去，專心駕駛，但是我還是說了一句：「要製造一個身體有血的假人，其實也不是一件難到不可以的事情。」

白素立時道：「或許並不難，但是有甚麼用？」

我沒有再出聲，因爲我實在答不上來。

船在海面上向前駛著，又過了近三十分鐘，白素來到了我的身邊，她取起了一個望遠鏡，向前看著。

我估計船離那個荒島，已不會太遠了，我道：「看到那荒島沒有？」

白素放下了望遠鏡來，當她放下望遠鏡的時候，她的臉上，現出一種十分古怪的神色來。

一看到她那種神情，我立時可以知道，她一定在望遠鏡中，看到甚麼古怪的東西了！

我連忙自她的手中，取過望遠鏡來，也向前看去，那望遠鏡看來雖然不大，可是效率卻十分驚人。

我不但看到了那座荒島，而且，還看到了「快樂號」。而我這時，也更知道，何以白素臉上的神情，如此古怪！

如果不是我親眼看見，我實在難以相信那竟會是事實，但是，那又的的確確，是我所看到的！

我看到，「快樂號」上，燈火通明。

我看到，「快樂號」的甲板上，有三個人，正在說笑著，自然我聽不到他們在講些甚麼，但是從他們的神情看來，可知他們十分愉快。

我清清楚楚地看到，那三個人，一個是神秘失蹤的萬良生，還有兩個，是被我踢下海去的那兩個人！

我陡地放下了望遠鏡，白素也立時問道：「你看到他們三個人？」

我點了點頭，回頭看了一眼，那個人的手臂還在流著血，他的面貌，和在「快樂號」上，和萬良生笑談的兩個人的其中一個，一模一樣。

我們究竟遇到了甚麼事？這一切，究竟要如何解釋？我再拿起望遠鏡來，萬良生和那兩個人，仍然在甲板上，他們坐在一張桌子邊，我看到萬良生的手指做作手勢，在桌上移動著，又仰天大笑。

我竭力想從他們口唇的動作中，來獲知他們究竟在說甚麼，可是我卻一無所得。

當我一面用望遠鏡向前觀察著，而事實上，我們離「快樂號」也越來越近。

這時，不必用望遠鏡，也可以看到燈火通明的「快樂號」了。

自然，距離近了，在望遠鏡中看來，「快樂號」上的情形，看得更清楚。

我看到他們三人，一起轉過頭來，望向我們的船，他們雖然看到我們船駛近了。

那兩個人作著手勢，不知對萬良生在說些甚麼，而萬良生聳著肩，作出一個十分輕鬆的神情來，轉身就向艙內走去。

當萬良生在甲板上消失之後，那兩個人一齊自「快樂號」的甲板上，跳了下來，跳進了水中，我看得很清楚，他們在水中游著，潛下水去，由於他們迅速地游出了「快樂號」上燈光所能照射的範圍之外，是以我無法再在漆黑的海面上找到他們。

我立時又望向「快樂號」，我看到「快樂號」上，那個作爲大客廳的船艙中有人影在閃動，那當然是萬良生，我還可以看到他坐在酒吧前的高凳子上，在轉來轉去，一副自得其樂的樣子。

我也可以猜測得到，如果這時，我離得足夠近的話，我一定可以聽到他的唱歌聲。

萬良生的確是在船上，可是，他是躲在「快樂號」的甚麼地方呢？

那真是不可思議的事。「快樂號」雖然夠大了，但是，也還未曾大到可以在船上躲著一個人而不被人發現的地步。而且，萬良生爲甚麼要躲起來呢？

萬良生的神情，十分愉快，這一點是可以肯定的，不論是他和那兩個人在一起，還是他自己一個人，他都顯得極其愉快。

那麼，萬良生的「失蹤」，是他自願的了？

在我的確地看到了萬良生之後，我的思緒更亂了，自從這件事，和我發生關係以來，其間經歷了許多變化，也發生了許多新的事，但是到現在爲止，這究竟是甚麼性質的事，我還說不上來，一點頭緒也沒有！

我看到萬良生在高凳上轉了一回之後，又來回踱著，這時，是白素在駕著船，我一面注意著萬良生的行動，一面道：「將速度提高些，我們可以看到萬良生了！」

我才說了那一句話，就看到「快樂號」上的燈光，突然完全熄滅了。

我無法再看到萬良生的行動，但當我放下望遠鏡的時候，已可以看到，我們離那個荒島只不過幾百公尺了。

不到兩分鐘，已經離「快樂號」更近，由於我們的船，向前駛去的速度十分快，所以當兩艘船接近之際，發生了一下猛烈的撞擊。

我和白素都被震得跌在艙板上，但我們立時站了起來，奔到甲板上，躍上了「快樂號」的船舷上。

不論在這一節時間內，發生過甚麼事，有一點我們是可以肯定的，那就是：萬良生一定還在船上，他不會有機會離開「快樂號」的。

所以，我一躍上「快樂號」的船舷，就大聲叫道：「萬良生！」

可是「快樂號」上很靜，一點聲音也沒有。我站穩了身子，又扶穩了白素：「快去將船上向燈全著亮，我們要好好和萬良生談談！」

我和白素一起向前奔去，白素去著亮全船的燈，而我則奔進了那個作爲客廳的船艙，也著亮了燈。

在三分鐘之前，萬良生還是在那個船艙中的，可是現在，艙中卻沒有人。

萬良生一定曾在這個船艙中的，別說我剛才看到過他，在酒吧上，有著半杯未喝完的酒，也可以證明剛才有人在這裏坐過。

我又大聲叫道：「萬良生，出來，你的把戲玩夠了，出來！」

我一面叫著，一面四面走著，在每一個可能藏下一個人的地方找著。

這實在不必化費太多時間，只要一兩分鐘就行了，這個船艙中沒有人。

白素也進來了，我道：「他不在這裏，要是他一定不肯自己出來的話，我們就將他找出來！」

白素點了點頭，我們開始在「快樂號」上尋找。要找一個人，並不是甚麼難事，我們找得極詳細，連機艙都找到了。

可是，萬良生不在船上。

我應該說：我們找不到萬良生，但是事實上，這兩個說法是一樣的，我們找不到萬良生，那就等於說，萬良生不在船上。

不過，萬良生一定是在船上的，他沒有離開船的機會，而且看他的樣子，他也不必離船而去。

我還在尋找著，忽然聽到白素的叫聲，我抬起頭來，並沒有看到白素，但是我卻已知道白素為甚麼要高叫了，因為我看到，那艘船——那兩個人的船，已經離開了「快樂號」，在向前駛去。

同時，我看到那兩個人中的一個，自駕駛艙的門口，探出頭來，向外張望了一下。

我立時叫道：「追他們！」

去。

我奔進駕駛艙，白素已先到我一步，發動了引擎，我奔到控制臺前，一開始就以全速追上

我知道「快樂號」的性能十分佳，要是有一場海上追逐的話，沒有甚麼船是「快樂號」的敵手，所以我極有信心追上他們。

由於「快樂號」一開始就全速進行，是以船身震動得相當厲害。

那艘船的速度也極快，海水自船兩邊，飛濺起來，好像是一艘噴水船一樣。兩艘船之間的距離，始終不變。

荒島早已看不見了，可是前面那艘船，仍然未曾被我們追到，白素吸了一口氣道：「想不到那艘船，也有那麼高的速度。」

我緊抿著嘴，速度表的指針，已指示接近紅色的危險區了，但是我還在增加速度。那怕是「快樂號」因此毀了，我也要追上那艘船。

果然，在我又增加了速度之後，和前面那艘船之間的距離拉近了。

這時候，天色漸亮。由於兩艘船的速度十分快，而且距離又在漸漸拉近，是以兩艘船之間的海水，鼓蕩得極其厲害，水柱像是噴泉一樣。

兩艘船之間的距離，還在逐漸拉近，我看到那兩個人中的一個，自船艙中走了山來，來到船尾，搖著手，大聲叫著。

我聽不到他在叫些甚麼，我對白素道：「你控制著船，我去和他談談。」

白素接過了駕駛的任務，我出了駕駛艙，來到了船頭，兩艘船的距離，只有三四碼，我一到船頭，濺起的海水，立時將我淋得全身濕透。

我聽到那人在叫道：「喂，你幹甚麼？」

我大聲道：「停船，我要和你們談。」

那人搖著手：「你太不友好了，我們沒有甚麼可以談的。」

我叫道：「我們要談的實在太多了，譬如，你們是甚麼人？」

那人也提高了聲音：「你的船超過了設計的速度，機器會損壞的！」

那時，「快樂號」幾乎已可以碰到前面那艘船了！

同時，「快樂號」的船身，激烈地震盪了一下，又傳出了兩下輕微的爆炸聲。

我知道，那是「快樂號」的機器，已經超過了負荷！

我連考慮也沒有考慮，陡地躍起身子，向前撲了過去，躍到了那艘船上，撞中了那個人，和那個人一起倒在船尾的甲板上。

同時，「快樂號」的速度，也陡地慢了下來，而那艘船還在迅速前進，轉眼之間，「快樂號」已只剩下一個小黑點了。

第八部：放棄人生尋找自我

當我才躍上對方那艘船之際，我預料會有一場極其激烈的爭鬥。

可是，那人卻並沒有掙扎，他被我壓在身下，只是用力想撐開我的身子。而在那時候，我的腦中，也亂成了一片，奇怪得很，在這種情形下，我應該有許多事要想的，但是我想到的，卻是一些無關緊要的事。當我抬起頭來，看到「快樂號」已經越來越遠之後，我心中想到，「快樂號」已經算是最好的船了，但是看來，那艘船的性能，比「快樂號」更好。而那艘船還在向前駛著，「快樂號」的機器會發生輕微的爆炸，自然再也追不上這艘船了。

那也就是說，我和白素分開了！

那艘船會將我帶到甚麼地方去，我不知道，我倒並不擔心白素，因爲「快樂號」上有著完善通訊的設備，就算所有的機件，完全損壞，她也可以從容求救的。問題在於我，我在這艘船上，會怎樣呢？當我想到這一點的時候，我猛地向那人的面門，揮出了一拳。

在那樣的情形下揮出的一拳，自然不會輕，可是那人在捱了一拳之後，卻像是並不覺得甚麼疼痛，他只是叫道：「別打！別打！」

在他叫嚷的時候，另一個人，從前面的船艙中，奔了出來，他也一面搖著手，一面叫道：「別打！」

我在望遠鏡中，曾親眼看到過他們兩個人，和失蹤了的萬良生在一起，如果再懷疑他們和萬良生的失蹤是不是有關係，那我簡直是白癡了！

他們在不約而同地叫「不要打」，我當然不會聽見他們的話，我又向被我壓住的那人頭部，重重劈了一掌。我估計就是一個重量級摔角選手，在這一掌的劈擊之下，他也會昏過去的。是以，在一掌劈出之後，我立時站了起來，我可以說是迅疾無比地跳起來的，而我一跳起來之後，立時撞向另一個人。

這一次，我行動比較小心，我已經知道，如果將他們兩個人撞到海中去，不論在甚麼樣的情形下，他們都可以逃走的，所以我在向前撞擊之際，將那人撞得直向船艙之中跌進去。

當我撞跌了那人之後，剛才被我一掌擊中的那人，卻已若無其事地站了起來，這令得我陡地一怔，又緊握著雙拳，準備迎戰。

可是那人在站了起來之後，雙手連搖，疾聲道：「別打，你打我們，是沒有用的，就算打壞了我們現在這兩個身體，還有兩個，你見過的。」

我陡地一呆，一時之間，我實在不知該說甚麼才好，而那人的確是若無其事，他反而笑了起來，道：「真的，你看，不論你打得多麼重，我們也不痛，你何必白費氣力！」在那樣的情形，我反倒急促地喘起氣來，我實在沒有別的話可以說了，我一開口，聲音變得連我自己也十分吃驚，我大聲叫道：「你們是甚麼人？」

站在我面前的那人，並沒有回答我，被我撞進船艙去的那傢伙，笑嘻嘻地走了出來：「你問得好，我們或者應該好好談一談，不然，越弄下去，誤會越深，先生，我們決不是壞人，你應該相信。」

我仍然重覆著那句話，道：「你們是甚麼人？」

那兩個人一起向我走來，當他們向我走來之際，我覺得神經緊張，雙手又緊緊地握著拳頭，可是，看他們的情形，又實在不想和我打架。那兩個人中的一個，來到了離我很近處，才道：「你別管我們是甚麼人，總之，我們對你絕對無害，請你相信。」

他不那麼說還好，他這樣說，不論他的語氣，聽來是多麼誠懇，也只有令我更憤恨，我厲聲道：「絕對無害？你說得倒好聽，你爲甚麼在海底偷走了我們的推進器，令我們幾乎死在海中？」

那兩個人一聽，臉上現出十分驚訝的神色來，互望了一眼，一個像是埋怨他的同伴：「你看，我早說是有人的！」另一個道：「我怎麼知道，那岩洞這樣隱蔽，又是在黑夜，怎會有人潛水進去？而且，那地方，我們還有很多——」

他講到這裏，突然住了口。

另一個忙問我道：「真對不起，累你們在海上飄流了許久，雖然仍是我們救了你們，但當然是我們不對，真正對不起！」

我在這時候，心中的迷惑，實在是無以復加的。

因爲，不論從哪一方面來看，這兩個人，都可以說是一流的君子。

自從我第一次遇到他們時，他們的談吐，一直是那麼樣溫柔，行動也如此有禮。我也有理由相信他們講的話，他們弄走了那兩具推進器，並不是有心謀害我和白素。

可是，他們究竟是甚麼人呢？

我深深吸了一口氣：「那麼，你們究竟是甚麼人，回答我這個問題。」

那兩個人又互望了一眼：「這個問題是沒有意義的，先生，不論我們是甚麼人，總之我們不是你的敵人，這就夠了！」

我又吼叫了起來：「那麼，萬良生呢？你們將他怎麼了？」

那兩個人一起嘆了一聲：「先生，請你到船艙中來，我們慢慢談談。」

他們一面說，一面還望著我，像是在徵詢我的意見，我冷笑了一聲，昂然走了進去，他們兩人，跟在我的後面。而當我進了船艙之後，我看到了世界上一件最最奇怪的事情。

那兩個人跟在我的身後，但是我一進船艙，就看到和那兩個人一樣的兩個，坐在船艙裏。

那兩個坐在船艙中的人，其實我已經見過的了，我是在這艘船的底艙中見到他們的，不但見過他們，而且，我還曾在其中的一個的手臂上，劃過一刀，使得那人流了很多血。

但儘管我曾見過那兩個人，這時，兩對一模一樣的人，出現在我的眼前，總使我的心中，產生一種極其怪異的感覺。我打橫走出了兩步，望著站著的那兩個人，又望著坐著的那兩個人。

然後，我吸了一口氣：「希望你們能詳詳細細的和我說明這種情形是如何發生的，不然，我一定要追查下去，直到水落石出爲止！」

那站著的兩個人互望了一眼，坐著的那兩個人，看來仍然叫人感到他們不是活人，雖然我明知如果去觸摸他們的話，他們的肌肉是溫暖的，他們的體內流著血。

兩個站著的人，在互望了一眼之後，其中一個嘆了一聲：「當你們留下那兩具推進器在岩洞中的時候，你們在哪裏？」

我聽得他們這樣問我，陡地想起那岩洞中的情形來，心中動了一動，道：「我們一直游進去，順著一條很窄的石縫，直到盡頭。」

那人又道：「你自然發現了一些很奇怪的現象。」

我道：「是的，我看到很多大氣泡，自石縫中擠出來，一直擠出岩洞去！」

我在講了那兩句話之後，頓了一頓，又道：「不過，那不算甚麼奇怪，比起我現在看到兩對一模一樣的人來，簡直不算甚麼！」

那兩人又互望了一眼：「到了那窄縫的盡頭之後，沒有再進去？」

我實在有點光火，大聲道：「那裏面根本沒有別的通路，你叫我怎麼進去？」

那兩個人笑了起來，道：「別生氣，我們的意思是，你沒有窮追究竟，這是對雙方面有利的事情，就這樣算了，好麼？」

我厲聲道：「不行！」

那兩個人攤著手，其中一個道：「你主要的目的，是想找回那位萬先生來，是不是？我可以告訴你，他還在『快樂號』上。」

我冷笑道：「這一點不必你來提醒，我也知道，我看到過他，不論他躲得多麼好，我會找他出來的。」

那人搖頭，道：「不，你找不到他，因爲他完全變了，變了另一種生活方式。」

我有點不明白那人這樣說是甚麼意思，但是我卻認定了他是在狡辯。是以我立時又道：「而且，我不單要找出萬良生，也要知道你們是甚麼人？」

那兩人的神情，很有點惱怒，這是我第一次在他們兩人的臉上，看到那種發怒的神情，而事實上，他們的惱怒也是很輕微的。

他們中的一個道：「你們最叫人不明白的一點，是根本不讓人——一個人，有自願選擇他自己喜歡的生活，而用許多名詞，例如社會、道德等等，去強迫一個人做他不願做的事，過他不願過的日子！」

我呆了一呆，因爲那人在忽然之間，對我說起一個很大的大問題來了。這傢伙提出來的問題，是人類所無法解決的一個死結。

我完全明白這傢伙的意思，他話中的「你們的社會、道德等名詞」，是指人類社會中的「社會習俗」、「人爲法律」而言的。在「習俗」和「法律」之下，人還剩下多少自由，當真是値得懷疑的事。

然而，人類又豈能不要法律、不要習俗？

當我想到了這一點的時候，我陡地震動了一下！

因爲，我感到，他們兩人，對於「法律」和「習俗」的約束，感到如此自然而然的反感。如果他們是地球人，那麼，自出生以來，就一直受到「習俗」和「法律」的影響，就算對之有反感，也決不可能如此徹底，如此自然。

那麼，他們一定不是地球上的人類！

我怔怔地望著他們，他們也像是感到自己講錯了甚麼似地望著我。

過了好半晌，我才選擇了一個最好的問題來問他們，我這樣問，等於是肯定他們是來自另一個地方的了！

我不問他們是從哪裏來的，我直截了當地問道：「你們那裏是怎麼樣的呢？」

那兩個人其中一個緩緩地道：「每一個人，是他自己，完全不受別人的影響，自己就是自己。」

我緩緩地道：「沒有法律？」

那人道：「如果說法律是防止一些人侵犯另一些人的話，那麼，在一個自己完全是自己，根本和別人無關的地方，法律又有甚麼用？」

我還沒有出聲，另一個人又道：「而且，所謂法律，保護了一些人利益，是群體社會中的產物，在一個根本沒有社會組織的地方，怎會產生法律！」

我腦中十分紊亂：「我不明白，除非你們不是生物，不然，怎可能每一個個體就是一個個體，不和其他任何個體發生關係！」

那兩個人笑了起來：「當然可以的，事實上，地球上也有很多生物是那樣的！」

我大聲道：「絕對沒有！」

那兩個人中的一個道：「海洋中的大多數貝類生物，就是每一個個體生存的，根本不和其他個體發生關係，從生到死，自己就是自己，沒有社會，沒有法律，沒有任何約束！」

我冷笑了幾聲：「你引用了低等動物，來證明你的理論！」

那人溫和地笑了起來：「動物是無所謂高等和低等的，朋友，生命是平等的，你是人，是生命，貝類生物也是生命。而且，我們觀察的結果，證明貝類的生活，遠比人的生命自在、輕鬆，我們更有一個極其具體的證據，可以證明——」

那人講到這裏，另一個人突然阻止他，道：「夠了，我們答應過萬先生的。」

那人卻搖著頭道：「不要緊，這位先生，也是一位明白道理的人，我相信他不會硬去做違反萬先生自己意願的事情。」

我揮著手：「你們在說甚麼，最好說明白一點，萬先生能幫你們證明甚麼？」

那人道：「那天晚上，在那個荒島上，我們遇到了萬先生，他一個人，很寂寞地坐在沙灘上，望著海水，我們當然談了起來——」

那人略停了一停，才又道：「和萬先生交談的內容，和我們剛才所講的差不多。」

我道：「那又怎樣？」

那人道：「萬先生很同意我們的見解，他自我介紹，說他是一個很成功的人物，幾乎擁有世界上的一切，可是就少了一樣！」

我略呆了一呆，萬良生是甚麼人，我在一開始敘述這個故事的時候，已經介紹過了，所以這時，我也很難想得出，像萬良生這樣的人，會缺少了甚麼。

我道：「他少了甚麼？」

那兩個人異口同聲，道：「他沒有自己！」

我又呆了一呆，這句話，的確是不容易理解的，是以我一時之間，不知該作如何反應。

那兩個人中的一個又道：「其實，不但他沒有自己，你們每一個人，都沒有自己，你，有你自己麼！」

我瞪視著他們兩人，仍然答不出來。我有自己麼？我自己是怎麼樣的？我發現，我連自己是怎樣的也不知道！

那人輕輕拍著我的肩頭：「別難過，或許你們已經習慣了沒有自己的生活，你們每一個人，和其他許多人，發生千絲萬縷的關係，沒有一種關係是可以缺少的，你們就生活在這種關係之中，在這許許多多、千絲萬縷的群體關係之中，自己消失了，你不但沒有自己，甚至不知道甚麼是自己！」

我感到很狼狽，我感到那兩個人的話，像是一個圈套，而我已經鑽進了他們這個圈套之中，很難出來了，我思緒在竭力掙扎著，仍然亂成一團，最後，我只好道：「那和萬良生有甚麼關係？」

那人道：「萬良生同意說他沒有自己，他要回他自己，他起先也和你一樣，說地球上的生物沒有那樣的例子，我告訴他，貝類生物是，於是，他作了他一生之中最大的抉擇！」

我幾乎是失聲叫了出來的，我道：「你的意思是，他……他……他……」

我本來是在尖叫著的，但是突然之間，我忽然變得口吃起來，再也說不下去了！

而那兩人，卻一起點著頭，他們像是明白我想說而沒有說出來的話是甚麼一樣。

我不由自主地喘著氣，聲音低得幾乎像是垂死的人的呻吟一樣：「萬良生……他變了……變成了一種貝類動物？」

那兩個人又一起點頭。

我的天，那枚螺！那枚被小郭在沙灘的毛巾中發現，放在「快樂號」海水魚缸中的那枚螺，那枚被白素認出叫作「細腰肩棘螺」的螺！

那竟是萬良生？

當然那不會是，於是，我笑了起來，道：「你們兩人的本領真大，竟用一番話，引導得我自己作出了這樣的結論來，太滑稽了！」

那兩個人一起搖頭，一個道：「本來，你已作出了正確的結論，但是你又推翻了它。」

我道：「好的。那麼，請告訴我，你們用甚麼法子，可以將一個人，變成一枚螺？」

那人道：「生命是抽象的，一個活人和一個死人，在物質成份上，沒有絲毫不同，這一點，你總應該同意。」

我道：「不錯，生命是抽象的，正因爲如此，你們不能將抽象的東西抽出來。」

那人道：「我們沒有將抽象的東西取出來，只不過作了一種轉換。自然，這種轉換的過程很微妙，不是你所能夠了解的。」

我「哈哈」笑了起來：「好，我照你所說，作了一個轉換，那麼，在轉換之後，萬良生的身體，到了甚麼地方去了？」

那人一點也不覺得我的問題對他是一種嘲笑，他一本正經地道：「在那枚螺原來在的地方。」

我一個勁兒的搖著頭，一直搖著。

那兩個人也一直搖著頭，過了好一會，一個才道：「事實上，你可以和萬良生交談，他可以發出聲音，因爲他變得不徹底；但是他可以變得徹底的，我可以告訴你的是，他爲了要回他自己，放棄了人的生活，而寧願成爲一枚螺，這證明個體生活優於群體生活，個體生活永遠沒有紛擾，因爲每一個個體，根本不知道有別的，個體和個體之間沒有任何關係，一切糾紛．就完全沒有了！」我仍然在搖著頭，就在這時候，我聽到一陣冷笑聲，那兩個人，一起叫了起來，道：「『快樂號』追上來了！」

快樂號居然追上來了，這是大大出乎我意料之外的事情，我連忙出了船艙。

當我衝出船艙的時候，我看到「快樂號」，而白素在駕駛艙中，向我揮著手。

我也立即知道「快樂號」爲甚麼會追上來的原因，因爲那兩個人的船，幾乎停在海面不動。

那兩個人在我身後叫道：「你快回『快樂號』去吧！」

我陡地轉過身來，道：「不行！」

可是，那兩個人，突然一起用力在我的背後推了一下，那一下襲擊，是完全出乎意料之外的，我的身子向前一衝，立時跌進了海中。在我跌下海去的同時，一隻巨大的救生浮泡，也一起跌了下來。我連忙抱住了浮泡，那艘船以極高的速度，駛了開去，「快樂號」則立時停了下來。等到我爬上「快樂號」時，那艘船已經看不見了！

我上了「快樂號」，伏在甲板上喘氣。我絕不是因爲身體上的疲倦，而是因爲思想上的疲倦，白素奔到了我的身邊，她向我提出了一連串的問題，可是我卻一個也沒有聽進。

過了好久，我才抬起頭來：「我沒有事，萬良生在『快樂號』上。」

出乎我意料之外，白素竟點了點頭：「我知道，我找到他了。」

我吃驚地跳了起來：「不會吧，他已經變成了一枚螺。」

白素揚了揚眉：「是的，那枚『細腰肩棘螺』，我還和他談過話，他喜歡無拘無束的獨立個體生活，他說那樣才真正有他自己，他要求我將他拋到海中去！」

我叫了起來，道：「別答應他。」

白素卻平靜地道：「我已經做了，他有權選擇他自己喜歡的生活的，是不是？」

我沒有說甚麼，我又伏在甲板上，喘起氣來。

萬良生從此沒有再出現，我們也不會向任何人說起這段事，因爲說了也不會有人相信。而有一點可以肯定的是，萬良生確然找回了他自己，在人海之中，他可以完全自由生活著。

而我們，一切人，卻仍然沒有自己，在千絲萬縷的關係中，「自己」消失了。……

（完）

倪匡珍藏限量紀念版 10

衛斯理傳奇之支離人

作者：倪匡
發行人：陳曉林
出版所：風雲時代出版股份有限公司
地址：10576台北市民生東路五段178號7樓之3
電話：(02) 2756-0949
傳真：(02) 2765-3799
執行主編：劉宇青
美術設計：許惠芳
業務總監：張瑋鳳
出版日期：2023年5月倪匡珍藏限量紀念版一刷
版權授權：倪匡
ISBN ：978-626-7153-97-0
風雲書網：http://www.eastbooks.com.tw
官方部落格：http://eastbooks.pixnet.net/blog
Facebook：http://www.facebook.com/h7560949
E-mail：h7560949@ms15.hinet.net
劃撥帳號：12043291
戶名：風雲時代出版股份有限公司

風雲發行所：33373桃園市龜山區公西村2鄰復興街304巷96號
電話：(03) 318-1378
傳真：(03) 318-1378
法律顧問：永然法律事務所 李永然律師
北辰著作權事務所 蕭雄淋律師

行政院新聞局局版台業字第3595號 營利事業統一編號22759935

國家圖書館出版品預行編目資料

衛斯理傳奇之支離人 ／ 倪匡著. -- 三版. --
臺北市：風雲時代出版股份有限公司，2023.03
面；公分　倪匡珍藏限量紀念版

ISBN 978-626-7153-97-0（平裝）

857.83　　112000717